이지성의

1만 킬로미터

일러두기

- 표지에 있는 별자리는 탈북인들이 북한에서 한국으로 오는 이동 경로를 상징화한 것입니다. 탈북인들은 자유를 찾아서 북한 → 중국 → 동남아 → 한국에 이르는 1만 킬로미터의 멀고도 험한 여정을 떠납니다.
- 통상적으로 사용하는 구어체 표기와 맞춤법 일부를 그대로 따랐습니다.
- 외래어 표기는 국립국어원 원칙을 따르되, 일반적으로 통용되어 굳어진 용어들은 그대로 사용했습니다.

이지성의

1만 킬로미터

그들은 왜 목숨을 건 여정을 떠나는가?

이지성 지음

차이
정원

너는 죽을 자리로 끌려가는 사람을 건져주고
살해될 사람을 돕는 데 인색하지 말아라.
너는 그것이 '내가 알 바 아니라'고 생각하며 살겠지만
마음을 헤아리시는 주께서 어찌 너의 마음을 모르시겠느냐?
너의 목숨을 지키시는 주께서 다 알고 계시지 않겠느냐?
그분은 각 사람의 행실대로 갚으실 것이다.

- 잠언 24장 11~12절

북한 정치범 수용소는
내가 어린 시절 나치 수용소아우슈비츠, 작센하우젠에서
보고 경험한 것처럼 끔찍하다.
아니, 더 사악하다.

- 토마스 버겐탈, 전 국제사법재판소 판사[1]

북한을 탈출한 사람들은
중국, 동남아를 거쳐
대한민국에 와서 자유의 몸이 된다.
그 여정은 무려 1만 킬로미터에 이른다.

이 책은 그 1만 킬로미터를 설계하고
인류 역사상 가장 많은 탈북인을 구출한
수퍼맨이라는 인물과 함께한
지난 5년 동안의 기록이다.

수퍼맨의 1만 킬로미터는
탈북인들의 1만 킬로미터가 되었고
이지성의 1만 킬로미터가 되었다.

이지성의 1만 킬로미터가
당신의 1만 킬로미터가 되기를 기도한다.

차례

프롤로그

마음의 이름을 불러주자

눈뜨자마자 난리다. 북한 보위부는 물론이고 중국 공안까지 1급 비상非常이 걸리게 한 현역 군인 신분의 한 무장 탈북인이 자신이 감시하던 여죄수를 데리고 중국 국경을 넘어 라오스로 향하고 있고,[1] 중국 범죄 조직에게 납치·감금되어 4년 동안 음란 화상 채팅을 강요받았던 두 탈북 여성이 중국 공안에게 체포되어 강제 북송 대기 중이고,[2] 이 두 탈북 여성을 극적으로 빼돌렸던 조선족 목사님도 같이 체포되어 조사를 받고 있고,[3] 한 중국 인신매매조직은 방금 압록강을 건넌 두 처녀를 보호(?)하고 있으니 인당 950만 원에 사가라고, 오늘까지 답변을 주지 않으면 사창가에 팔아버리겠다며 협박하고 있고[4]…….

스마트폰을 통해서 시시각각 들려오는 탈북인 관련 정보들, 그저 접하는 것만으로도 온몸이 죄어든다. 때론 숨쉬기조차 힘들다. 하지만 절대로 마음만은 내주지 않기로 한다. 마음까지 찢어져버리면 나는 오늘 하루를 크게 망칠 수밖에 없다. 가족에게 진심으로 웃어줄 수 없다.

◆◆◆

시계가 새벽 4시를 가리키고 있다. 지금쯤 중국 일꾼들로부터 연락이 와야 하는데, 오리무중이다. 나는 초조해지기 시작한다. 혹시 구출 작전이 잘못된 것은 아닌가 하는 생각에.

며칠 전 나는 한 탈북 여성의 이름, 주소, 사연이 적힌 문자와 그녀의 현재 상태를 보여주는 사진 몇 장을 전달받았다. 모든 탈북 여성들이 그렇듯 그녀의 사연 역시 기구했다. 그녀는 북한을 탈출하자마자 인신매매 조직에게 납치되었고, 오지 마을로 팔려가서 강제 결혼을 당했고, 그곳에서 10년 넘게 살았다.

그녀는 처음엔 말하는 짐승 취급을 받았다. 하지만 집안일과 농사일을 척척 해내고 아들까지 낳자 대우가 달라졌다. 그렇다고 무슨 인간 대접을 받은 것은 아니다. 전에는 휴대폰도 갖지 못했고 혼자서는 집 밖으로도 나갈 수 없었지만 이제는 휴대폰으로 다른 탈북 여성들과 교류할 수 있게 되고 혼자서 동네 정도는 자유롭게 돌아다닐 수 있게 된 정도였다. 뭐랄까, 가축에서 노예로 신분 상승을 했다고나 할까.

그녀는 그래도 북한보다 나은 게 어디냐 싶어서 마흔 살 많은 중국인 남편과 아들에게 정을 붙이고 살았다. 그런데 어느 날인가부터 남편이 정신 질환 증세를 보이기 시작했다. 그리고 툭하면 그녀를 때리기 시작했다. 그렇게 4년이 흘렀고, 이제 남편의 정신병과 폭행은 위험한 수준에 이르렀다.

터질 일은 언젠가는 터지기 마련이다. 그녀에게는 며칠 전이었다. 저녁 식사를 하다가 갑자기 눈이 확 돌아간 남편이 쌩하니 밖으로 나가더니 몽둥이와 칼을 들고 왔다. 그러고는 그녀를 몽둥이로 무슨 짐승 잡듯이 두들겨 패고는, 칼로 복부를 찔렀다. 불행 중 다행으로 칼이 깊이 들어가지 않았고, 비명 소리를 듣고 달려온 동네 사람들의 응급조치로 생명에 큰 지장은 없었다. 하지만 아무런 죄책감도 느끼지 않는 남편을 보면서, 그녀는 직감했다. 지금 당장 도망치지 않으면 죽겠다고 말이다. 그리하여 우리에게 "살려달라!"며 구조 요청을 해온 것이다.

중국 오지 마을 탈북인 구출 작전은 매우 위험하다. 만일 잘못해서 발각되면 마을 주민들에게 몰매를 맞아 불구가 되거나 심한 경우 죽을 수도 있다. 뭐랄까, 차라리 공안에 신고당해 감옥으로 끌려가는 게 낫다고나 할까. 그래서 나는 애가 탔다. 혹시나 무슨 사고가 난 건 아닌가 해서 말이다.

새벽 6시 20분! 중국에서 온 문자가 비로소 나에게 전달되었다. 구출 작전은 성공리에 이루어졌고, 탈북 여성은 비밀 쉼터로 이동 중이었다.[5] 작전이 예정보다 늦어진 건 마을 노인 여러 명이 동네 공터에서 술을 마시고 있어서 그들이 집에 들어갈 때까지 기다렸기 때문이라고 했다.

아, 이렇게 나는 또 한숨도 못 자고 아침을 맞이하고 말았다. 나에게도 일상이라는 게 있는데 도대체 언제까지 이런 삶을 살게 될지, 자신이 없다. 그래도 죽어가는 생명을 살리는 일에 함께했으니 기쁜 마음으로 새로운 하루를 시작한다.

◆◆◆

"지금 탈북인들 중에 한쪽 발목이 없는 오십 대 후반 여성이 있어요. 이런 몸으로 어떻게 여기까지 왔는지 모르겠어요. 그런데 아시다시피 내일부터 국경지대의 산들을 넘어야 하는데, 이 여성은 도저히 불가능합니다. 다시 집으로 돌려보내는 게 맞는 것 같은데, 중국인 남편이 있는 집으로는 죽어도 돌아가지 않겠다고 합니다. 어떻게 할까요?"

강의 중에 이런 문자를 전달받을 작가가, 아니 평생에 단 한 번이라도 이런 문자를 전달받을 사람이 지구상에 몇이나 있을지 모르겠다. 하지만 나는 전달받았다. 다행히도 강의가 거의 끝나갈 즈음에. 나는 강의를 마치고 강사 대기실에 들어가자마자, 문자를 전달해준 사람에게 전화를 건다.

"방법이 아예 없나요?"

"전담 일꾼을 두 명 배치해서 들것에 실어서 나르면 가능합니다만……."

"그런데 왜요?"

"비용이 많이 추가되겠지요. 일단 일꾼 두 명 비용이 추가되고요. 팀 전체의 이동 속도가 크게 느려질 테니 그만큼 또 비용이 발생할 겁니다."[6]

"구하시죠."

"네, 감사합니다."

"제가 감사합니다. 힘내세요."

나는 전화를 끊고 대기실 거울 속에 비친 나 자신을 한참 동안 바라본다. 이런 통화를 아무렇지 않게 하고 있는 스스로가 너무 낯설어 보여서 말이다. 사실 나는 지난 몇 년 동안 극심한 경제적 손실을 입고, 다시 일어서기 위해 분투하고 있었다. 그동안 열성적으로 하던 국제 NGO 활동도 잠시 쉬고 있었다. 그런데 정신을 차려

보니 국제 NGO 활동은 비교도 안 될 정도로 고달프고 험난한 탈북인 구출 활동을 본업보다 열심히 하고 있는 나 자신을 발견하게 된 것이다.

'이렇게 사는 게 과연 맞는 일인가? 지금이라도 정신을 차려야 하는 거 아닌가? 갚아야 할 빚도 많은데. 이러다가 영원히 재기하지 못하면 어떻게 하지?'

이런 생각을 하면서 차를 몰고 집으로 가는데, 스마트폰이 울린다.

"중국에서 방금 연락이 왔습니다. 한 북한 선교 단체가 탈북인들을 국경 쪽으로 10여 명 넘게 이동시켰는데 공안에게 전부 체포됐다고 하네요."

"아이고, 어쩌다가! 지금 움직이시면 전부 구출할 수 있는 거죠?"

"네, 그런데 문제가 좀 있습니다."

"어떤?"

"그 선교 단체가 탈북인들의 실명을 모른다고 합니다."

"아이고……."

"어떻게 할까요? 아시다시피 탈북인들의 실명을 모르면 UN이 개입할 수 없고, 그럼 우리 힘으로 빼내야 하는데 비용이 너무 많이 들 것 같습니다."

"그 선교 단체는요?"

"돈이 없다고 합니다."

"휴! 제가 어떻게든 마련해보겠습니다. 전부 구출하시죠."

"네, 알겠습니다."[7]

나는 블루투스 통화를 끄고는 멍한 얼굴로 전방을 주시한다.

'인간사 모든 게 돈이다. 하지만 나는 지금 돈이 없다. 그래도 돈을 마련해야 한다. 그래야 모두의 생명을 살릴 수 있다. 지난번엔 내 명의로 된 아주 작은 땅을 팔았다. 하지만 지금은 팔 게 아무것도 없다. 도대체 어디서 어떻게 돈을 구하지?'

이런 생각들로 머리가 터질 것만 같다.

아니, 아니다. 이런 때일수록 긍정적으로 생각해야 한다. 나는 차 내부가 다 울리도록 기합을 크게 지른 뒤 이렇게 중얼거린다.

"아아, 정말 다행이다. 집으로 가는 중에 전화를 받아서. 만일 집에 도착해서 이 통화를 했다면 어땠을까? 나는 이렇듯 수심 가득한 얼굴을 눈치 빠른 아내에게 바로 들켰겠지. 속 깊은 아내는 아무 말도 못 하고 가슴앓이 하겠지. 내 소중한 두 아이도 그런 엄마의 마음을 본능적으로 알아채고 마음이 안 좋겠지. 그래, 난 가장 적절한 순간에 이 전화를 받은 거야. 그리고 걱정은 이만 털어버리자고! 어차피 탈북인 구출 사역은 하나님께서 하시는 것이지, 내가 하는 게 아니잖아. 그래, 늘 그랬던 것처럼 주님을 믿자고! 반드시 길을 열어주실 테니까!"

◆◆◆

탈북인들을 위한 기도를 쉰 지 한 달이 넘었다. 사실 이젠 좀 지친다. 탈북인들은 매일 밤 중국 국경을 넘고 동남아를 가로지르고 메콩강을 넘는데 내가 목사도 아니고 어떻게 매일 그들을 위한 기도를 할 수 있다는 말인가. 나는 우리 가족을 위한 기도도 잘 안 하는 사람인데 말이다.

그런데 오늘 밤은 기도를 안 할 수가 없다. 아직 탯줄도 떨어지지 않은 아가가 엄마 품에 안겨서 중국 국경의 험한 산들을 넘기 때문이다.

이제 열아홉 살인 엄마는 열일곱 살 때 중국에 오면 좋은 곳에 취직을 시켜주겠다는 조선족 인신매매단의 말에 속아서 두만강을 건넜다. 하지만 강을 넘자마자 성폭행을 당하고, 베이징 외곽으로 팔려 갔다. 그녀는 성노예 생활을 하다가 같은 처지에 있는 다른 탈북인 여성들과 교류하게 되었고 자연스럽게 우리의 존재를 알게 되었다. 그리고 목숨을 걸고 자유를 찾아 나서게 되었다.

나는 무릎을 꿇기 전에 비밀스러운 경로로 전달되어 온 엄마와 아가의 영상을 본다. 아가는 엄마 품에 안겨서 새근새근 자고 있다. 천사 같다. 나는 나도 모르게 이렇게 축복한다.

'아가야, 앞으로 네 인생에 이름 모를 남자들에게 팔려 가거나 수용소에 갇혀서 짐승처럼 학대당하거나 굶어 죽거나 맞아 죽는 일이 절대 없기를. 오직 자유와 평화와 행복을 누리기를.'

이제 기도를 할 시간이다. 나는 늘 그렇듯이 먼저 성경을 펼친다. 그러고는 마치 탈북인들을 두고 하신 것 같은 말씀들을 읽는다.

> "그 거룩한 처소에 계신 하나님은 고아의 아버지시며 과부의 재판장이시라."
>
> -시편 68장 5절

> "고아와 과부를 위하여 신원하시며 나그네를 사랑하사 그에게 식물과 의복을 주시나니."
>
> -신명기 10장 18절

> "선행을 배우며 공의를 구하며 학대받는 자를 도와주며 고아를 위하여 신원하며 과부를 위하여 변호하라 하셨느니라."
>
> -이사야 1장 17절

> "여호와께서 객을 보호하시며 고아와 과부를 붙드시고 악인의 길은 굽게 하시는도다."
>
> -시편 146장 9절

"하나님 아버지 앞에서 정결하고 더러움이 없는 경건은 곧 고아와 과부를 그 환난 중에 돌아보고 또 자기를 지켜 세속에 물들지 아니하는 이것이니라." -야고보서 1장 27절

"내가 주릴 때에 너희가 먹을 것을 주었고 목마를 때에 마시게 했고 나그네 되었을 때에 영접했고 벗었을 때에 옷을 입혔고 병들었을 때에 돌아보았고 옥에 갇혔을 때에 와서 보았느니라. (…) 내가 진실로 너희에게 이르노니 너희가 여기 내 형제 중에 지극히 작은 자 하나에게 한 것이 곧 내게 한 것이니라." -마태복음 25장 35, 36, 40절

나는 언젠가부터 고아와 과부에 관한 성경 말씀들이 탈북인들에 관한 메시지로 이해되는 신비한 체험을 하고 있다. 그런데 이는 현실적으로도 맞는 해석이다. 중국 내 탈북인들은 10만 명 정도로[8] 추정되고 있는데, 90퍼센트 이상이 여자와 아이이다. 탈북 여성들은 헐값에 팔려 와서 강제 결혼을 당했고, 남편한테 언제 어떻게 버림받을지 모른다. 이 경우 운이 좋으면 다른 남자에게 다시 팔려 갈 것이고 운이 나쁘면 공안에게 넘겨져서 강제 북송을 당할 것이다. 최악의 경우 장기매매 조직에게 팔려 갈 수도 있다. 즉 이들은 사실상 과부나 마찬가지다. 한편으로 그녀들이 낳은 아이들 또한 처지가 엄마들과 크게 다를 바 없다. 즉 고아나 마찬가지다.

나는 기도실의 불을 끄고 경건하게 무릎을 꿇고 온 힘을 다해 기도한다. 한 시간 정도 지났을까? 목이 잠기고 무릎이 아파온다. 잠시 쉬기로 한다. 기도실의 불을 켜고 시계를 보니 겨우 6분이 지나 있다. 나는 깜짝 놀라서 불을 끄고 다시 엎드린다. 나는 아까와는 비교도 안 될 정도로 열성적으로 기도한다. 두세 시간 정도 지났을까? 목이 따갑고, 무릎이 시큰거린다. 나는 어둠 속에서 스마트폰 시계를 켜본다. 고작 11분이 지나 있다. 나는 내가 할 수 있는 것과 할 수 없는 것을 구별하는 지혜를 발휘해본다. 그렇다. 진심을 다해 오래도록 기도하는 일은 내가 할 수 없는 일인 것 같다. 나는 기도를 포기하기로 한다.

새벽 5시, 드디어 소식이 왔다. 엄마랑 아가는 중국 국경을 무사히 넘었고, 라오스 선교관에 잘 도착했다. 이제 두 사람은 라오스 선교관에서 두세 달 정도 몸과 마음을 치유한 뒤 메콩강을 건너서 태국으로 갈 것이다. 그리고 다시 몇 달 뒤 대한민국에 도착할 것이다.

나는 지금 어느 교회에 와 있다. 이 교회 게시판에는 탈북인들의 사진이 가득하다. 아가들 사진도 많다. 나는 배꼽 부위에 테이프를 붙이고 있는, 낯이 익은 아가를 가리키면서 묻는다.

"그때, 탯줄 안 떨어진 그 아가 맞죠?"

목사님이 환하게 웃으면서 대답한다.

"네, 맞습니다. 무럭무럭 자라고 있지요."

나는 또 묻는다.

"지금까지 구출하신 아가들이 대략 몇 명인가요?"

목사님이 잠시 머릿속으로 숫자를 세더니 이렇게 대답한다.

"아무리 적게 잡아도 100명은 넘을 겁니다."

나는 "그렇군요."라고 대답하면서 자리에 앉는다. 그러고는 사모님이 타주신 뜨거운 맥심 커피를 입으로 호호 불어가면서 마신다. 저녁으로 매운 아귀찜을 먹은 탓인지 달달한 인스턴트커피가 입에 착착 달라붙는다. 이어 과일을 먹는데 목사님이 엄마 품에 안겨 있는 아가들 사진을 보여준다. 무려 네 명이다. 목사님이 분홍빛이 잘 우러난 선인장차를 후루룩 마시면서 말한다.

"이번 달에 중국 국경을 넘을 네 아가입니다. 모두 엄마랑 함께 넘지요. 작가님 덕분입니다. 작가님께서 구출 비용을 보내주시지 않았더라면 이번 달에 네 아가를 다 구하기는 힘들었을 겁니다. 감사합니다."

나는 갑자기 민망해져서 고개를 슬쩍 돌리고는 강단에 적힌 히브리어[쉐마 שמע, 들으라]를 보는 척하면서 이렇게 답한다.

"아이고, 다 주님께서 목사님 통해서 하시는 일이지요. 저는 그저 후원금을 전달해드린 것뿐이고요. 이따가 후원자 단체 카카오톡방에 들어가서 목사님 감사 인사를 전하겠습니다. 모쪼록 아가들 구출 잘 부탁드립니다."

잠시 후 나는 목사님 부부의 배웅을 받으며 교회를 나선다. 운전석에 앉아서 시동을 켜고 내비게이션을 보니 집까지 한 시간 넘게 나온다. 주말 저녁이라 차가 많이 밀리나 보다. 나는 교회를 벗어나자마자 한숨을 내쉰다.

"휴, 올해 말까지만 참여하고 도망가려고 했는데, 아가들 사진을 보니까 그럴 수도 없겠네."

자유로로 들어가는 도로가 잔뜩 막힌다. 나는 멍한 눈으로 전방을 주시하다가 문득 룸미러를 본다. 익숙한 얼굴이 눈에 들어온다. 나는 그 얼굴을 가진 사람에게 묻는다.

"도대체 너는 어쩌다가 지구상에서 가장 아름답고 가장 위대하고 가장 무섭고 가장 위험한 사역에 동참하게 되었지?"

나는 자답[自答]한다.

"모르겠어. 진짜 모르겠어."

그러고는 이렇게 덧붙인다.

"이제는 너무 멀리 와버려서, 그 이유를 알고 싶지도 않아."

◆◆◆

지금까지 당신은 내 일기장을 훔쳐봤다. 아니, 아니다. 내가 당신에게 일기 몇 개를 보여줬다(웃음). 당신도 알다시피 나는 북한 인권이라든지 탈북인 구출 활동과는 전혀 무관한 삶을 살던 사람이었다. 물론 나도 국내에서 북한 관련 여러 활동들을 하긴 했다. 팬카페폴레폴레 회원들과 탈북 청소년들을 대상으로 인문학 교육 프로젝트를 했는가 하면, 북한 선교 단체 여러 곳을 후원했으며, NGO들과 북한에 빵 공장 등을 짓는 프로젝트를 진행했고,[9] 북한 아동 일대일 후원[10]을 오랫동안 했다. 하지만 이 모든 것은 '진짜'가 아니었다.

나는 언젠가부터 북한 관련 진짜 활동, 그러니까 북한과 중국에서 자유와 인권을 억압받고 있는 사람들을 구출하는 일이 일상인 삶을 살게 되었다.

솔직히 나는 이 삶이 낯설고 어색하다. 마치 내가 아닌 다른 누군가가 이 삶을 살고 있는 것만 같다.

도대체 나는 어쩌다가 이런 삶을 살게 됐을까?

탈북인들과 북한 인권·선교 단체들이 '수퍼맨'이라 부르는 한 사람을 만나면서부터다.

지금부터 그 이야기를 하고자 한다.

1장

나는 거절하지만 내 몸은 이미 메콩강을 향한다

메콩강가에 선 두 남자

또 메콩강이다. 무심히 흐르는 탁한 물 앞에서, 나는 멍한 얼굴로, 이 강을 아무 생각 없이 넘나들던 배낭여행자 시절을 떠올리고, 수퍼맨은 능숙한 얼굴로, 구출 경로를 살핀다.

그나저나! 나는 또 왜 이곳에 온 걸까. 나는 작년에 여기서 탈북인들을 구출하다가 멀리 숲속에서 다른 곳을 보고 있던 경찰을 발견하고[1] 소스라치게 놀란 나머지 호흡곤란 증세까지 겪지 않았던가. 그때 내가 현장에 맞지 않는 사람임을 절감하면서 앞으로 현장엔 절대로 오지 말자고 굳게 다짐하지 않았던가.

다시 그나저나! 나는 또 왜 수퍼맨과 이곳에 온 걸까. 수퍼맨은 베트남, 몽골 루트에 이어 여기 메콩강 루트를 최초로 만들고[2] 이 루트를 통해서만 2천 명 넘는 탈북인들에게 자유를 선물한 인물이다.[3] 덕분에(?) 북한 보위부, 중국·라오스 공안, 태국·미얀마·캄보디아 경찰의 표적이 되었고, 마침내 태국 경찰에게 체포되어 재판에 넘겨졌고, 치앙라이 법원으로부터 징역 9개월 형과 메콩강 접근 금지 4년을 선고받았다.[4] 한마디로 수퍼맨은 메콩강과 접한 국경도시들을 관할하는 공안들과 경찰들에게 인지도가 높다. 생각이 여기에 미치자 갑자기 내 머릿속에서 영상이 한 편 돌아간다. 태국 형사들이 방콕 수완나품 공항에서부터 우리 뒤를 따라붙고 지금도 어딘가에서 망원경으로 우리를 감시하고 있는.

나는 머리를 세차게 흔든다. 동남아의 맹주라 불리는 태국 같은 국가가 이런 일에 공권력을 동원할 리 없다고 판단되기 때문이다. 물론 중국에서는 북한 인권 운동가가 공안의 기획 수사에 의해 체포되고 감옥으로 끌려가는 일이 비일비재하다. 하지만 태국, 라오스, 미얀마, 캄보디아, 베트남은 그렇지 않다. 보통 현장에서 구출 활동을 하다가 발각되었을 때 체포된다. 지금 우리는 안전을 최대한 확보한 뒤 구출 활동을 벌이고 있다. 그러니 현지 경찰에게 체포될 확률은 거의 없다고 봐도 무방하다.

나는 이렇게 스스로를 애써 안심시키면서 현장에 집중하기 위해 노력한다. 하지만 그것도 잠시, 겨우 찾은 마음의 작은 평화는 문득 떠오른 한 얼굴로 인해 산산조각 나고 만다. 세계 최초로 북한 해커의 존재를 밝힌, '북한 해커 추적 세계 넘버 원'이라는 타이틀을 가지고 있는 문종현 ESRC이스트시큐리티 시큐리티 대응센터 센터장의 얼굴이다. 그는 한 달 전에 나에게 이렇게 경고했다.

"북한에는 해커 부대가 있습니다. 부대원은 7천 명 정도로 추정되고 있습니다. 김정은이 직접 관리하는 부대라고 보시면 됩니다. 이 부대는 해킹 능력 순으로 서열이 매겨집니다. 지난 몇 달 동안 작가님은 서열 3위, 수퍼맨은 서열 1위 해커에게 해킹당하고 있었습니다.[5] 두 분의 모든 정보는 북한에 넘어갔습니다. 아마 김정은에게도 보고되었을 것입니다. 두 분이 하시는 탈북인 구출 활동은 참으로 아름다운 일입니다. 하지만 김정은에게는 그렇지 않습니다. 그에게는 자신의 목에 칼을 겨누는 일입니다. 이제 두 분은 평생 조심하면서 살아야 합니다. 특히 중국이나 동남아 현장은 일절 가지 않아야 합니다. 북한 해커 부대는 인천공항과 김포공항의 입출국 내역을 매일 들여다보고 있습니다. 다음 달에 태국 현장으로 간다고 하셨죠? 북한이 모를까요? 두 분이 탈북인들을 구출하기 위해 간다는 것을요. 만일 북한이 암살조라도 붙인다면 그땐 어떡하시려고 합니까? 저는 두 분의 태국행을 절대 반대합니다."

하지만 수퍼맨은 갈 수밖에 없다고 했다. 내가 "이번에 태국에서 만나기로 한 탈북인들은 한국에서 만나도 되는 것 아닌가요? 북한한테 해킹당해서 못 간다고 하면 그녀들도 이해해줄 겁니다."라고 하자 이렇게 대답했다.

"작가님 말씀이 맞습니다. 그런데 다음 달이 메콩강 루트 재점검 기간이자 메콩강 일꾼 조직 재정비 기간입니다. 만일 이 작업을 하지 않는다면 내년 구출 작업에 큰 지장이 있게 됩니다. 어차피 저는 이 일을 시작할 때부터 주님께 목숨을 맡긴 사람입니다. 그리고 제가 북한에 선교사만 23명 넘게 보냈는데 모두 순교하지 않았습니까. 제가 목숨을 생각한다면 그들을 볼 면목이 없어집니다."

나는 그만 할 말을 잃고 말았다. 다음 날, 나는 아침을 먹자마자 항공사에 전화를 걸어 태국으로 가는 항공권을 예약했다. 나는 허리가 불편하고 수퍼맨은 다리가 불편하기에 좌석은 비즈니스로 끊었다. 그리고 만일 현장에서 살아 돌아온다면 멋진 곳에서 무사생환을 축하하자라는 마음에 후아힌에 있는 고급 리조트를 예약했다. 20년 넘게 태국을 다니면서도 맛집 한 번 가본 적 없고, 리조트 한 번 가본 적 없다는 수퍼맨이 안타까워서 그렇게 했다.[6]

그 와중에 5년 만에 출간한 신작《에이트EIGHT》가 종합 베스트셀러 1위에 올라 정신없는 나날을 보냈다.[7] 사실 나는 신작 출간 이후 하루가 멀다 하고 사인회, 강연회, 인터뷰 등을 하느라 지칠 대로 지쳐 있었다. 그래서 막상 비행기에 올랐을 때는 신이 났다. 드디어 한국을 벗어나는구나 하는 생각에. 그런데 방콕에서 치앙라이로 넘어가던 중에 문종현 센터장의 경고가 떠오르면서 덜컥 겁이 났다. 하지만 어쩌란 말인가. 이미 나는 수퍼맨과 함께 움직이고 있는데. 하여 문종현 센터장의 얼굴이 떠오를 때마다 커다란 지우개로 박박 지웠다. 아마 백 번은 그렇게 했을 것이다. 그래서 이젠 문종현 센터장이 더 이상 생각나지 않을 줄 알았는데, 이렇게 또 현장에서 떠올리게 된 것이다. 나는 다시 마음속 서랍을 열고 지우개를 꺼낸다. 그러고는 머릿속을 가득 채운 문종현 센터장의 얼굴을 조용히 지운다.

자유를 찾은 다섯 여인

내가 나 자신과 바보 같은 전쟁을 벌이고 있는 동안 수퍼맨은 해킹 사건 이후 새롭게 구입한 여러 대의 스마트폰을 동시에 사용해서 탈북인들과 일꾼들에게 계속 지시를 내린다. 옆에서 보니 참 멋있다. 사나이 중의 사나이 같다.

수퍼맨의 스마트폰들이 일제히 침묵을 지키자 태국 골든트라이앵글에서 미리 대기 중이던 작은 배 한 척이 시동을 켜더니 메콩강 위에 아름다운 호弧를 그리면서 하류로 향한다. 잠시 후 배는 은밀하게 라오스 국경지대에 닿는다. 관광객으로 위장한 탈북 여성들이 울창한 숲에서 나와 배에 올라탄다. 여성들을 다 태운 배는 경쾌한 모터 소리를 내면서 메콩강 상류로 가더니 다시 작은 호를 그리면서 하류로 간다. 그러고는 점이 되어 사라진다. 수퍼맨과 나는 나무 그늘 아래서 그 배를 하염없이 기다린다. 시간이 마치 영원처럼 흘러간다. 문득 수퍼맨의 스마트폰 하나가 몸을 부르르 떤다. 수퍼맨이 자리에서 벌떡 일어선다. 멀리서 그 배가 기적처럼 오고 있다. 수퍼맨의 스마트폰들이 불이 난다. 배는 수퍼맨이 지정한 곳에 탈북 여성들을 조용히 내려놓고 빠르게 사라진다. 혹시나 어떤 사고라도 생기면 즉시 투입될 예정이었던 일꾼들도 급히 사라진다. 수퍼맨은 안도의 한숨을 내쉬고 나는 속으로 환호성을 지른다.

이제 저 다섯 여인은 자유다. 돈 몇 푼에 이상한 중국 남자들에게 팔려 가는 일도, 팔려 간 곳에서 짐승 취급당하는 일도, 칼에 찔리거나 불에 지져지는 일도 다시는 겪지 않을 것이다. 그리고 북한으로 끌려갈 수 있다는 공포로부터 영원히 해방될 것이다.

내가 이런 작가적 감상에 젖어 있는 사이 수퍼맨은 다섯 여인을 차에 태운다. 그리고 미리 봐둔 식당으로 데리고 가서 밥을 먹인다. 평소 과묵하던 수퍼맨이 다섯 여인을 만난 순간부터 수다쟁이가 된다. 여인들을 안심시키기 위해서다. 마침내 헤어질 시간이 되자 수퍼맨은 다섯 여인에게 예수 그리스도의 복음을 전하고 축복 기도를 해준다. 이어 미리 대기하고 있던 현지인 협력자에게 다섯 여인을 인계한다. 약 한 시간 뒤, 현지인 협력자로부터 다섯 여인이 태국 경찰서로 잘 들어갔다는 전화가 온다. 이어 다섯 여인한테서도 전화가 온다. 경찰서로 무사히 잘 들어왔다고, 이렇게 살려주셔서 감사하다고, 후원자들에게도 감사 인사를 전해달라고, 한국 가면 교회 열심히 다니겠다고 말이다.

휴, 이제 다 끝난 것이다. 메콩강 루트 재점검과 메콩강 일꾼 조직 재정비는 어제까지 다 마쳤고 탈북인 구출 작업은 방금 완료했으니까, 이젠 숙소로 돌아가서 푹 쉬고, 내일 날이 밝자마자 비행기를 타고 방콕으로 가서 카오산 로드나 좀 돌아다니다가 해 질 무렵 내가 가장 좋아하는 태국 맛집인 꽝씨푸드Kuang Seafood로 가서 어쑤언, 똠얌꿍, 꿍옵운센, 텃만꿍, 뿌빳퐁커리 등을 배가 터지도록 먹은 뒤 코코넛, 땡모반, 타이거 맥주로 우아하게 마무리하고 미리 예약해둔 봉고차를 타고 후아힌으로 넘어가서 고급 리조트를 맘껏 즐기면 되는 것이다.

지상에서 가장 위험한 저녁 식사

나는 신이 난 얼굴로 수퍼맨이 운전대를 잡은 4륜 구동 렌터카에 올라탄다. 그런데 수퍼맨은 숙소에 도착하자마자 스마트폰 여러 개를 번개처럼 꺼내더니 중국, 라오스, 베트남을 힘겹게 가로지르고 있는 수십 명의 탈북인들을 위로하고 격려하고 다독인다. 이어 중국, 라오스, 베트남 일꾼들에게 여러 지시를 내린다. 내가 통화가 언제 끝날 것 같냐고 물으니 한 시간 반은 걸릴 것 같다고 한다. 나는 머릿속이 새하얘진다. 여기서는 이런 통화 자체가 경찰에게 체포될 수 있는 일이기 때문이다. 나는 수퍼맨에게 알았다고 대답하고 황급히 내 방으로 간다. 솔직히 이런 심정이다.

'아이고, 왜 또 구출 활동을 하지? 이러다가 진짜 체포되면 어떡하려고? 여기 숙소 주인과 직원들도 다들 경찰하고 연결되어 있을 텐데. 아이고, 모르겠다. 만일 경찰 낌새라도 보이면 무조건 줄행랑이다.'

숙소 관리인이 청소를 마치고 커튼을 치고 간 탓인지 방은 캄캄하다. 나는 창가로 다가가 커튼을 연다. 태국의 석양이 방 안 가득 쏟아진다. 나는 메콩강을 시뻘겋게 물들이는 태국의 노을을 보면서 깊은 상념에 잠긴다. 만일 오늘 현장에서 태국 경찰에게 발각되었다면 어떻게 되었을까? 즉시 체포되었을 것이다. 그리고 이 아늑한 숙소 대신 강력범들이 우글거리는 현지 경찰서 유치장에 있을 것이다. 사실 나는 지난 10년 동안 전 세계 빈민촌에 학교를 세우는 활동을 하면서 위험한 곳이라면 신물이 날 정도로 많이 다녀봤다. 한 번은 약 9만 5천 명의 난민이 수용되어 있는 요르단 시리아 난민 캠프에 학교를 세우러 갔다가, 난민으로 위장 잠입한 ISIS대원이 컨테이너에 폭탄을 설치하고 자살 테러를 하려다가 실패하고 체포되었는데 그 컨테이너가 아직도 있다는 말을 듣고는, 난민 캠프 관계자를 간곡히(?) 설득해서 일부러 그 컨테이너에서 하룻밤 자기도 했었다. 물론 약 1퍼센트의 확률로 ISIS와 연계된 세력에 의해 납치되거나 살해당할 위험이 있긴 했지만 말이다. 그런데 지난 10년 동안의 위험은 일회성이었다. 북한 인권 활동처럼 평생이 아니었다. 아무리 생각해봐도 이건 아닌 것 같다. 그만두는 게 현명할 것 같다.

내가 이런 생각들에 휩싸여서 내면 깊이 가라앉고 있는데, 수퍼맨이 노크를 하더니 명랑한 목소리로 말한다.

"작가님, 오늘 저녁은 선교관에서 드시죠. 멀리서 온 형제자매들과 함께요. 아이도 둘 있고, 신혼부부도 있습니다. 선교사님이 10분 뒤에 도착하신다니까 로비로 오세요."

내가 깜짝 놀라서 묻는다.

"아이고, 목사님. 거기 잘못 갔다가 경찰에게 발각되면 바로 감옥 가는 것 아닌가요?"

수퍼맨이 너털웃음을 터뜨리면서 답한다.

"네, 맞습니다. 우리는 감옥 가고, 탈북인들은 태국 경찰서로 갔다가 한국으로 옵니다."

내가 모기 같은 목소리로, "목사님, 저는 배가 불러서 저녁은 안 먹어도 될 것 같은데요. 목사님 혼자 다녀오시면 안 될까요?"라고 말하려고 하는데, 수퍼맨의 스마트폰이 요란하게 울린다. 이어 문틈으로 이런 말이 들린다.

"아, 선교사님, 벌써 도착하셨다고요? 아, 네. 저희도 지금 내려갑니다. 작가님이요? 당연히 함께 가죠."

나는 다 죽어가는 얼굴로 수퍼맨을 따라 일층 로비로 간다. 나보다 다섯 살 정도 어려 보이는 남자 선교사가 환한 얼굴로 우리를 맞이한다. 수퍼맨은 조수석에 앉자마자 "선교사님, 어제 위험할 뻔했다면서요. 제가 기도 많이 하고 있습니다. 힘내셔야 합니다."라고 한다. 순간 나는 가슴이 철렁 내려앉는다. 내가 두려움 섞인 목소리로 무슨 일이 있었냐고 다그치듯 묻자 선교사가 환한 미소를 지으면서 이렇게 대답한다.

"어제 밀림 쪽으로 가서 탈북인들을 받았는데 차에 태우고 오다가 경찰 검문에 걸렸거든요. 그런데 그냥 보내주더라고요."

내가 깜짝 놀라서, "아이고! 잘못하면 체포될 뻔하셨네요!"라고 하자 선교사는 아까보다 더 환하게 웃으면서 "아이고, 그럼 저한텐 영광이죠."라고 한다. 그리고 이렇게 덧붙인다.

"지금 한국인 선교사님 한 분이 탈북인들을 구출하다가 현장에서 잡혀서 법원에서 재판을 받고 있어요. 구속 상태로 재판받고 계신데, 어쩌면 다음 차례는 제가 될 수도 있겠지요. 저희 같은 사람들한테는 뭐, 체포라든지 재판이라든지 징역이라든지 이런 것들은 언젠가는 겪어야 하는 숙명 같은 것 아니겠습니까."

나는 눈앞이 캄캄해진다. 어쩌면 지금 메콩강 현장보다 더 위험한 곳으로 가고 있다는 생각에. 나는 나도 모르게 창밖을 살피면서 차문 손잡이에 손을 갖다 댄다. '지금 수퍼맨과 선교사는 둘만의 대화에 빠져 있고 자동차는 상당히 느리게 가고 있다. 나는 대학 시절 낙법을 배웠다. 차문을 벌컥 열고 뛰어내리면 내 몸은 몇 초 정도 비포장도로 위를 구르게 될 것이다. 하지만 잘해야 찰과상을 입을 것이다. 나의 낙법은 완벽하게 작동할 테니까. 그런데 뛰어내린 뒤엔 어떻게 하지? 숙소는 어떻게 찾아가고, 방콕은 어떻게 가지?' 내가 또 이런 바보 같은 생각에 빠져 있는 사이 어느새 차는 선교관 앞에 도착한다. 이젠 어쩔 수 없다. 수퍼맨과 선교사를 따라서 선교관에 들어갈 수밖에 없다. 탈북인들과 지상에서 가장 위험한 저녁 식사를 할 수밖에 없다. 나는 한숨을 내쉬면서 두 사람 뒤를 따른다.

정말이지, 태국에서는 끝날 때까지는 끝난 게 아니다.

2장

모두가 안다고 말하지만 누구도 알 수 없는

한국을 들썩인 두 가지 사건

서울 송파구에서 있었던 일이다.[1] 한 탈북인이 동거 중이던 다른 탈북인 세 명을 칼로 살해한 뒤 탈북 경로를 되밟아서 북한으로 도주했다. 당시에 범행 현장을 조사한 관계자들에 따르면 그 탈북인은 이상한 짓을 했다. 범죄를 저지르고 도망치기에도 바빴을 시간에 굳이 세 탈북인의 시신에서 피를 잔뜩 빼서 방바닥을 피로 흥건하게 적셔놓았다. 수사기관 관계자들과 정보기관 관계자들은 이 괴이한 사건을 두고서 설왕설래했다. 하지만 그 누구보다 북한 정권을 잘 알고 있는 수퍼맨은 이렇게 단언했다.

"대한민국에 정착한 탈북인들 중 극히 일부는 간첩이라고 보아야 한다. 물론 북한 당국에 의해 체계적인 간첩 교육을 받은 경우는 거의 없다. 대부분 탈북하다 붙잡혀서 강제 북송된 뒤 보위부에게 협박과 회유를 받아 간첩이 된다. 사실 간첩보다는 보위부 끄나풀이라는 표현이 더 어울리는 이런 류의 탈북인들은 평소에는 정상적인 탈북인들과 똑같이 살아간다. 그러다가 어느 날 갑자기 북한으로부터 누구를 죽이라거나 무슨 사건을 저지른 뒤 북한으로 들어오라는 지령을 받는다. 만일 지령을 거부하면 북한에 남아 있는 가족들과 친척들이 수용소로 끌려가고, 자신은 북한의 지령을 받은 다른 탈북인에게 살해당한다. 한마디로 지령을 따르는 것 말고는 방법이 없다. 이번 사건은 북한의 지령을 받은 탈북 간첩이 저지른 전형적인 사례다. 북한 정권은 이런 식으로 대한민국 탈북인 사회를 보이지 않게 통제하고 있다. 그런데 국제 사회는 물론이고 대한민국 정부조차도 여기에 대해서는 잘 모르고 있다. 안타까운 일이다."

후일 수퍼맨의 말이 옳았음이 밝혀졌다. 그 탈북인은 북한에서 모종의 임무를 부여받고 중국으로 밀입국했다가 인터폴에 검거되었기 때문이다.

2020년 4월에는 이런 일이 있었다. 탈북인들이 운영하는 한 인터넷 언론사에서 "김정은이 평안북도 묘향산 지구 내에 있는 김씨

일가 전용 병원인 향산진료소에서 심혈관 시술을 받았다. 김만유 병원, 조선적십자 병원, 평양의학대학 병원 소속 '1호' 담당 의사들이 모두 향산진료소로 불려갔다. 현재 김정은은 향산 특각에 머물고 있는데 회복 단계에 있다."라고 보도했다. 다음 날 CNN에서 이 기사를 인용하면서 "김정은이 수술 후 위중한 상태에 빠졌다. 미국 정부가 주시하고 있다."라고 보도했다. 이후 전 세계 언론이 이를 받아 적으면서 소위 난리가 났다. 다들 북한이 곧 붕괴라도 될 것처럼 들썩였다. 한국에서는 탈북인 출신 두 국회의원의 "김정은 스스로 못 걷는다." "김정은 사망 99퍼센트 확신한다." "후계 문제 때문에 사망 발표가 늦어지고 있다." 등의 발언까지 더해져서 '광란狂亂'에 가까운 소동이 일었다.

나는 수퍼맨에게 전화를 걸어서 "김정은이 진짜로 죽은 거냐?"라고 물었다. 수퍼맨은 너털웃음을 터뜨리면서 이렇게 답변했다.

"김정은이요? 아무 이상 없습니다. 지금 묘향산 1호 특각에서 가족과 잘 놀고 있습니다. 때가 되면 다시 나타날 겁니다."

나는 수퍼맨이 알려준 대로 SNS에 적었다. 그러자 언론이 내 SNS 내용을 보도하면서 또 난리가 났다. 한국의 대표적인 포털사이트에서는 나를 국가보안법 위반자로 몰고 갔고, 일부 저질 언론은 내가 무슨 북한 간첩이라도 되는 양 기사를 냈다. 온라인에서는 사람들이 "탈북인들이 맞다." "아니다. 이지성이 맞다." 하면서 설전을 벌였다.

결론은 수퍼맨이 맞았다. 얼마 뒤 김정은은 멀쩡한 얼굴로 다시 공식석상에 등장했다.

"작가님, 진짜와 가짜를 구별하셔야 합니다"

2018년 1월에 있었던 일이다. 나는 서울 마포에 위치한 한 카페에서 여러 미팅을 소화하고 있었다. 내 기억에 따르면 한 잡지사와 인터뷰를 했고, 출판사 사람들과 회의를 했으며, 아프리카 선교사님들과 탄자니아, 우간다, 차드 등에 학교와 교회를 세우는 일을 논의했다. 그러고는 카페 주인이 지인들에게만 제공하는 비밀공간으로 이동해서 북한 선교로 나름 이름이 알려진 사람들을 만났다. 그 미팅이 끝나면 수퍼맨을 만나서 함께 저녁식사를 할 참이었다. 한창 미팅을 하고 있는데 수퍼맨한테서 전화가 왔다. 길이 생각보다 안 막혀서 30분 빨리 도착했다는 것이다. 나는 사람들에게 양해를 구하고 수퍼맨을 모셔 왔다. 그러고는 대화를 이어갔다. 그런데 수퍼맨의 표정이 갈수록 어두워지는 것이었다. 나는 '배탈이라도 나셨나? 저녁 드셔야 하는데, 어떡하지?' 하고 가볍게 생각했다. 마침내 미팅이 끝나고 참석자들과 잠시 사담을 나누려고 하는데 수퍼맨이 내 손을 급히 잡아끌면서 혹시 옆방에서 이야기할 수 있느냐고 물었다. 나는 '이따 저녁을 먹으면서 이야기하면 되는데, 굳이 지금 여기서?'라고 생각했지만 순순히 옆방으로 이동할 수밖에 없었다. 그만큼 수퍼맨의 표정이 다급했다. 옆방은 카페 주인이 창고로 쓰는 곳이라 난방이 되지 않아서 바닥이 몹시 차가웠다. 수퍼맨은 냉기를 아랑곳하지 않고 바닥에 털썩 주저앉더니, 뒤따라 앉은 나에게 밑도 끝도 없는 말을 내뱉었다.

"작가님, 저 사람들 말 믿으면 안 됩니다. 저들은 북한 선교를 핑계로 북한과 무역을 하는 사람들인데, 그 수익금이 다 어디로 가겠습니까. 굶주린 북한 주민들에게 갈까요? 아닙니다. 김정은과 그 일당들에게 갑니다. 작가님, 지금 한국에서 북한 선교 하고 북한 인권 운동 한다는 사람들 상당수가 사실은 김정은 정권을 위해서 일하고 있습니다. 작가님이 저런 사람들을 만나고 계신 것을 보니 제 마음이 아픕니다. 작가님, 진짜와 가짜를 구별하셔야 합니다."

나는 작은 두통을 느꼈다. 도대체 이 사람은 나를 몇 번이나 봤다고 이런 말을 서슴없이 쏟아내는 건가 하는 생각에 말이다. 나는 '뭐라고요? 저분들은 지난 수십 년 동안 한국 사회에서 북한 선교로 나름 명성을 쌓은 사람들인데, 가짜라고요? 아니 사실은 김정은에게 충성하고 있다고요? 도대체 무슨 근거로 이런 말을 하는 건가요? 당신이 무슨 북한 선교 감별사라도 되나요?' 이렇게 쏘아

붙이고 싶었지만, 애써 마음을 진정시키면서 이렇게 물었다.

"목사님, 우리가 지난번에 처음 만났고, 이번이 두 번째지요? 저는 아직 목사님에 대해서 아는 게 거의 없습니다. 그런데 이런 엄청난 말씀을 하시니 제가 당황스럽습니다. 아무튼, 네, 뭐…… 좋습니다. 목사님 말씀대로 저분들이 다 가짜라고 합시다. 그럼 목사님은 진짜라는 이야기인데, 제가 그걸 어떻게 믿을 수 있을까요?"

내 말이 끝나기가 무섭게 수퍼맨은 재킷 속 호주머니에서 스마트폰을 꺼내더니 사진 파일 하나를 보여줬다. 10대 후반으로 보이는 두 남녀가 어색하게 웃고 있는 사진이었다. 내가 "이 사진은 왜요?"라고 묻자 수퍼맨이 담담한 목소리로 대답했다.

"북에서 내려온 아이들입니다. 저를 살해하라는 명령을 받고 왔지요. 이 두 아이는 제가 자신들을 알고 있다는 사실을 모릅니다. 하지만 저는 알지요. 제 정보망은 북한 내부 깊숙한 곳까지 연결되어 있거든요. 이 두 아이는 정상적인 탈북 루트를 거쳐서 대한민국에 왔습니다. 그리고 우리나라에 정착해서 잘 살고 있습니다. 그런데 그 모든 게 위장입니다. 이 두 아이는 지금도 제 정보를 캐러 다니고 있습니다."

나는 이번에는 제법 큰 두통을 느꼈다. 뭐랄까, 지상에서 존재할 수 있는 가장 큰 거짓말 중 하나를 만난 기분이었다고나 할까. 김정은의 이복형 김정남 정도의 인물이라면 모를까, 북한이 고작 무명의 북한 인권 활동가 한 명을 제거하기 위해 암살조를 보낸다는 게 도무지 믿기지 않았기 때문이다. 하지만 그렇다고 당사자 앞에서 티를 낼 수는 없었다. 나는 짐짓 믿는 체하면서 이렇게 물었다.

"정보기관이나 수사기관은 목사님 암살조에 대해서 알고 있나요?"

수퍼맨이 굳은 얼굴로 대답했다.

"모릅니다. 그런데 알아도 방법이 없습니다."

나는 속으로 '역시, 이 사람은 거짓말을 하고 있군. 정보기관과 수사기관이 알아도 방법이 없다니, 이게 말이나 되는 소리인가?'라고 생각하면서 다시 물었다.

"왜요?"

내 목소리에 미세하게 실린 의심과 냉소를 느꼈던 걸까. 수퍼맨은 조금 힘이 빠진 듯한 얼굴로 이렇게 대답했다.

"정보기관과 수사기관은 제가 어떤 인물인지 잘 압니다. 그래서 제가 이런 이야기를 하면 믿어줍니다. 하지만 거기까지입니다."

이후 우리는 이런 대화를 나눴다. 아니 지금 생각해보면 대화라기보다는 취조에 가까웠다. 나는 수퍼맨의 정보기관, 수사기관 이야기를 듣고 그가 아마도 사기꾼일 가능성이 높다는 생각을 했고, 그게 고스란히 내 말투와 태도에 드러났기 때문이다.

"정보기관과 수사기관 입장에서는 북한 암살조를 체포하면 큰

성과일 텐데 왜 목사님 말을 믿기만 하고 움직이지는 않는다는 것이지요?"

"원래 북한 암살조는 암살 대상에 관한 거의 모든 정보를 모을 때까지는 일반 탈북인들하고 똑같이 생활합니다. 저를 죽이러 내려온 두 아이도 지금 그렇게 살고 있습니다."

"물증이 없어서 체포가 불가능하다는 말씀이군요."

"네. 맞습니다."

"그럼 목사님이 살해당하는 것 말고는 방법이 없나요?"

"그렇다고 봐야겠지요."

"억울하거나 두렵지 않으십니까?"

"전혀요."

"정보기관과 수사기관이 목사님에 대해서 잘 알고 있다고 하셨는데, 신변 보호 같은 걸 요청할 수는 없나요? 국민의 권리 잖아요."

"글쎄요. 그런 걸 한다고 암살조가 막아질까요? 북한은 그렇게 만만한 곳이 아닙니다."

나는 그만 말문이 막히고 말았다. '아니 무슨 탈북인 좀 구출한다고 북한에서 암살조가 내려오고, 그 암살조는 10대 청소년이고사실은 20대였다., 정보기관과 수사기관에 신고를 해도 소용이 없고, 신변보호도 의미가 없다니, 이 무슨 말도 안 되는 소리인가? 아아,

이 사람은 사기꾼이 확실하다. 그냥 저녁이나 먹이고 돌려보내자.' 이런 생각이 들었기 때문이다.

하여 나는 이날 진짜로 수퍼맨과 저녁만 먹고 헤어졌다. 그리고 탈북인 구출이고 북한 인권이고 다 잊기로 했다. 이미 나는 국제 NGO들과 일하면서 그들의 위선과 거짓에 지칠 대로 지친 상황이었다.[2] 여기에 북한 인권 사기마저 얹고 싶지는 않았다. 그러면 정말이지 나는 처참하게 무너질 것만 같았다. 다시는 기부니 봉사니 인권이니 하는 세계에 발을 들여놓을 수 없을 것 같았다.

위험하지만 기쁘고 감사한 인생

이 일이 있고 약 3년이 흐른 어느 날, 나는 임채종 드림스드림[3] 대표와 수퍼맨 부부를 비밀리에 이사시키는 계획을 세우고 있었다. 북한 해커 부대의 집요한 추적으로 수퍼맨의 집이 노출되었기 때문이다. 북한 정권의 수퍼맨 암살 의지는 강력했다. 이제는 정보기관도 이를 알아채고 수퍼맨에게 북한 암살조의 미행을 감지하고 따돌리는 법, 자동차나 집 문을 열 때 만지면 즉사하는 독극물이 발라져 있는지 없는지를 확인하는 법 등을 교육할 정도였다. 그러니까 서울 마포구의 한 카페에서 수퍼맨이 내게 했던 모든 말은 진실이었다. 아니 내가 혹시라도 충격을 받을까 봐 상당히 축소해

서 말한 것이었다. 수퍼맨 부부의 비밀 이사는 다행히 잘 마무리되었다.[4]

지금 나는 수퍼맨의 집 앞에 와 있다. 지어진 지 30년 정도 된, 열 평 남짓한 낡디낡은 연립빌라다. 내 양손에는 두루마리 화장지가 한 묶음씩 들려 있다. 초인종을 누르자 수퍼맨이 반갑게 맞이한다. 나는 괜히 호들갑을 떨면서 이렇게 묻는다.

"아이고, 목사님, 이사한 지 벌써 한 달이 넘었는데, 제가 너무 늦게 왔습니다. 죄송합니다. 그나저나, 새집은 어떠신가요?"

수퍼맨이 아이처럼 웃으면서 답한다.

"제가 14년 넘게 살았던 옛날 집은 햇빛이 들지 않았잖아요. 그런데 이 집은 아침부터 햇빛이 들어요. 하나님께서 보내주시는 귀한 햇살을 맞으면서 하루를 시작하니 얼마나 기쁘고 감사한지요. 우리 부부는 정말이지 새로운 인생을 사는 기분입니다."

나는 사모님이 내오신 과일을 실컷 먹은 뒤 역시 사모님이 타주신 인스턴트커피를 마시면서 낮은 목소리로 묻는다.

"요즘 북한 쪽은 어떻습니까? 한국 수사기관이나 정보기관 쪽은요?"

사실 이 질문은 수퍼맨을 만날 때마다 습관적으로 던지는 것이다. 수퍼맨 역시 늘 했던 답변을 되풀이한다.

"아이고, 작가님, 저는 목숨에 여한이 없습니다. 작가님도 알다시피 제가 파송한 북한 선교사가 23명이나 순교하지 않았습니까. 그리고 제가 중국에서 북한 사람들을 대상으로 운영했던 성경 공부 모임들 중 한 팀이 발각돼서 30명이나 되는 팀원 전체가 북한으로 끌려가서 공개 총살당하지 않았습니까. 저 때문에 이렇게 많은 사람들이 순교했는데 제가 어찌 편히 죽기를 바라겠습니까. 저도 언제든 그들 뒤를 따라야지요."

나는 손사래를 치면서 다시 묻는다.

"아니, 목사님, 그런 말씀 마시고요. 최근에 북한 암살조나 한국 수사기관이나 정보기관의 움직임이 없었냐고요."

이번에는 수퍼맨이 낮은 목소리로 답한다. 아무래도 방에 있는 아내가 신경 쓰이나 보다.

"여기로 이사한 뒤로 아직까지 별다른 움직임은 없습니다."

나는 늘 그렇듯이 가슴을 쓸어내리면서 "휴, 다행입니다. 감사한 일이고요."라고 말한다. 정말이지 수퍼맨을 알게 된 뒤로 하루하루가 살얼음판을 걷는 기분이다. 나는 그렇게 집들이를 마치고 수퍼맨 부부의 배웅을 받으면서 주차장으로 향한다. 이제 그만 집으로 들어가셔도 된다고 여러 번 말씀드렸는데도 두 사람은 내 차가 시야에서 사라질 때까지 눈으로 배웅한다. 나는 룸미러에 비치는 두 사람을 보면서 나도 모르게 하나님께 기도를 올린다. 제발 저 두 사람을 지켜달라고 말이다.

3장

삶을 바꾼 만남

탈북 청년 J

그날이 언제였는지는 정확하게 기억나지 않는다. 화가 김지희로부터 문자가 왔다. 자신에게 그림을 배우고 있는 J라는 탈북 청년을 소개해주고 싶다는 내용이었다. 약 일주일 뒤 나는 서울 마포에 있는 한 커피숍에서 두 사람을 만났다.[1]

J는 외모가 도무지 탈북인 같지 않아 보였다. 특히 피부가 백옥처럼 새하얘서 차라리 고생이라곤 하나도 모르고 자란 서울 강남의 부잣집 도련님 같았다. J는 붙임성도 매우 좋았는데, 인사를 나누기가 무섭게 이런 말로 내 마음을 사로잡았다.

"작가님, 제가 탈북하고 한국에 와서 가장 감명 깊게 읽은 책이 작가님의 대표작《꿈꾸는 다락방》이에요. 예전에 부산 벡스코에서 팬카페 행사 하신 적 있으시죠? 그때 2천 명 가까이 모였었잖아요. 저도 참석했었답니다. 작가님, 그거 아세요? 작가님께서 그때 해주셨던 강의가 제 인생에 큰 영향을 미쳤답니다. 늘 감사하다는 말씀 드리고 싶었는데, 이렇게 뵙게 돼서 영광입니다."

그러고는 내 책《꿈꾸는 다락방》을 내보이면서 사인을 요청했다. 나는 그만 무장해제당하고 말았다. 탈북 청년 J는 그렇게 내 마음을 뺏더니 자리가 파할 무렵 당돌한 말을 던졌다.

"작가님, 매주 탈북인 학교에서 팬들이랑 인문학 교육 봉사 활동도 하시고, 대형 NGO 통해서 북한에 빵 공장 세우는 프로젝트도 시도하시고, 또 북한 아이들도 일대일 아동 결연으로 많이 돕고 계시잖아요. 제가 탈북인 사회를 대표해서 감사드립니다. 그런데 작가님, 혹시 '진짜'를 경험해보고 싶지 않으세요?"

"지금 그 말은 내가 북한 관련 가짜 활동을 하고 있다는 그런 의미인가요?"

"그럴 리가요. 작가님의 진심을 모를 사람이 어디 있겠습니까. 저는 다만 작가님이 북한 인권 세계의 문 앞에서 머무르시는 것보다는 문 안으로 확 들어오셔서 한반도 평화를 위해 큰 역할을 해주시면 어떨까 해서 드리는 말씀이에요. 우리나라 사람들이 북한 인권에 정말 무관심하잖아요. 특히 유명한 사람들일수록 무관심하죠. 피 한 방울 섞이지 않은 아프리카 사람들을 위해서는 거액을 후원하고, 직접 비행기를 타고 날아가서 섬기고, TV 캠페인까지 벌이지만 정작 같은 민족인 탈북인들은 부담스러워하고, 피하죠. 심지어 어떤 유명 국회의원은 저희더러 '변절자!'[2]라고 욕까지 했잖아요. 만일 작가님이 이 세계로 들어오시면 우리 사회 분위기가 많이 바뀌지 않을까 생각합니다."

"지금 나를 진짜 북한 인권의 세계로 초대하는 건가요?"

"네."

"그 세계로 들어가려면 어떻게 해야 하나요?"

"한 사람을 만나시면 됩니다."

"한 사람?"

나의 황당한 중국 단둥 프로젝트

그로부터 약 두 달 뒤 나는 탈북 청년 J의 초대로 서울에 위치한 한 북한 인권 단체 사무실을 방문했다. 사실 지금도 잘 모르겠다. 그날 그곳에서 수퍼맨이라 불리는 사람을 만난 게 잘한 일이었는지 아니었는지. 그날 이후로 내 인생은 감당할 수 없는 영역으로 들어서고 말았으니까 말이다.

수퍼맨의 첫인상은 싱거웠다. 탈북인을 4천 명 넘게 구출한 인권 영웅의 모습은 전혀 찾아볼 수 없었다. 뭐랄까, 그냥 맘씨 좋은 옆집 아저씨 같은 느낌이었다고나 할까. 나는 들떠 있는 사람을 싫어하고 말이 많은 사람은 더 싫어한다. 그런데 수퍼맨은 매우 들떠 있었고 말도 참 많았다. 알고 보니 그는 유명 스포츠 선수이자 연예인인 내 아내의 열성팬이었다.

수퍼맨은 지극히 순수한 얼굴로 "사모님은 어떻게 만나셨어요?" "당구는 좀 치시나요?" "글은 언제부터 쓰셨어요?" "책은 하루에 몇 시간 읽으세요?" 같은 질문들을 내게 열심히 던졌다. 그런데 나는 언론사 기자들과 TV 방송 진행자들과 강연 진행자들과 독자들에게 늘 이런 질문을 받고 있었고, 늘 똑같은 답변을 앵무새처럼 반복하고 있었다. 그러니까 나에게 있어서 이런 질문에 대답하는 행위는 '일의 연장'이었다. 하지만 수퍼맨이 이 사실을 알 리 만무했다. 아무튼 나는 그날 인권 영웅을 만났다는 기쁨보다는 뜻하지 않은 팬서비스 뒤에 밀려든 피로감을 더 느꼈다.

아니, 아니다. 지금 다시 생각해보니 그날 수퍼맨은 내 인생을 근본적으로 바꾸게 될 질문을 던졌다. 바로 "작가님, 중국에 가보신 적 있으세요?"였다.

내가 "네. 한 번이요. 아내가 중국에서 인기가 많은데, CCTV에서 명절 특집 프로그램을 찍는다며 같이 가자고 해서요."라고 답하자 수퍼맨이 다시 물었다.

"어느 지역이었어요?"

"베이징이었습니다."

"혹시 단둥이라고 아세요?"

"네, 압니다. 북한 옆에 붙어 있는 도시 아닌가요?"

"맞습니다. 한번 가보실래요?"

"왜요?"

"지금 그곳에 탈북 노부부가 계시거든요. 그런데 두 분이 무척 불안해하고 계세요. 작가님이 가시면 큰 위안이 될 겁니다."

내가 의아한 얼굴로 "제가 어떻게 위안이 될 수 있다는 거죠?"라고 묻자 수퍼맨은 만면에 미소를 띠면서 "가보시면 압니다."라고 대답했다. 그러고는 이렇게 덧붙였다.

"단둥에 북한 식당들이 있는데 냉면이 기가 막힙니다. 조선족들이 하는 양고기 맛집도 많습니다. 아, 꼭 다시 먹어보고 싶은데, 아쉽네요. 지금은 제가 중국을 갈 수 없는 처지라."

"혹시 맥주는 어떤가요?"

"단둥에는 맛있다고 정평定評이 난 대동강 맥주가 있지요."

"아! 대동강 맥주! 압록강을 보면서 마실 수 있다면 정말 멋지겠네요. 좋습니다. 다녀오지요."

나는 탈북인을 만나러 중국에 가는 게 심히 위험할 수도 있겠다는 생각을 잠깐 했지만 '까짓것, 맛있는 맥주를 마실 수 있다면!' 하는 마음속 소리를 따르기로 했다. 나는 본래 이런 사람이다. 루왁 커피를 마시러 인도네시아 발리를 가고, 분짜를 먹으러 베트남 하노이를 가고, 뿌빳퐁커리를 먹으러 태국 방콕을 가는 사람이다. 그러니까 나의 첫 탈북인 구출 작전이었던 중국 단둥 프로젝트는 이렇게 황당하게 시작되었다.[3]

중국 선양 타오셴 국제공항은 썰렁했다. 입국 수속을 마치고 밖으로 나가니 미리 약속한 사람이 대기하고 있었다. 60대 중반으로 보이는 노인이었다. 그는 나를 보자마자 반말을 했다. 북한식 말투였는데, 대충 이랬다.

"중국, 처음이야?"

"아니요, 두 번째입니다."

"날래날래 따라오라우. 갈 길이 멀어."

"네."

그를 따라 야외 주차장에 가니 반짝반짝 빛나는 차량들 사이에 출시된 지 30년은 되어 보이는 낡디낡은 SUV가 한 대 서 있었다. 잠시 후 우리는 선양 공항을 빠져나와 단둥으로 가는 고속도로에 진입했다. 고속도로는 공항보다 더 썰렁했다. 다니는 차가 거의 없었다. 한 10분쯤 달렸을까. 그가 갑자기 차를 갓길에 세웠다. 그러더니 느닷없이 내 면전에 대고 소리를 질렀다.

"이젠 니가 끌라!"

내가 화들짝 놀라서 "네? 뭘 끌어요?"라고 묻자 그는 짜증 섞인 목소리로 "뭘 끌긴! 차를 끌라!"라며 언성을 더 높였다.

나는 '차가 고장이라도 났나? 나더러 내려서 차를 끌라는 말인가? 밧줄은 어디 있지? 아니 그런데 사람이 어떻게 차를 끌어? 이거 보험사에 연락해야 하는 거 아냐? 아니 그런데 이 노인네는 도대체 왜 나한테 이런 말도 안 되는 소릴 하는 거야?' 하는 표정으로 그를 바라보았다. 그러자 그가 입에 물고 있던 담배를 차창 밖으로 휙 던지면서 혀를 끌끌 찼다. 그러고는 얼굴 가득 쓴웃음을 지으면서 이렇게 중얼거렸다.

"하, 이 종간나, 지금 무슨 말인지 전혀 못 알아듣고 있구먼!"

그는 '역시 남조선 놈들은 안 돼' 하는 표정으로 고개를 절레절레 흔들더니 새 담배를 꺼내 불을 붙였다. 잠시 후 차 안은 그가 내뿜는 담배 연기로 가득 찼다. 나는 혹시라도 그의 비위를 거스를까 봐 조수석 차창을 최대한 느리게 내렸다. 그러고는 갓길 옆에 늘어선 나무들을 조용히 응시했다. 열린 차창으로 신선한 공기가 들어왔다. 살 것 같았다.

'젠장, 이럴 줄 알았으면 스마트폰에 중국 택시 애플리케이션을 깔아둘걸. 그럼 여기서 이런 고생 할 일도 없었을 텐데. 아니, 지금이라도 한 번 깔아봐? 단둥 가는 택시 불러봐?'

나의 이런 생각을 눈치채기라도 한 걸까? 그가 담배를 피우다 말고 갑자기 조수석 쪽으로 몸을 홱 돌리더니 아까처럼 또 소리를 질렀다.

"너는 지금 내 다리가 어떤 상태인지 아니? 보라! 이걸 좀 보라!"

그러고는 자신의 오른쪽 다리를 내 앞에 쭉 뻗더니 바지를 무릎까지 걷어 올렸다. 솔직히 말하면 그의 다리가 어떤 상태였는지 전혀 기억나지 않는다. 그 정도로 당황스러웠다.

"내레 원래는 북한 사람이었다. 내레 평생 북한하고 트럭 하나로 무역하면서 살았는데 북한 천지 안 가본 곳이 없다. 내레 10년 전에 북한에서 사고 나서 다리가 이렇게 됐다. 내레 이렇게 나이가 많고 다리가 이렇게 안 좋은데 차를 끌어야겠어? 젊은 니가 끌어야 하지 안캈어?"

여기까지 듣고 나서야 비로소 알 수 있었다. 그가 말한 "끌라!"는 '운전하라!'였다. 나는 그의 기세에 놀라서 "예! 예!" 하며 조수석에서 내려서 운전석으로 갔다. 그렇게 나의 느닷없는 선양~단둥 고속도로 운전이 시작되었다. 그때 나는 국제운전면허증이 없었기에 만일 경찰의 단속에라도 걸리면 큰 문제가 일어날 수 있었다. 하지만 그런 걸 따질 계제가 아니었다. 그냥 닥치고 운전을 해야 했다. 세 시간 정도 달렸을까? 그가 갓길에 차를 세우라고 지시했다. 그러고는 여기서부터는 자신이 운전하겠다고 했다. 알고 보니 고속도로가 끝나는 지점이었다.

단둥 시내로 들어가는 길은 공안의 검문이 무척 심했다. 내 기억으로는 한 일고여덟 차례 검문을 당했다. 그때마다 나는 가슴이 철렁했다. '수퍼맨 왈 중국에서 탈북인들의 은신처가 공안에게 노출되고, 탈북인들이 공안의 추적을 피해 도망 다니는 것은 일상적인 일이라고 했는데, 혹시 오늘 만나기로 한 탈북 노부부에게 무슨 일이 생긴 건 아닌가? 만일 그렇다면 나는 어떻게 되는 거지?' 하는 생각에 말이다. 세 번째인가 네 번째 검문을 받을 때는 얼굴이 하얗게 변하면서 식은땀마저 났다. 그러자 그가 내 어깨를 툭 치면서 말했다.

"야, 이 종간나, 뭔 겁을 그리 잔뜩 먹었니? 이거 너 잡는 거 아니다. 이번에 단둥에서 연쇄살인 사건이 났다. 아홉 명인가를 죽였다지. 그놈 잡으려고 이러는 거다. 걱정 말라."

나는 반사적으로 "아, 네, 고맙습니다!"라고 말했지만 속으로는 이런 생각이 들었다.

'뭐라고? 연쇄살인마는 공안보다 더 무서운 거잖아. 이거 정말 공포의 도시에 도착했군. 내가 여기서 무사할 수 있을까?'

할머니의 고백

단둥 시내로 들어가니 미리 약속된 장소에서 탈북 노부부가 기다리고 있었다. 나는 두 사람을 만나자마자 맛있는 걸 먹으러 가자고 졸랐고, 두 사람은 나를 단둥 최고의 맛집으로 안내했다. 나는 그곳에서 꿈에 그리던 양고기 요리를 맘껏 먹고 대동강 맥주를 맘껏 마셨다. 그리고 근처 스타벅스에 가서 아메리카노도 마셨다. 사실 이건 수퍼맨의 전략이었다. 중국 단둥에는 민간인으로 위장한 북한 보위부 요원들이 차고 넘친다. 그들은 특히 한국 관광객을 예의주시한다. 혹시나 북한 정권에 해가 되는 행동을 하지 않을까 싶어서다. 그들이 가장 경계하는 대상은 탈북인을 구출하러 온 한국인 또는 한국계 미국인이다. 만일 그들에게 탈북인 때문에 단둥에 왔다는 사실을 들키게 되면 어떻게 될까? 길거리에서 만년필형型 또는 볼펜형型 독침에 맞아 사망하거나 봉고차 등에 강제로 태워져서 북한으로 끌려간다. 그가 접촉한 탈북인들도 같은 운명을 맞이한다. 때문에 수퍼맨은 나에게 단둥 현지에서 철저하게 관광객으로 행동할 것을 요구했다. 그리고 탈북 노부부에게는 조선족 관광가이드 역할을 맡겼다. 이는 노부부가 중국에서 신분을 세탁하고 산 지 25년이 넘었기 때문에 가능한 일이었다. 만일 노부부가 북한을 탈출한 지 얼마 되지 않았다면 수퍼맨은 두 사람을 비밀 쉼터에 꽁꽁 숨겨놨을 것이다. 그리고 나 같은 초보자가 아니라 현장에서 잔뼈가 굵을 대로 굵은 전문 일꾼을 보냈을 것이다.

노부부의 은신처는 중국 도시 빈민들이 거주하는 원룸형 아파트였는데, 미완공 상태였다. 건설사가 건물을 70퍼센트 정도 짓다가 포기하고 그냥 임대를 준 것 같았다. 네다섯 사람이 누우면 꽉 찰 정도의 공간에서 사흘 밤을 보내려니, 갑자기 세계 3대 범죄 도시 톤도필리핀에서 보냈던 하룻밤이 떠올랐다. 그때 나는 톤도에 학교를 세우러 갔었는데 선교사님의 권유로 마닐라에서 배출된 쓰레기가 30년 넘게 쌓여서 만들어진, 한국의 웬만한 산보다 더 큰 쓰레기 산 바로 아래 마을의 한 집, 그러니까 서너 사람이 누우면 꽉 차는 한 판잣집에서 무려 일곱 식구와 하룻밤을 보냈었다.[4] 정말이지 내 인생에서 가장 힘들었던 밤들 중 하나였다. 나는 톤도에서의 경험을 단둥에서 되풀이하고 싶지 않았다.

나는 노부부의 눈치를 힐끗 보면서 스마트폰으로 호텔을 검색했다. 차로 20분 정도 걸리는 곳에 5성급 호텔이 있었다. 나는 할아버지에게 호텔에서 혼자 할 일이 있으니 혹시 택시를 잡아주실 수 있느냐고 물었다. 순간 노부부의 얼굴에서 핏기가 사라졌다. 할머니가 떨리는 목소리로 물었다.

"혹시 일이 잘못된 겁네까?"

할아버지가 거들었다.

"거 보라. 한국 가는 게 쉬운 일 아니다. 마누라, 괜히 한국을 간다고 해가지고."

아뿔싸, 나의 실수였다. 노부부 입장에서는 구출 프로젝트에 문제가 생겨서 내가 갑작스레 현장에서 철수한다고 생각할 만했다. 두 사람을 안심시켜야 했다. 그래서 '구출 프로젝트는 아무 문제가 없고, 사실은 내가 작가여서 혼자 조용히 생각할 공간이 필요하고, 그래서 호텔에 가고 싶지만 두 분이 불안해하시니 오늘 여기서 함께 잘 것이고, 나머지 일정도 함께할 테니 절대 걱정 마시라.'라는 이야기를 열 번 정도 반복해서 말씀드렸다. 그러자 노부부의 얼굴이 겨우 정상으로 돌아왔다. 방 안에도 화기和氣가 돌았다. 나도 마음이 풀렸다. '이제 씻고 자면 되는구나.'라고 생각하며 세면도구를 챙기려는데 갑자기 할머니가 냉장고 문을 열더니 누룽지를 꺼냈다. 그러고는 이렇게 말했다.

"내레 지금 대접할 게 이것밖에 없는데……."

나는 저녁에 양고기 식당에서 하도 많이 먹어서 배가 산처럼 불러 있었지만, 마치 천 년 전부터 할머니의 누룽지를 기다리고 있었던 사람처럼 고개를 끄덕였다. 그래야 노부부의 불안과 공포가 완벽하게 사라질 것 같았다.

할머니가 물을 가득 넣고 끓여주신 누룽지는 환상적이었다. 뭐랄까, 중국 양고기와 북한 맥주로 힘들어하는 내 배 속을 마치 친

할머니의 약손처럼 어루만져주었다고나 할까. 그런데 반찬이 문제였다. 북한 김치라는데 양념과 향이 심히 이질적이어서 입에 넣기조차 힘들었다. 하지만 할머니가 직접 차려준 반찬이었다. 먹지 않을 도리가 없었다.

그렇게 뜬금없는 식사를 마치고, 노부부의 흐뭇해하는 얼굴을 뒤로하고, 마침내 몸을 씻고, 자리에 누우려는데 할머니가 조심스럽게 내 앞에 앉았다.

"목사님이 어제 전화로 사장님이 오시면 내레 북한에서 어떻게 살았고 어떻게 중국으로 왔고, 이런 거 다 말해주라고 했는데, 한번 들어보갔소?"

내가 고개를 끄덕이자 할머니가 이야기를 시작했다. 두 시간 정도 하셨던 것 같다. 나는 그냥 형식적으로 들었다. 전체적인 내용이 북한에서 죽도록 고생했다는 것이었기 때문이다. 사실 탈북인들의 이런 고생담은 한국에서 귀에 못이 박이도록 들었다.

할머니의 이야기가 끝부분에 다다랐을 무렵이었다. 나는 내 두 귀를 의심했다. 할머니가 믿기 힘든 이야기를 했기 때문이다.

"고조 내레 남편하고 중국에서 25년 넘게 신분 세탁하고 잘 살았는데, 왜 갑자기 한국으로 가려고 하는지 압네까?"

"글쎄요."

"내레 처녀 때 신의주 고향에서 도망쳐서 산에 숨었다가 압록강

건너서 중국까지 오는 데 나흘 걸렸시다. 고조 그 나흘 동안 매일 밤 같은 꿈을 꾸었는데, 어떤 사람이 나무에 못 박혀서 죽습니다. 그러더니 또 살아나서 하늘로 올라갑디다. 그땐 그냥 메 이런 이상한 꿈이 다 있나 이렇게 생각하지 않았겠소. 그리고 중국 와서 가정부 하고 식당 일 하면서 그 꿈을 잊어버렸지 않갔소? 내레 조선말은 일케 잘하지만 글자를 몰라요. 그게 늘 한이었는데, 5년 전에 길을 가는데 담벼락에 '한글을 가르쳐드립니다.' 이렇게 붙어 있는 거 아니갔소. 알고 보니 한국계 미국인 선교사가 몰래 성경을 가르치는 모임이지 않갔소? 공부 모임 첫날, 선교사가 성경을 펴고 예수를 가르치는데 20년 전 북한에서 도망칠 때 산속에서 꾸었던 그 꿈이 퍼뜩 생각나서 내레 손을 번쩍 들고 이렇게 물었지요. '내레 옛날에 이런 꿈을 꾼 적 있는데 그 꿈속의 사람이 방금 선생님이 말씀하신 예숩네까?' 그러자 선교사가 뒤로 넘어질 정도로 놀라더니 이렇게 묻습디다. '자매님은 복음을 들은 적이 있나요?' 내가 '그게 뭬냐? 처음 듣는다.'라고 하니까 선교사가 차근차근 예수 복음에 대해 알려줍디다. 내레 그렇게 예수님 믿고, 선교사님 돕다가 탈북 지하 성도들 리더가 되었지요. 그러다가 작년 말에 중국 공산당 교회 다니는 사람들에게 몰래 복음 전하다가 공산당원들한테 의심을 사게 돼서 황급히 종적 감추고 여기로 와서 사장님 만나게 된 거이요."

할머니의 고백을 접하고 나는 탈북인 구출 활동에 대한 관점을 근본적으로 바꾸게 되었다. 나는 탈북인 구출을 국제 구호 활동의 연장선상 정도로 생각하고 있었다. 뭐랄까. 인도주의 차원으로 생각하고 있었다고나 할까. 하지만 할머니의 고백은 이 일이 전적으로 하나님의 영역에 속한 일임을 벼락처럼 깨닫게 해주었다. 하여 나는 그날 밤 잠을 이룰 수 없었다.

한국 교회에 의문을 품다

한편으로 나는 한국 교회를 생각하면서 깊은 의문에 사로잡혔다. 나는 어머니 배 속에서부터 예수를 믿은 사람이다. 하지만 지금껏 신앙생활을 하면서 교회에서 북한 주민이나 탈북인에 대한 이야기를 들어본 적이 거의 없었다. 물론 북한 지하 성도 이야기라든가, 중국 내 탈북 여성들에게 복음을 전하는 목사나 선교사의 이야기를 간혹 듣긴 했었다. 하지만 그때뿐이었다. 교회는 이내 북한 주민들과 탈북인들이 존재하지 않는 것처럼 흘러갔다.

사실 영적으로 깨어 있는 소수의 교회를 제외한 대부분의 한국 교회는 북한 주민들과 탈북인들을 내심 불편하게 여겼다고 보는 게 맞을 것이다. 하긴 세계 10대 경제대국이라는 토양 위에서 세계 최대 교회를 여러 개나 세운 한국 교회 입장에선 세계 최대 빈국이자 세계 최악의 기독교 박해국인 북한이 언제나 낯설고 불편할 것이다. 하여 한국 교회는 미국 교회 다음가는 세계 최대 규모의 선교 사역을 하고 있지만 정작 북한 선교는 외면하다시피 하고 있다.

아니, 아니다. 한국 교회도 나름 북한 선교에 관심을 기울이고는 있다. 그런데 그게 반성경적이라는 데 문제가 있다. 지난 수십 년간 일부 중대형 교회는 북한 선교를 명목으로 평양에 천문학적인 돈을 쏟아부었다.교인들의 피땀 어린 헌금이다. 교회도 대학도 병원도 평양에 세웠다. 이름 좀 있거나 힘깨나 쓴다는 일부 기독교 인사는 어떤가? 평양에 다녀온 것을 앞다투어 자랑했다. 마치 자신이 복음통일을 위해 무슨 큰일이라도 한 것처럼 말이다.

평양은 본래 '동방의 예루살렘'이라고 불렸을 정도로, 아시아에서 가장 거룩한 기독교 도시였다. 특히 1907년에 일어난, 만주와 중국의 부흥으로까지 이어진 '평양 대부흥'은 세계 기독교 역사에서도 보기 드문 사건이었다. 하지만 김일성 이후 평양은 어떻게 되었는가? 김일성을 신으로 섬기는, 신도 수 1천 800만 명[5]을 자랑하는, 세계 10대 종교에 속하는,[6] '주체사상'이라는 사이비 종교의 사제들이 3대에 걸쳐서 북한 전 인민에게 '김일성 영생교'를 세뇌하는 사탄의 도시로 전락했다. 하여 지금 이 순간에도 평양의 두 교회봉수교회, 칠골교회는 "우리가 예배하는 하나님은 김일성 주석이시다!"라며 자신들의 신앙을 당당히 고백하고 있고,[7] 평양과학기술대학교는 교내에 '김일성 영생탑'을 세워놓고 김일성을 경배하는 종교 의식을 치르고 있다. 그리고 평양 시민들은 주체사상 사제들이 '평양 대부흥'이 시작됐던 장대현교회를 무너뜨리고 그 위에 세운 김일성·김정일 두 신상神像에게 경배하고 있고, 북한 주민들은 평양을 따라 북한 전역의 약 4만 개에 이르는 김일성·김정일 두 신상에게 경배하고 있다.

한편으로 평양은 헐벗고 굶주린 절대 다수의 북한 주민들에게는 사실상 접근 금지된 특권층의 도시다. 그리하여 북한 주민들은 한국 교회가 평양에 지원한 교육, 의료 등의 혜택을 일절 누리지 못하고 있다. 뭐랄까, 한국 교회는 '사랑'과 '평화'와 '선교'의 이름으로 북한 주체사상, 즉 김일성 영생교를 전폭적으로 지원하고 있는 듯한 느낌이다.

꽃제비 금철이의 마음으로

할머니는 몇 달 뒤 당신이 기도하고 꿈에서 본 그 산들을 넘고 그 강들을 건너 태국에 도착했다. 그리고 다시 몇 달 뒤 또 기도하고 꿈에서 본 그대로 바다 위를 날아서 대한민국에 왔다.

그로부터 약 1년 6개월 뒤, 나는 수퍼맨과 함께 경기도에 위치한 할머니의 집을 방문했다. 할머니는 대한민국 정부가 지원한 탈북인 임대아파트에서 할아버지와 함께 살고 있었다. 비록 작디작은 집이었지만 중국 단둥에서 머물렀던 그곳과 비교하면 궁전 같은 느낌이었다. 노부부는 여전했다. 할머니는 활달했고 할아버지는 말이 없었다. 우리는 두 시간 정도 차를 마시면서 많은 이야기를 나누었다. 중국에서 있었던 일을 화제에 올렸을 때는 무슨 전우애 같은 것을 느끼기도 했다. 대화 말미에 문득 수퍼맨이 물었다.

"할머니, 자유 대한민국에서 신앙생활 마음껏 하니 너무 좋으시죠?"

순간 할머니의 표정이 어두워졌다. 할머니는 잠시 말을 잇지 못하더니 이내 결연한 얼굴로 이렇게 대답했다.

"내레 한국 와서 교회도 많이 나가보고 목사님들이랑 성도님들하고 교제도 많이 해봤지 않겠어요. 그런데 한국 교회, 복음이 참 약한 것 같습디다. 성경에서 말씀하시는 복음과 다른 복음을 전하는 교회들도 적지 않은 것 같고요. 내레 원래 중국의 탈북인 성도들과 북한 정치범 수용소에 갇혀 있는 성도들을 위해서 평생 기도하기로 작정하지 않았겠어요. 그런데 그 성도들은 성경에서 말씀하시는 복음을 잘 알고 있고 그 복음을 목숨 걸고 지키고 있지 않겠어요. 해서 가만히 생각해보니 정작 기도가 필요한 곳은 한국 교회이지 않겠어요. 내래 진작부터 한국 교회 위해 기도하고 있고, 세상 떠날 때까지 하려고 합니다. 내래 중국에서 복음 전하다가 큰 일 날 뻔해서 한국에 오게 되었는데 그때는 이해를 못 했지요. 왜 나를 복음의 박해지인 중국에서 복음이 넘쳐나는 한국으로 보내시는지. 그런데 한국 와서 알게 되었지요. 왜 나를 북한에서 중국으로 그리고 중국에서 한국으로 보내셨는지."

나는 지금 수퍼맨이 보내준 영상을 보고 있다. 수퍼맨이 중국 선양에서 핸드폰으로 직접 찍은, 23년 된 영상이다. 이제 갓 소년티를 벗은, 양 볼에 살이 통통하게 오른, 금철이라는 아이가 환하게 웃으면서 잘 다녀오겠다는 말을 하고 있다. 그런데 사실 금철이는 스무 살 청년이다. 금철이는 북한에서 최대 300만 명이 굶어 죽은 것으로 알려진 '고난의 행군' 때 부모가 죽자 중국으로 탈출해서 꽃제비거지가 되었다. 하도 못 먹은 탓에 신체 발육이 제대로 되지 않아 10대 중반으로 보일 뿐이다.

금철이는 중국 선양에서 꽃제비 생활을 하다가 수퍼맨을 만났고, 수퍼맨의 가족이 되었다. 그리고 수퍼맨과 성경 공부를 하면서 예수 그리스도를 만났다. 금철이의 특별한 삶은 이때부터 시작되었다.

당시에 수퍼맨은 꽃제비 100여 명을 가족으로 받아들여서 함께 살고 있었다. 그런데 모두 '북한'이라면 치를 떨었다. 다들 '고난의 행군' 때 부모가 굶어 죽었고, 일가친척도 대부분 굶어 죽었기 때문이다. 물론 자신들도 굶어 죽을 뻔했고. 게다가 모두 평민 계급이었기에 북한에서의 기억이라곤 '평양'에 기반을 둔 귀족 계급인 조선로동당원들에게 짐승처럼 유린당하고 수탈당한 것 말고는 없었다. 그래서 꽃제비들은 북한이라는 말만 들어도 얼굴이 백지장처럼 창백해지면서 사시나무 떨듯 몸을 떨었다. 그리고 다들 하루라도 빨리 한국에 가고 싶어 했다. 자유와 인권이 보장되고 부富가 넘쳐흐르는 한국에 간다는 건 북한이라는 지옥에서 영원히 해방되는 것을 의미했기 때문이다. 하지만 금철이는 달랐다. 다시 북한으로 돌아가고 싶어 했다.

수퍼맨에 따르면 금철이는 복음을 받아들인 이후로 완전히 다른 사람이 되어서 예수 복음을 전혀 모르는 북한 사람들을 생각하며 참 많이 울었다고 한다. 그리고 틈날 때마다 "북한 사람들에게 김일성이 영생불멸하는 신神이 아니라는 진실을 알려야 한다. 지금처럼 김일성을 우상숭배하면 모두 지옥에 간다는 사실을 알려야 한다. 북한에 참 하나님, 예수 그리스도를 전해야 한다."라고 말했다고 한다. 그러던 어느 날 금철이는 수퍼맨과 중국 다롄의 한 민둥산에서 기도를 하다가 하늘 문이 열리면서 하나님의 빛이 자신을 뒤덮고 다롄과 북한을 뒤덮는 환상을 봤다. 얼마 뒤 금철이는 수퍼맨의 결사적인 반대를 무릅쓰고 북한으로 들어갔다. 예수 복음을 전하기 위해서였다. 수퍼맨은 금철이의 소식을 오랫동안 접할 수 없었다. 하지만 때가 되니 여러 경로를 통해 금철이의 소식이 들려왔다. 수퍼맨의 예상대로 금철이는 북한에서 복음을 전하다가 체포되었고, 정치범 수용소로 끌려갔다. 그리고 북한에서 받을 수 있는 가장 높은 강도의 고문을 받은 뒤, 순교했다.

나는 수퍼맨이 보내준 금철이의 영상을 다시 한번 재생해본다. 금철이는 스무 살 남자가 지을 수 있는 가장 환한 미소를 지으면서 북한에 잘 다녀오겠다고 말하고 있다. 금철이의 얼굴 위로 북한 선교를 자랑하는, 하지만 북한의 김일성 우상숭배에 대해서는 전적으로 침묵하고 있는 어떤 목사들의 얼굴이 겹쳐 보인다.

제발 한국 교회가 아주 오래된 죄에서 떠났으면 한다. 북한의 김일성 우상숭배를 '사랑'과 '평화'와 '선교'의 이름으로 직·간접적으로 지원하는, 그 거대하고 사악한 죄에서 말이다.

4장

의심하는 순간 진실이 보인다

어느 선교회의 불편한 사기극

중국 단둥에서 목숨을 건 탈북인 구출 활동을 하고 돌아왔지만 한국은 하나도 변한 게 없었다. 다들 자기만의 일상에 매몰돼 있었다. 하지만 그들을 탓할 수는 없었다. 나도 수퍼맨을 만나기 전에는 똑같았기 때문이다.

한국으로 돌아온 나에게는 작은 습관 같은 게 하나 생겼다. 나는 하루에도 몇 번씩 스스로에게 이렇게 물었다.

"수퍼맨을 믿을 수 있는가?"

앞에서도 말했지만 나는 국제 NGO들과 여러 프로젝트들을 하면서 많은 상처를 받은 사람이다. 특히 '선교'와 '인권'을 앞세운 일부 목사들과 일부 선교사들에게 이루 말할 수 없는 실망과 배신감을 느꼈다. 그래서 언젠가부터 이런 류의 단체들과 사람들을 멀리하게 되었다. 그런데 수퍼맨은 내가 경계하는(?) 그 모든 것을 다 갖춘 인물이었다.

나는 수퍼맨을 검증하기로 마음먹었다. 그러려면 먼저 북한 인권·선교계에 대해서 알아야 했다. 나름 한국 최고 수준이라고 평가받는 내 정보망을 돌려보니, 북한 인권·선교계는 내가 우려했던 것보다 훨씬 심각했다. 물론 사역의 특수성상 활동 내역이나 자료 등을 쉽게 공개할 수 없다는 것을 이해하지 못하는 바는 아니다. 하지만 '사역의 특수성'이라는 명분을 내걸고 불법적이고 부도덕한 일을 얼마든지 자행할 수 있다는 게 문제였다. 실제로 조사를 해보니 많은 활동가들과 단체들이 깨끗하지도 아름답지도 못했다.훌륭한 활동가들과 단체들도 있었다. 대표적인 사례를 들면 이렇다.

L은 북한 선교로 유명하다. 그의 간증을 접하면 탈북인 구출은 모두 그가 하는 것 같다. 하지만 정작 그가 하는 일이라곤 전국 교회를 돌거나 언론 등에 나와서 후원금을 모금하고 이를 자신과 연결된 브로커들에게 전달하는 게 전부다.[1] 물론 브로커들은 그 돈을 탈북인 구출에 사용한다. 문제는, 전체 탈북 루트는 장장 1만

킬로미터로 북한~중국~라오스·베트남·미얀마·캄보디아~태국~대한민국에 걸쳐 있는데, L의 브로커들은 이 루트의 일부분에서만 활동하고 있다는, 그러니까 탈북인들을 중국 윈난성 쿤밍시에서 받아서 라오스 국경지대까지만 이동시킨 뒤 철수한다는 것이다. 그러고는 L에게 '탈북인을 몇 명 구출했다.'고 보고한다는 것이다. 그러면 L은 브로커들의 말을 철석같이 믿고는 이를 그동안 자신이 구출한(?) 탈북인 숫자에 추가한 뒤 후원자들에게 보고한다. L이 브로커들에게 이렇듯 휘둘리는 까닭은, L이 탈북인 구출 조직을 만들거나 운영해본 적도, 탈북인 구출 현장에 가본 적도, 실제로 탈북인을 구출해본 적도 없기 때문이다. 더 큰 문제가 있다. L의 브로커들은 L의 탈북인들을 구출하면서(?) 다른 목사들이나 다른 단체들한테서도 구출 비용을 삼중 사중으로 받고 있다. 하지만 L과 다른 목사들 그리고 다른 단체들은 이 사실을 전혀 모르고 있다.

I는 북한 인권·선교 분야에서 핫hot한 인물이다. I는 특히 현장에 직접 뛰어들어서 탈북인들을 구출한 것으로 유명하다. 이 정도로 대단한 인물이면 북한 인권·선교계에서 리더가 될 법도 한데, 사실 I는 이쪽 세계에서 사람 취급도 받지 못하고 있다. I의 구출 활동이 연출과 조작으로 범벅된 것임을 다들 잘 알기 때문이다. 여기

에 더해 I는 다른 활동가나 다른 인권·선교 단체의 공적을 가로채는 것으로도 악명을 떨치고 있다. 그러니까 뭔가 세계적인 이슈가 될 만한 탈북인 구출 사건이 일어나면 자신과 연결된 해외 언론에 연락해서 "내가 구출했다!"라고 하는 것이다. 물론 I가 아예 관여를 하지 않는 것은 아니다. 하지만 고작해야 탈북인들을 중국의 한 성省에서 중국 국경지대까지 또는 라오스 국경지대에서 메콩강 앞까지 이동시키는 브로커들에게 돈을 보내고 전화로 보고를 받는 게 거의 전부이면서 마치 자신이 북한에서 한국까지의 모든 경로를 관장하고 있는 것처럼 이야기하는 것은 차라리 사기에 가깝다. 게다가 언론들이 보도한 그의 활약상을 보면 북한에서 암살조가 열 명은 내려와 있을 법도 한데 북한은 그에게 암살조는커녕 작은 협박조차 하지 않고 있다. 북한은 잘 알고 있기 때문이다. I와 그가 이끄는 북한 선교 단체가 얼마나 엉터리인지 말이다.

Y는 북한 인권·선교 활동을 한다며 북한을 들락거리다가 북한 정권의 눈 밖에 나서 북한에 억류되었다. 만일 Y가 세상이 감당하지 못할 위대한 인권·선교 활동을 하다가 그랬다면, 그는 바로 정치범 수용소로 끌려갔을 것이고, 그곳에서 우리가 감히 상상도 못할 잔혹한 고문을 받은 뒤 순교했을 것이다. 하지만 Y는 북한에서 인권·선교 활동을 한 적이 없다. 하여 Y는 북한에 억류되어 있

는 동안 어떤 고문도 받지 않았고, 정치범 수용소에 수감되지도 않았다. 대신 때가 되자 북한 정권으로부터 자유를 선물받았다. 물론 Y는 북한에 억류되어 있는 동안 모진 시련을 겪었다. 하지만 억류에서 풀려난 이후의 행적은……. 그리고 참으로 요란한 Y의 북한 인권·선교 이야기의 진실은……. 아니, 아니다. 여기까지만 이야기하도록 하자. 모두의 정신 건강을 위해서. 나는 다른 경우라면 몰라도 어쨌든 Y처럼 북한 정권에 의해 직접적인 고통을 겪은 사람들만큼은 어느 정도는 지켜주고 싶다.

P는 중국과 국경을 맞대고 있는 동남아의 한 도시에서 탈북인들을 섬기는 선교관을 비밀리에 운영하고 있다.[2] 나는 P의 이야기를 듣고 감동했다. P의 선교 편지에 따르면 그는 목숨을 걸고 탈북인들을 돕고 있었기 때문이다. 그리하여 나는 P의 선교관을 방문할 계획까지 세웠다. 그런데 이 사실이 알려지자 P의 진면목을 알고 있는 다른 선교사들로부터 제보가 쏟아졌다. 알고 보니 P는 그 국가에서 가장 비싼 동네에 고급 주택을 가지고 있었는데, 차고에는 최신형 벤츠가 주차되어 있었다. 여기에 더해 P는 돈을 물 쓰듯 쓰고 있었다. 물론 현지에서 비즈니스를 크게 하면 얼마든지 이렇게 살 수 있다. 하지만 그는 비즈니스 선교사가 아니었다. 알고 보니 P는 탈북인 구출 비용을 이중 삼중도 아니고 오중 육중으로

받고 있었다. 그러니까 P는 "오늘도 탈북 여성 몇 명이 어렵게 선교관에 도착했습니다. 이 여성들을 여기까지 데려오는 데 비용이 얼마 들었습니다. 지금 이 여성들에게는 이런저런 게 필요합니다. 성도 여러분의 사랑이 필요합니다."로 시작하는 후원금 모금 편지를 남발하면서 돈을 긁어모으고 있었다.[3]

G는 세계 최대의 북한 선교 단체 중 하나다. 이 선교회는 매주 한반도 평화를 위한 기도회를 연다. 그런데 이들이 말하는 평화는 가짜다. 한반도에 진짜 평화가 오려면 북한 주민들의 자유와 인권이 회복되고, 한반도가 자유민주주의 통일이 되어야 하는데, 여기에 대한 기도는 일절 하지 않기 때문이다. 대신 이 선교회는 종전선언과 평화협정을 통한 평화를 추구한다. 참 아름다운 기도 제목이다. 대한민국과 북한이 한반도에서 전쟁을 영원히 끝내고, 평화협정을 체결한다니 말이다. 그런데 한편으로 고개가 갸우뚱해진다. '그럼 김정은 정권은 어떻게 되는 거지? 북한 주민들과 중국 내 탈북인들은?' 하는 생각에 말이다. 대한민국 헌법은 북한을 대한민국 영토로 규정하고 있다. 즉 김정은 정권은 북한을 불법 점령하고 있다. 그런데 종전선언에 이어 평화협정이 체결되면 대한민국은 북한을 독립된 국가로, 김정은 정권을 합법적인 것으로 인정하게 된다. 이는 무슨 의미인가? 대한민국이 김일성 3부자가 만든

현세의 지옥에 합법성을 부여하는 인류 최악의 범죄를 저지르게 된다는 것이다. 충격적인 사실이 있다. 한국의 적지 않은 북한 선교단체들이 G의 길을 가고 있다.

여기까지 읽은 독자들은 '설마!' 할 것이다. 나도 처음엔 내 눈과 귀를 의심했다. 그런데 설마가 사람 잡는다고 했던가. 위의 내용은 전부 사실이다. 아니 솔직히 말하면 독자들의 정신 건강을 위해서 진짜 추악한 사례들은 싣지 않았다. 하지만 나처럼 직접 조사하지 않는 이상 믿기는 쉽지 않을 것이다. 그래서 한국 언론에 보도된 대표적인 사례 하나를 소개하고자 한다.

예랑선교회는 타의 추종을 불허하는 다음 네 가지 북한 선교 활동으로 하루아침에 북한 선교계의 별이 되었다.

첫째, 북한 선교를 하다가 죽어도 좋다는 맹세를 한 한국인 선교사 30여 명을 북한·중국 접경지대로 파송, 두만강가의 토굴 등에서 탈북인들과 생활하게 했다. 이 선교사들은 북한 보위부에 납치되어 온갖 고문을 받았고, 중국 공안에 체포되어 감옥에 갇히기도 했지만 전혀 굴하지 않고 선교 사역을 이어갔다.

둘째, 탈북인들을 북한 선교사로 키운 뒤 다시 북한으로 보내서 성경책, 쌀, 의약품, 의류 등을 전하게 했다.

셋째, 중국에 탈북인들을 위한 지하 교회를 수십 개 세웠다.

넷째, 선교 편지 등을 통해 북한 선교사들이 북한 주민들에게 어떻게 성경책과 복음을 전했는지, 어떻게 쌀과 의약품 등을 전했는지, 어떻게 체포되었는지, 어떻게 고문받았고 어떻게 순교했는지를 상세하게 알렸다. 다음은 예랑선교회가 후원자들에게 보낸 선교 편지 전문이다.[4]

> 남쪽의 형제자매와 동역자들에게 드립니다.
>
> 이제 여기도 훈기가 돌고 꽃이 피는 것이 완연히 봄을 느끼게 합니다.
>
> 나는 지난겨울 탈북한 형제들과 함께 살아온 것이 지금 생각하면은 꿈만 같았습니다. 그리고 그것은 기적이었습니다.
>
> 영하 30도를 오르내리는 추위를 불기 없는 토굴 속에서 용케도 잘 견디어왔습니다. 추위와 배고픔으로 더러는 이 봄을 보지 못하고 먼저 소천한 형제자매들이 적지 않게 있었지만 그래도 우리 일행들은 아직 살아서 찬송가를 부르고 있습니다. 이제는 죽지 않으리라는 소망이 생겼습니다.
>
> 때로는 강제 송환하기 위해서 공안원들의 색출이 있으면 우리는 쫓기고 또 쫓겨서 산으로 피신하여 바람을 막아줄 언덕에 낙엽을 쓸어 모아 침낭 하나로 살을 에는 추위를 견디어내기도 했습니다. 이

럴 때마다 우리는 간절한 기도를 했고 주님은 늘 우리와 함께하셔서 돌보시고 지켜주셨습니다. 입을 것과 먹을 것도 기적처럼 공급되었습니다.

이제 우리는 언 땅이 녹는 데로 땅굴을 파내고 있습니다. 우리의 은신처가 노출되지 않고 기도하고 찬송하기 위해서입니다. 우리는 먹을 것이 없고 속살이 드러나는 남루한 옷차림이지만 그래도 행복합니다. 늘 주의 은혜 가운데 살고 있음을 체험하기 때문입니다.

우리는 이 깊은 골짜기에서 찬송하고 기도하며 말씀을 가르치고 배웁니다. 우리에게 성경을 공급해주는 M 선교회에도 무척 감사하고 있습니다. 배고픔을 면하기 위해서 탈북했지만 지금은 하나님의 자녀로 날마다 성장해가는 것을 보면 고맙고 자랑스럽습니다.

어제는 여기서 3개월 동안 신앙 훈련을 받고 북한으로 돌아가는 한 형제가 배낭에 쌀 대신 성경책을 넣으며 이렇게 기도하는 것을 보았습니다. “아버지 하나님! 나는 이제 살아야 할 필요가 있습니다. 이 성경책을 조선에 다 전할 때까지는 체포되지도 않게 하시고 죽지도 않게 하소서!” 다시 이 형제는 내 손을 꼭 잡으며 “선생님, 이 책을 꼭 전하겠습니다. 그리고 살아서 돌아오겠습니다.”라는 말을 남기며 두만강을 향하여 총총히 사라졌습니다.

이렇게 영적으로 성장한 형제들이 다시 북한으로 들어갈 때는 먹을 양식과 의류를 짊어지어 보냅니다. 그 속에는 특수 제작된 소형 성경도 들어 있습니다. 이 작은 성경이 북한 전역에 퍼져가고 복음은 성령의 바람을 타고 전파되고 있습니다. 이들은 이제 탈북자들이 아닙니다. 전도자입니다. 때로는 리영희 성도처럼 순교를 하기도 합니다. 또 다른 형제는 지금 무산 감옥에 갇혀 공개 처형을 기다리고 있습니다. 그들은 죽음을 두려워하지 않습니다. 이미 죽을 목숨이 주님의 은혜로 살아난 것을 뼛속에 새기며 감사합니다.

나는 이 순간에도 토굴 속에서 관솔로 불을 밝히고 말씀을 가르치며 은혜를 나누고 있습니다. 우리는 성령으로 충만해 있고 천국의 소망으로 가득 차 있습니다. 우리의 열망은 어서 가서 북한에 복음을 전해주는 것입니다. 이 일을 할 수 있도록 많은 것으로 후원해주신 남쪽의 동역자들에게 진심으로 감사를 드립니다.

여기 탈북한 형제들도 남쪽의 형제자매들의 후원에 진심으로 고마워합니다.

총칼을 겨누며 서로 미워하던 어제가 아니고 이제는 성경책을 마주 놓고 고마워하며 사랑을 고백합니다.

저주받은 북한 땅이 회복되도록 기도해주십시오. 그리고 북한의 형제자매들을 위해서 축복해주십시오.

탈북자들과 함께하는 가조 선교사가 보냅니다.

알립니다.

1. 저희 예랑선교회에서는 4월 한 달에도 3월 달과 같은 분량의 의류 5천 점, 쌀 2만 킬로그램, 다수의 의약품과 생필품을 보냈습니다.
2. 예랑선교회에서는 탈북자들을 돕는 일과 북한 복음화에 최선을 다하고 있습니다. 이 일에 같은 사명을 갖고 동참하고자 하시는 분은 연락주시기 바랍니다.

예랑선교회(예수 사랑 실천하는 사람들의 모임)

예랑선교회는 1995년부터 2007년까지 북한 선교 활동을 눈부시게(?) 하면서 수십억 원 규모의 후원금을 모금했다.[5]

2008년 1월, 예랑선교회 진기홍 목사는 사기와 명예훼손 혐의로 신문지상을 화려하게 장식했다. 당시 법원은 진기홍 목사에게 징역 2년, 부인 정모씨[재정 담당]에게 징역 1년을 선고했는데, 판결문에 따르면 예랑선교회는 북한·중국 접경지대로 단 한 명의 선교사도 보내지 않았다. 북한으로 파송한 선교사도 0명이었다. 성경책, 쌀, 의약품, 의류 등도 전혀 보낸 적이 없었다. 한마디로 예랑선교회는 모든 게 거짓이요, 사기였다.

사실 예랑선교회는 빙산의 일각에 불과하다. 북한 선교로 유명한 어느 대형 교회 목사는 북한 선교 후원금 사기를 치다가 징역형을 선고받지를 않나, 탈북인 출신 북한 인권 운동가로 유명한 누구는 그를 유명하게 만든 북한에서의 특수한 경력들과 감동 그 자체인 탈북 스토리가 모두 거짓인 게 밝혀져서 북한 인권·선교계를 충격에 빠뜨리지를 않나, 또 다른 탈북인 출신 유명 북한 인권 운동가는 자신에게 도움을 요청하러 온 한국 내 탈북 여성들을 지속적으로 성추행하다가 마침내 발각돼서 감옥에 가지를 않나, 북한 선교로 유명세를 떨친 한 탈북인 출신 목사는 북한 선교 후원금으로 신도들하고 마약을 하다가 체포되어 역시 감옥에 가지를 않나, 한마디로 북한 인권·선교계는 난리도 이런 난리가 없는 곳이었다.

수퍼맨의 오해와 진실

수퍼맨 이야기로 돌아가자. 나는 북한 인권·선교계가 내 예상을 뛰어넘는 엄청난(?) 곳임을 알고 충격에 빠진 나머지 며칠을 힘들게 보냈지만 이내 마음을 추스르고 수퍼맨 검증에 들어갔다. 정말이지 먼지 하나 안 나올 정도로 탈탈 털었다. 그리고 믿기 힘든 사실과 마주하게 되었다. 수퍼맨은 무슨 전설 속에 나오는 성인聖人처럼 깨끗했다. 특히 북한 인권·선교계에서 이름 좀 날린다는 사람들이 대부분 연루되어 있다는 돈 문제와 여자 문제에서 심히 깨끗했다. 물론 그렇다고 터는(?) 과정에서 아예 먼지가 안 나온 것은 아니다. 수퍼맨에게는 두 가지 루머가 있었다.

첫째, 수퍼맨이 구출한 탈북인이 4천 명[6]이 아니라 1천 명이라는 루머가 있었다. 알고 보니 이는 북한 선교를 직업으로 삼고 살아가는 일부 목사들이 퍼뜨린 말이었다. 물론 그들의 주장에도 일리는 있었다. 그들은 보통 한두 명 또는 두세 명의 브로커와 일을 하는데, 그런 시스템으로는 1년에 잘해야 수십 명밖에 구출할 수 없기 때문이다. 즉 그들의 계산법에 따르면 제아무리 대단한 사역자라도 4천 명을 구출한다는 것은 물리적으로 불가능하다. 하지만 수퍼맨은 세계 최대의 탈북 브로커 조직을 운영하고 있다. 즉 그들의 계산법을 대입하더라도 수퍼맨은 4천 명을 충분히 구출할 수 있다. 그렇다면 그들은 수퍼맨이 가지고 있는 브로커 조직을 왜 모르는 걸까? 아니, 아니다. 사실 그들은 모두 수퍼맨이 만든 브로커 조직과 일하고 있다. 다만 수퍼맨이 자신이 그 조직의 리더라는 사실을 전혀 노출하지 않고 있기에 모를 뿐이다. 무슨 마피아 보스를 다룬 영화에나 나올 법한 이야기처럼 들리겠지만, 내가 직접 확인한 사실이다.

수퍼맨이 탈북인을 4천 명 넘게 구출했다는 것은, 그 악명 높은 요덕수용소 출신으로 탈북인 최초로 백악관에 초대를 받아 미국 대통령을 면담한 강철환 북한전략센터 대표북한 공식 살해 대상 2호, 탈북인 출신 사역자들의 모임[7]인 북한기독교총연합회 회장을 지낸 김권능 목사, 북한 정권이 조선중앙방송을 통해 공식 살해 대상 1호로 지목한 도희윤 피랍탈북인권연대 대표 등 북한 인권·선교계의 전설들이 공통적으로 증언하고 있다. 그리고 북한 인권과 관련해서 공신력 있는 기사를 가장 많이 쓴 것으로 유명한 최보식 기자, 미국 학부모협회 권장도서상Parents' Choice Awards 은상 수상작[8] 《Every Falling Star[9]》의 공동 저자이자 북한 인권 운동가인 탈북인 이성주, 엠네스티 국제 미디어상 수상자[10] 수전 맥클리랜드Susan McClelland 등이 한국 및 세계 언론을 통해 밝힌 바 있다.[11]

결정적으로 내가 증인이다. 나는 수퍼맨이 2018년부터 2019년까지 단 2년 동안 무려 765명의 탈북인을 구출하는 것을 직접 확인했다. 참고로 이 765명의 이름과 사진과 사연은 수퍼맨이 보관하고 있고, 하나원[12]에서도 확인할 수 있다.

둘째, 수퍼맨은 모 북한 선교 단체 목사와 돈 문제 루머가 있었다. 그런데 알고 보니 그 북한 선교 단체는 신뢰하기 힘든 단체였고 그 목사 또한 북한 선교계에서 악명 좀 날리는 사람이었다. 하지만 그렇다고 조사를 안 할 수는 없어서 열심히 파헤쳐봤더니 아니나 다를까 돈 문제는 수퍼맨이 아니라 그 선교 단체 목사가 일으킨 것이었다. 즉 그 목사는 수퍼맨이 북한 암살조의 위협 때문에 공개적인 해명을 할 수 없다는 사실을 잘 알고 자신의 잘못을 수퍼맨에게 뒤집어씌운 것이다.

무시무시한 브로커의 세계

나는 수퍼맨의 루머를 조사하면서 흥미로운 사실을 알게 됐다. 앞에서도 말했듯이 수퍼맨은 북한~중국~동남아~한국에 이르는 세계 최대 규모의 탈북인 구출 조직을 만들어서 운영 중인데, 조직원의 약 70퍼센트는 마약 등을 밀수密輸하는 일을, 약 10퍼센트는 영화 속에나 나올 법한 국제 범죄를 저지르는 일을 본업으로 삼고 있었다. 그러니까 수퍼맨 일꾼 조직의 약 80퍼센트는 탈북인 구출 작업을 일종의 인간 밀수로 생각하고 있었다. 즉 이들은 수퍼맨에게 돈을 받고 북한, 중국에서 여자를 빼내서 동남아를 통해 한국에 보낸다, 이렇게 생각하고 있었다.

나는 처음엔 이 사실을 받아들이기가 힘들었다. 뭐랄까, 그래도 사람을 구하는 일인데, 돈을 얼마를 받든 그 중심엔 순수하고 아름다운 무엇이 있어야 한다고 생각했기 때문이다. 하지만 그건 정말 순진하기 이를 데 없는 생각이었다. 북한은 물론이고 중국, 동남아 정부기관들이 보기에 외국인이 자국 내 탈북인을 빼낸다거나 자국을 통해 탈북인을 이동시킨다는 것은 엄연한 불법이다. 즉 탈북인 구출 활동은 정상적인 경로를 통해서는 절대 할 수 없다. 결국 불법적인 경로를 통해서밖에 할 수 없는데, 이를 장악하고 있는 것은 국제 범죄 조직들이다. 물론 국제 범죄 조직들은 각국 정부기관의 표적이 되는 것을 가장 두려워하기 때문에 탈북인 구출에 절대적으로 비협조적이다. 하지만 그중에서도 기적처럼 수퍼맨과 연결되는 조직들과 사람들이 있었고, 그들이 북한, 중국, 동남아 현장의 가장 위험한 곳에서 수퍼맨과 탈북인 구출을 하고 있었다.

탈북인 구출 활동의 현실을 알게 되니 북한 인권·선교 단체들이 브로커들에게 왜 그렇게 끌려다니는지, 왜 돈을 이중 삼중으로 뜯기는지 이해하게 되었다. 그들에게는 브로커 조직을 통솔할 수 있는 능력 자체가 없다. 이는 근본적으로 국제 범죄 조직을 다루는 일이기 때문이다.

나는 수퍼맨에게 이렇게 물어본 적이 있다.

"아니, 목사님, 이 무서운 사람들을 어떻게 다 통솔하면서 이 놀라운 사역을 하고 계신 거예요?"

수퍼맨은 허허 웃으면서 이렇게 대답했다.

"하나님 은혜지요. 무슨 영화 속에나 나올 법한 범죄를 눈 하나 깜짝 않고 저질렀던 사람들이 저만 만나면 다들 왜 그렇게 온순해지는지요. 그리고 순종하는지요."

나는 수퍼맨의 순수한 미소에 괜히 삐딱한 마음이 들어서 이렇게 쏘아붙였었다.

"그들 중에 목사님과 함께 일하면서 예수님을 만난 사람이 있나요?"

수퍼맨은 움찔하더니 이내 평화로운 목소리로 이렇게 답변했다.

"저와 오랫동안 함께하다 보면 누구나 깨닫게 됩니다. 이 사역은 인간의 힘으로는 절대 불가능하다는 것을요. 그때 저는 예수님을 전합니다. 안타까운 사실은 이 사역의 특수성상 오래 일하는 사람이 드물기에 제가 복음을 전할 기회가 참으로 부족하다는 것입니다. 그래도 지금 제 오른팔 역할을 하는 사람들은 다 복음을 받아들이고 새사람이 되었지요."

수퍼맨을 조사하면서 그가 왜 수퍼맨이라 불리는지도 알게 됐다. 사실 나는 그냥 실명을 밝힐 수 없어서 만든 별명이겠지라고 생각했다. 하지만 아니었다. 수퍼맨은 이미 '김 목사', '김 사장' 등의 가명으로 활동하고 있었다. 알고 보니 수퍼맨이라는 별칭은 탈북인들과 북한 선교·인권 단체들이 붙여준 것이었다.

탈북인들이 '자유의 행진'을 할 때 만날 수 있는 가장 큰 위험이 있다. 중국 공안 등에게 체포되어 강제 북송당하는 일이다. 이때 북한 인권·선교 단체나 활동가가 할 수 있는 일은 거의 없다. 그저 발만 동동 구를 뿐이다. 하지만 수퍼맨은, 아니 수퍼맨만은 다르다. 그는 자신만이 가동할 수 있는 여러 채널을 통해 강제 북송 위기에 놓인 탈북인들을 자유의 몸으로 만들어준다.

여기에 대해 한 탈북인은 자신의 경험담을 이렇게 털어놓았다.

"제 친구가 북한에 있는 가족을 탈북시켰는데 중국에서 사고가 났어요. 공안한테 붙잡혀서 감옥에 갇힌 거죠. 그때 저희가 한국의 거의 모든 북한 인권·선교 단체들과 활동가들한테 눈물로 호소했었어요. 제발 제 친구의 가족을 중국 감옥에서 빼달라고요. 하지만 다 허사였죠. 마지막으로 수퍼맨을 만났어요. 그가 자초지종을 듣더니 이렇게 말하더군요. '기도하면서 기다려라.' 며칠 뒤 기적이 일어났어요. 친구의 가족이 풀려난 거죠. 그때 깨달았습니다. 그가 왜 수퍼맨인지를요. 제 친구의 가족은 지금 한국에 있습니다."

이렇듯 인간이 할 수 있는 최고의 검증을 다했음에도 불구하고 나는 수퍼맨에게 마음을 쉽게 열 수 없었다. 그만큼 북한 인권·선교계는 피곤했다. 그러던 어느 날이었다. 탈북 청년 J로부터 연락이 왔다. 태국으로 탈북인들을 구출하러 갈 예정인데 같이 갈 수 있느냐는 거였다. 그러면서 이렇게 덧붙였다.

"수퍼맨도 함께 갑니다."

내가 태국에서 며칠 동안 있는 거냐고 물었더니, 일주일 이상이라고 답변이 왔다. 나는 옳다, 됐다 싶었다. 태국에서 일주일 넘게 같이 붙어 있다 보면 수퍼맨이 어떤 사람인지 정확히 알 수 있을 것 같다는 판단이 들었기 때문이다. 그렇게 나의 첫 동남아 북한 인권 여행이 시작되었다.

5장

자유를 향한 행진

"날뱀을 아세요?"

나는 일행보다 이틀 먼저 치앙마이로 가서 맛집 순례를 했다. 그러고는 한국에서 미리 예매한 시외버스를 타고 치앙라이로 향했다. 버스는 현지인들로 가득했다. 외국인은 나밖에 없었다. 나는 또 그게 좋아서 신나게 콧노래를 불렀다. 그렇게 세 시간 반 정도 가니까 어느덧 치앙라이였다.

버스에서 내려서 스마트폰을 보니 J의 문자가 여러 개 와 있었다. 두 시간 전에 치앙라이에 도착했고, 지금 어느 작은 호텔에 있다는 거였다. 나는 택시를 찾았다. 그런데 북부 소도시라 그런지, 아니면 밤이라 그런지 택시가 한 대도 보이지 않았다. 난처한 얼굴로 시외버스 터미널 근처를 배회하고 있는데 양철로 얼기설기 이어 붙인 것 같은 낡은 툭툭이 한 대가 조용히 내 앞에 섰다. 툭하면 뒤를 돌아보면서 사람 좋은 미소를 툭툭 날리는 툭툭이 기사에게 사회적(?) 미소를 열 번 정도 지어주고 나니 어느새 숙소 앞이었다.

일행은 총 다섯 명이었다. 나는 첫날이니 가볍게 인사 정도 나누고 잠자리에 들 것이라고 생각했는데 오산이었다. 갑자기 수퍼맨의 강의가 시작되었다. 솔직히 좀 지루했다. 대충 듣는 둥 마는 둥 하고 있는데 수퍼맨의 마지막 이 말에 정신이 확 깼다.

"내일부터 탈북인 구출 작전이 시작되는데 잘못하면 태국 경찰에게 체포될 수 있습니다. 그러면 각자 알아서 도망가야 합니다. 혹시 붙잡히게 되면 우리는 서로 전혀 모르는 사이입니다. 여러분, 감옥은 혼자 가는 곳입니다. 동료를 데리고 가는 곳이 아닙니다."

그나마 다행인 점은 수퍼맨이 나를 특별히 배려(?)해서 작전 장소를 태국 메콩강으로 정했다는 것이었다. J의 말에 따르면 원래 수퍼맨은 탈북 루트 중에서도 가장 악명 높은 라오스의 한 산악 지대로 가려고 했었다는 것이다. 이 말을 듣자 나는 피식 웃음이 나왔다. 나는 살짝 거드름을 피우면서 이렇게 말했다.

"야야, J야, 나도 라오스 산악 지대 많이 가봤어. 너 혹시 방비

엥에서 차로 30분 거리에 있는 후와이씨라는 나무꾼 마을 아니? 내가 그 마을에 학교를 세우고 내 팬들이랑 가서 준공식도 한 사람이야.[1] 그때 교장 선생님한테 상황버섯주도 얻어 마셨지. 그리고 너 우돔싸이에서 차로 비포장도로 타고 북쪽으로 세 시간 정도 가다가 현지인만 아는 어느 길로 훅 빠져서 다시 10분 정도 가면 갑자기 나타나는 기독교 마을 들어봤니? 아마 한국 사람은 아무도 모를걸. 거기가 라오스에서 처음으로 기독교 교회가 세워지고, 라오스 전역으로 전도사를 파견한 곳인데 무슨 전설 속에나 나올 법한 산골 마을이란다. 너도 알다시피 라오스가 공산국가잖아. 기독교를 인정하지 않지. 그래서 그 마을 사람들은 외부로 나가려면 정부의 허락을 받아야 한단다. 내가 그곳 마을 사람들과 밥도 먹고 산도 타고 다 했단다. 그리고 많은 돈을 헌금해서 무너지기 일보 직전인 교회 건물을 새로 지었지. 또 내가 비엔티안에서 차로 네 시간 거리인 한 현지인 교회에서…….”

내가 탈북인 구출 루트를 너무 모르는 것이 어이없었는지, 아니면 내 자랑(?)이 듣기 거북했는지 J가 갑자기 정색하면서 이렇게 물었다.

“작가님, 혹시 날뱀 아세요?”

“날뱀? 그게 뭔데?”

“동남아 깊은 산속에 사는 뱀인데요, 나무에서 나무로 날아다닌다고 해서 날뱀이에요."

"응? 그런데?"

"이 날뱀들이 나무 위에 숨어 있다가 밑으로 사람이 지나가면 번개처럼 날아와서 목을 물거든요."

"뭐? 뱀이 사람 목을?"

"네."

"물리면 어떻게 되는데?"

"온몸이 마비됩니다."

"으악! 설마 네가 말한 라오스 산악지대가?"

"맞아요. 날뱀들 서식지입니다."

"탈북인들은 어떻게 그런 곳을 이동하지? 탈북인들을 구출하러 간 사람들은 또 어떻게?"

"목에 두꺼운 수건을 칭칭 감고 가면 됩니다."

"혹시 이번에 수퍼맨이 가려고 했던 라오스 산악지대 코스를 태국 메콩강 코스로 변경한 사람이 너니?"

J는 뭔가 큰 칭찬과 보상을 원하는 듯한 눈망울로 나를 응시하더니, "네!"라고 대답했다. 순간 나는 절대 지키지 않을 약속을 냉큼 해버렸다.

"앞으로 나와 내 후손들은 해마다 오늘이 되면 너의 공로를 기념하는 행사를 하도록 하마. 네가 나를 살렸다."

이렇게 J와 진담과 농담이 섞인 이야기를 잠깐 하고 나니 어느덧 새벽 1시였다. 내일을 위해 씻고 자야 할 시간이었다. 태국의 미지근한 물로 몸을 씻고 자리에 누우니 온갖 생각이 다 들었다. 특히 수퍼맨이 강의 말미에 했던 체포 이야기와 감옥 이야기가 머릿속을 빙빙 돌았다. '이거 지금이라도 몰래 도망가야 하는 것 아닌가? 혹시 치앙라이에서 우버가 되나?' 이러면서 잠시 스마트폰을 만지작거리기도 했지만 너무 피곤한 나머지 나도 모르게 스마트폰을 떨구고 잠이 들어버리고 말았다.

메콩강 탈북인 첫 구출 작전

다음 날 우리는 조식을 먹고 태국 골든트라이앵글로 이동했다. 숙소는 수퍼맨이 과거에 탈북인 구출 작전을 벌이다가 태국 경찰에게 체포당해 감옥으로 직행한 역사가 살아 숨 쉬는[2] 임페리얼 골든트라이앵글 리조트Imperial Golden Triangle Resort였다. 나는 '왜 하필 숙소를 이곳으로? 이거 원, 과거의 수퍼맨처럼 다 체포돼서 감옥 가자는 건가?' 하는 생각이 들었지만 내색할 수는 없었다. 수퍼맨이 일행 앞에서 매우 신난 얼굴로 자신이 어떻게 체포되었는지 등을 속사포처럼 쏟아내고 있었기 때문이다. 내가 계속 찜찜한 얼굴로 있는 게 마음에 걸렸는지 J가 이렇게 말해주었다.

"태국으로 구출 작전을 하러 오면 보통 여기에 묵습니다. 여기가 작전을 벌이기에 지리적으로 가장 좋거든요. 옛날에 수퍼맨이 여기서 체포되었던 건 당시 태국 경찰들이 특별 단속을 했기 때문이고요. 지금은 그런 일이 거의 없습니다. 실제로 지난 몇 년 동안 이 호텔에서 북한 인권 운동가가 체포되었던 적도 없고요. 그러니 마음 푸세요."

하지만 나는 마음이 잘 풀리지 않았다. 나는 J에게 건성으로 고개를 끄덕이면서 주머니 속으로 손을 넣어서 스마트폰을 만지작거렸다. 그러고는 속으로 이렇게 중얼거렸다.

'역시 이따가 몰래 우버를 알아봐야겠어. 여긴 너무 위험해.'

탈북인 구출 작전은 다음 날 오전에 이루어졌다. 솔직히 세부적인 기억은 전혀 나지 않는다. 그만큼 정신이 없었다. 한 탈북인 가족은 수퍼맨의 지시를 잘못 알아듣고 한 시간 일찍 메콩강을 건넌 탓에 길가에서 한 시간 넘게 있었고, 다른 탈북인들은 수퍼맨과 만나기로 한 장소에서 약 30킬로미터 넘게 떨어진 곳에 도착해 있었다. 수퍼맨의 응급조치 덕분에 다행히 아무 일 없이 다 태국 경찰서로 보낼 수 있었다. 그렇게 혼란스럽기 짝이 없는 시간을 보내고 마침내 우리는 황토빛 물이 성난 용처럼 흐르는 메콩강의 한 지점에 도착했다.

차에서 10분 정도 대기했을까. 수퍼맨의 스마트폰이 요란하게 울렸다. 탈북인 리더의 전화였다. 라오스 쪽 일꾼들이 자신들을 배에 태웠고, 지금 출발한다는 내용이었다. 그 뒤는 잘 기억이 나지 않는다. 내가 얼빠진 얼굴로 메콩강 앞에 서 있었고, 갑자기 탈북인들이 불쑥 나타났고, 그중 한 명의 가방을 받아서 어깨에 멨다는 그 정도만이 희미하게 떠오를 뿐이다. 그래도 선명하게 기억나는 게 하나 있다. 탈북인들의 체취다. 그들의 몸에선 최소 보름 이상 씻지 않았을 때 나는 그 냄새가 났다.

태국의 하늘을 지배하는 뜨거운 태양이 만들어내는 동남아 특유의 후덥지근한 냄새도, 동남아 대륙을 할퀼 듯이 흐르면서 태평양으로 향하는 메콩강의 사나운 냄새도, 메콩강변을 점령한 온갖 식물들이 뿜어내는 진한 초록빛 내음도 탈북인들의 체취 앞에서는 태초 이전의 무無로 돌아간 듯했다. 도대체 나는 그들의 체취를 왜 그토록 강렬하게 느꼈던 걸까. 그리고 왜 이토록 뚜렷하게 기억하고 있는 걸까. 아마도 나는 그들에게서, 목숨 걸고 북한을 탈출, 장장 6천 수백 킬로미터북한에서 태국까지의 거리에 이르는 자유의 행진을 한 사람들만이 풍길 수 있는 자유의 냄새를 맡았기 때문이리라.

그런데 솔직하게 말하면 그때는 이런 작가적 감상을 전혀 가질 수 없었다. 그때는 그냥 군대, 그것도 혹한기 훈련 할 때의 그 천막이 떠올랐다. 체감온도가 영하 40도까지 내려가는 겨울에 전방前方 깊은 산속에서 수십 명의 남자들이 천막 하나 치고 생활하다 보면[3] 천

막 안은 금세 이상한 냄새로 가득 찬다. 게다가 훈련 기간엔 씻지도 못한다. 그렇게 사나흘 정도 지나면 천막 안의 공기는 역한 냄새까지 풍기기 시작한다. 그런데 병사들은 느끼지 못한다. 이미 중독되었기 때문이다. 하지만 겨울 산속 구석구석에 설치된 진지에서 신선한 공기를 맘껏 들이마시면서 경계 근무를 서다가 복귀하면 비로소 알게 된다. 자신이 무슨 야생 동물들이 서식하는 그런 굴속에서나 날 법한 향기(?)를 무한 호흡하면서 훈련에 임하고 있다는 사실을. 아쉽지만 내가 메콩강에서 탈북인들을 구출했을 때 느꼈던 감상은 이게 전부다. 북한 인권이라든가 자유를 향한 위대한 여정이라든가 인류애라든가 하는 그런 멋진 감상은 전혀 느낄 수 없었다. 그저 자꾸만 군대 시절 혹한기 훈련을 받던 그 천막만 계속 떠올라서 '왜 하필 군대 생각이……' 이렇게 중얼거리면서 탈북인들을 숲속에 숨겨놓은 차로 인도하고 태운 게 전부다.

수퍼맨은 탈북인들을 바로 경찰서로 보낼 수는 없다고 했다. 원래 메콩강에서 탈북인들을 구출하면 비밀 선교관으로 데리고 가서 두 달 정도 영양식을 먹이고 성경을 읽히면서 몸과 마음과 영혼을 치유하는 시간을 갖게 해야 하는데, 안타깝게도 현재 선교관은 이미 다른 탈북인들로 만원滿員인지라 그렇게 할 수 없으니, 근처 식당에라도 데려가서 맛있는 음식을 대접하고 함께 기도하는 시간을 갖자는 거였다.

모두가 동의하자, 수퍼맨은 J를 근처 식당으로 보내서 자리를 잡게 했다. J가 선택한 자리는 메콩강이 한눈에 보이는 위치에 있었다. 태국인 주인과 태국인 손님들은 탈북인들을 보고서도 별 신경을 쓰지 않았다. 알고 보니 하도 많이 넘어와서 그런다는 거였다. 다행이었다. 혹시라도 경찰에 신고하면 우리는 꼼짝없이 감옥행이기 때문이었다.

잠시 후 푸짐한 식사가 나왔지만, 제대로 먹을 수가 없었다. 무슨 부흥회가 펼쳐지고 있었기 때문이다. 수퍼맨은 탈북인들에게 거의 설교를 하고 있었고 탈북인들은 중국 산속에서 하나님을 만났다며 간증을 하고 있었다. J는 옆에서 "아멘아멘" 하고 있었고.

나는 이때 온 힘을 다해 수퍼맨을 관찰했다. 혹시 나를 자신의 돈줄로 삼으려고 여기 태국까지 데려와서 '메콩강변의 예수' 흉내를 내고 있는 것은 아닌가 해서 말이다. 그런데 수퍼맨을 관찰하면 할수록 머리가 아파졌다. 나는 무언가에 미쳐 있는 사람들에게서 보이는 특유의 눈빛과 표정과 목소리를 아주 잘 알고 있다. 내가 독서, 글쓰기, 선교 등에 미쳐 있고, 나와 친한 사람들도 대부분 자신이 좋아하는 일에 미쳐 있기 때문이다. 그런데 수퍼맨이 바로 그 눈빛과 표정과 목소리로 탈북인들을 대하고 있었다. 갑자기 두통이 밀려왔다.

나는 그동안 세계 각지를 돌면서 위대한 한국인 선교사들을 참 많이 만났는데, 그때마다 선교사들의 현지인들을 향한 사랑과 긍휼의 마음을 접하면서 늘 감동에 젖곤 했다. 하지만 그건 '나를 버려 당신들을 섬깁니다.' 같은 '아름다움' 또는 '숭고함'이었지, '당신들을 위해서라면 나는 감옥에 가도 좋고, 죽으면 더 좋아!' 같은 '미친 마음'이 아니었다. 게다가 수퍼맨은 실제로 탈북인들을 구출하다가 감옥에 가고, 칼에 찔리고, 총도 맞고 그러지 않았던가. 지금은 북한 암살조가 한국에 내려와 있고.

그러니까 나는 메콩강에서 탈북인들을 섬기는 수퍼맨을 관찰하면서 인간의 한계를 초월한 사랑을 보았지만, 그게 심히 낯설고 괴이해서 전혀 인정하고 싶지 않았다. 차라리 내가 잘못 본 것이라고 생각하고 싶었다. 만일 내가 그 사랑을 인정한다면, 중국 단둥에서 탈북 할머니의 신앙고백을 접했을 때 그랬던 것처럼 수퍼맨의 사역이 단순한 인권 활동이 아니라 많은 사람을 옳은 데로, 즉 예수 그리스도께로 돌아오게 하는 영혼 구원의 사역이라는[4] 사실을 인정하게 될 것이고, 나는 수퍼맨이라는 이 이해하기 싫은 사람을 통해서 일하시는 하나님의 특별한 사역에서 영원히 벗어날 수 없게 될 것만 같았다. 나는 그게 싫었다. 하지만 왠지 그렇게 될 것 같았다. 그래서 머리가 지끈거렸다.

다행스럽게도(?) 내 두통은 짧게 끝났다. 마침 그 식당에 밥을 먹으러 온 한국인 선교사 부부가 있었는데, 수퍼맨을 보자마자 소스라치게 놀라면서 우리 자리로 번개처럼 달려오더니 탈북인들이 있는 것을 확인하고는 새하얗게 질린 얼굴로 "목사님! 지금 태국 경찰이 탈북인들을 돕는 한국인 선교사들을 집중 감시하고 있어요. 어제도 한 선교사님 댁이 수색을 당했어요. 다행히 사전에 정보를 입수하고 탈북인들을 경찰서로 보냈기에 무사할 수 있었지, 안 그랬으면 꼼짝없이 감옥행이었을 겁니다. 목사님, 탈북인들을 먹이고 싶은 그 마음, 탈북인들과 작은 예배라도 드리고 싶은 그 마음, 저희도 잘 압니다. 하지만 지금은 너무 위험해요. 탈북인들은 빨리 경찰서로 보내고, 목사님과 목사님 팀은 즉시 이 지역을 벗어나셔야 합니다. 안 그러면 큰일 날 수 있어요!"라면서, 당장 부흥회(?)를 중지하고 떠날 것을 종용했기 때문이다.

우리는 선교사 부부의 말을 듣자마자 부리나케 그 식당을 빠져나왔다. 그러고는 차를 몰고 경찰서로 향했다. 나는 차 안에서 잠시 호흡곤란 증세를 느꼈다.

'지금 경찰이 현지 선교사들까지 집중 감시하고 있다는데, 우리라고 놓쳤을까? 아니야. 그럴 리 없어. 어쩌면 우리가 태국에 도착한 그 순간부터 몰래 감시를 하고 있었을 수도 있어. 그래, 아까 그 식당에도 사복 차림의 형사가 있었을 거야. 아마도 그 형사는 우리가 식당을 떠나자마자 자신의 동료나 부하에게 무전을 쳤겠지. 지금 한국인들이 탈북인들을 데리고 가고 있으니 바로 체포하라고. 아아, 지금 나는 감옥을 향해 가고 있구나. 그것도 아프리카 감옥 다음으로 위험하고 열악하다는 동남아 감옥으로!'

지금 와서 돌아보면 부끄럽기만 하다. 죽으면 죽으리라[5] 같은 믿음을 가졌어야 했는데, 그저 감옥에 갈 것을 두려워만 하고 있었으니 말이다. 아무튼 나는 그렇게 혼자 속으로 괴로워하면서 아무도 모르게 한국에 있는 승훈에게 문자를 보냈다.

"형이 아무래도 오늘 큰일 날 것 같은데, 만일 밤까지 연락이 없으면 부탁한 대로 움직여줘."

사실 나는 태국으로 오기 전에 절친한 동생인 승훈에게 만일 내가 태국 경찰에게 붙잡힐 것 같으면 바로 문자를 보낼 테니, 문자를 받는 즉시 치앙라이 법원으로 날아와서 나와 수퍼맨의 보석금[6]을 지불해달라고 부탁을 했었다. 나는 정말이지 단 하루도 감옥에 있고 싶지 않았다.

잠시 후 나의 안위를 크게 걱정하면서 만일 오늘 밤까지 무사하다는 문자가 없으면 내일 당장 태국으로 출발하겠다는 답장이 왔다. 재미있는 것은 승훈의 문자를 읽자마자 호흡곤란 증세가 사라졌다는 것이다. 비록 체포를 당하더라도 감옥 생활을 그리 오래하지는 않겠다는 생각이 내 몸과 마음을 진정시킨 것 같았다.

나는 하나님께서 창조하신 태국의 신선한 공기를 마음껏 들이마시고 싶어서 차창을 열었다. 오토바이를 탄 아가씨들이 차창 옆을 스쳐 지나갔다. 그녀들은 뭐가 그리도 즐거운지 큰 소리로 떠들면서 깔깔거리고 있었다. 이어서 길거리에 아무렇게나 놓인 의자들 위에 앉아서 자유롭게 맥주를 마시면서 TV를 보는 중년 남성들이 스쳐 지나갔고, 마음껏 소리를 지르면서 줄넘기를 하고 숨바꼭질을 하는 아이들의 모습이 스쳐 지나갔다.

무심한 얼굴로 그 풍경들을 보고 있노라니 갑자기 눈물이 났다. 도대체 저 태국인들과 이 탈북인들이 뭐가 다르다고, 저들은 자유를 저토록 맘껏 누리고 이들은 이토록 초라한 몰골로 자유를 구걸해야 하는가 하는 생각에. 게다가 이 여성들은 모두 중국에 어린 자녀들을 두고 왔다. 이들은 목숨을 걸고서 자유의 행진을 했지만 이제 태국 경찰서 유치장에 들어가야 하고 다시 이민국 수용소로 보내져서 몇 개월 동안 감옥 생활을 해야 한다. 그리고 최종적으로 한국에 도착해야 비로소 자유의 몸이 된다. 하지만 이들은 북한과 중국에서 그랬던 것처럼 한국에서도 최하류층으로 살게 될 테고, 한국 속의 작은 북한 같은 탈북인 사회에서 약자로 살아가게 될 것이다. 그럼에도 불구하고 이들은 어떻게든 돈을 모아서 중국에 남겨진 아이들을 데려올 것이다. 그리고 자신의 신분과 가난을 고스란히 물려주게 될 것이다. 도대체 이들과 이들의 아이들은 무슨 죄가 있기에 이런 저주스러운 인생을 살아야 한다는 말인가. 이런 생각을 하는 동안 차는 어느덧 치앙라이 경찰서 앞에 도착했다. 다행스럽게도 우리를 체포하기 위해 기다리고 있는 경찰은 없었다.

최고의 맛 두리안과 리치, 그리고 독사

수퍼맨은 탈북인들이 경찰서 안으로 들어가는 것을 확인한 뒤, 안전하다고 판단되는 장소로 차를 몰았다. 우리는 차 안에서 작전의 성공을 기념하며 아이들처럼 크게 환호성을 내질렀다. 수퍼맨이 룸미러로 우리를 보면서 싱긋 미소 짓더니 이렇게 말했다.

"여러분, 수고하셨습니다. 그런데 이대로 돌아가면 조금 아쉽지요. 제가 오면서 싱싱한 두리안을 파는 노점을 봐두었는데, 어떻습니까? 두리안 좀 하시겠습니까?"

J가 "작전을 마치고 먹는 두리안은 지상 최고의 맛이지요! 얼른 가요!"라며 맞장구를 쳤다. 하지만 나를 포함한 다른 사람들은 표정이 좋지 않았다. '뭐? 그 지독한 냄새가 나는 두리안을 먹으러 간다고? 그것도 지금? 오 마이 갓!' 이런 표정이었다. 수퍼맨은 우리의 반응을 아랑곳하지 않고 차를 몰았다. 뭔가 신난 얼굴이었다.

두리안 노점은 차가 많이 지나다니는 도로가에 있었는데 할머니와 손녀딸이 운영하고 있었다. 두 사람은 방금 산에서 따 온 것처럼 싱싱해 보이는 두리안의 껍질을 칼로 익숙하게 벗겨낸 뒤, 가장 작은 알맹이를 반으로 쪼개 우리에게 권했다. 우리는 "노노!"

하면서 황급히 고개를 저었다. 그러자 수퍼맨과 J가 “아니 이렇게 귀한 걸.” 하면서 날름 받아먹었다. 그러고는 “오오! 환상적인 맛!” 이러면서 두리안을 여러 개 주문했다.

사실 나는 동남아 과일 중에서 딱 하나 먹지 못하는 게 있었는데, 두리안이었다. 뭐랄까, 두리안은 냄새만 맡아도 기절할 것 같았다. 그래서 먹는 것은 엄두조차 못 내고 있었다. 그런데 이때는 묘하게도 두리안 특유의 그 지독한 냄새가 전혀 느껴지지 않았다. 오히려 뭔가 맛있는 향 같은 게 났다. 내가 두리안에 호기심을 보이자 수퍼맨이 할머니에게 방금 산 두리안 중 가장 큰 걸 잘라 달라고 부탁했다. 잠시 후 내 두 손에 황금색 두리안이 놓였다. 나는 일말의 주저함도 없이 그 금빛 열매를 입에 넣었다. 순간 인간의 언어로는 절대 형용할 수 없는 어떤 황홀한 맛의 극치가 내 치아들을 부드럽게 어루만지더니 이내 식도를 타고 배 속으로 들어가면서 나를 기쁨에 떨게 했다. 잠깐 겪은 호흡곤란 증세가 내 식성을 바꾼 건지 아니면 두리안 중독자 수퍼맨과 함께해서 그런 건지 모르겠지만, 이 사건은 내 인생의 가장 큰 미스터리 중 하나로 남아 있다. 아무튼 이제 나는 두리안이라면 환장하는 사람이 되었다.

그렇게 길거리에서 두리안을 맛있게 먹고다른 팀원들은 망고를 먹었다 우리는 다시 차에 올랐다. 치앙라이의 산들은 곳곳에서 붉게 타오르고 있었다. 화전火田이 시작되고 있는 모양이었다. 우리는 그 불길들을 뒤로하고서 숙소로 향했다.

다음 날 조식을 먹고 나니, 할 일이 없었다. 공식적인 탈북인 구출 프로젝트는 어제 오후에 종료되었기 때문이다. 물론 수퍼맨의 프로젝트는 계속되었다. 그는 종일 여러 대의 스마트폰을 바쁘게 쓰면서 중국과 동남아를 비밀리에 통과하며 자유의 행진을 하는 탈북인들을 독려했다. 그리고 탈북인들을 인도하는 일꾼들에게 세심하게 지시를 내렸다. 나는 그런 수퍼맨을 보면서 갑자기 궁금증이 일어 이렇게 물었다.

"목사님은 이미 중국과 동남아에 탈북인을 구출하는 일꾼 조직을 완벽하게 갖춰놓으셨고, 스마트폰으로 지시만 잘하시면 되는 것 같은데, 그건 한국에서도 충분히 가능한 일이지 않은가요? 그런데 이번에는 굳이 태국까지 오셨습니다. 그것도 바쁜 저를 데리고요. 이유를 여쭤봐도 되겠습니까?"

사실 나는 이때만 해도 수퍼맨에 대한 의심을 풀지 않고 있었기에 이렇게 물어본 것이었다. 그리고 실제로 나는 수퍼맨이 진짜인지 가짜인지 확인하고 싶어서 힘들게 태국까지 왔다.

수퍼맨은 J가 따 온 리치 열매 한 개를 입안 가득 밀어 넣고 맛있게 먹더니, 이렇게 대답했다.

"지금 일꾼들이 감당하기 힘든 숫자가 중국 국경을 넘어 라오스로 오고 있습니다. 그래서 메콩강 쪽 일꾼들도 다 중국·라오스 국경 쪽으로 올려보냈지요. 이런 때는 제가 직접 와서 받아야 합니다."

"어제 우리가 직접 구출한 팀이 있었고, 그렇지 않은 팀도 있었는데요. 그 차이는 뭔가요?"

"원래는 다 직접 구출해야 함이 옳습니다. 그런데 어제 세 팀 중 두 팀은 제 말을 잘못 알아들었습니다. 그 결과 탈북인 가족은 치앙콩에서 가장 많은 자동차가 다니는 도로 옆에서 한 시간 넘게 있었고, 다른 탈북인들은 엉뚱한 지역으로 갔지요. 아마도 탈북인 가족은 태국 경찰에게 노출되었을 가능성이 큽니다. 만일 그 탈북인 가족을 데리러 갔다면 우리가 경찰에게 체포되었을 가능성이 충분히 있었겠지요. 그리고 다른 탈북인들은 탈북인이 1년에 한 번 나타날까 말까 한 그런 지역으로 갔는데, 현지 주민들이 놀라서 경찰에 신고할 가능성이 있습니다. 이 역시 우리의 신변에 충분히 위험이 될 수 있겠지요. 하지만 마지막 팀은 제 설명을 잘 들었고, 현지 주민들이 탈북인들을 일상적으로 봐서 '또 왔구나!' 하는 정도로 그치는 그런 곳으로 왔지요. 오면서 경찰에 노출되지도 않았고요. 그래서 직접 구출한 것입니다. 어쨌든 세 팀 모두 태국 경찰서로 안전하게 들어갔고, 이민국 사무소로 이동할 예정이니 다 잘된 일이지요."

나는 더 묻고 싶었지만 리치 열매를 그냥 지나칠 수 없었다. 나는 질문을 멈추고는 J가 따 온 리치 열매 십수 개를 순식간에 먹어치웠다. 수퍼맨은 그런 나를 보고 놀라는 눈치였지만 사실 진짜 놀란 건 나였다. 내가 리치 열매들을 해치우는 그 짧은 시간 동안 수퍼맨은 커다란 망고를 세 개나 먹어치웠기 때문이다.

나무에서 갓 딴 리치 열매는 혀를 중독시키는 마력이 있다. 나는 그 마력에 이끌려서 리치 나무들이 있는 리조트 정원으로 향했다. 열매가 하도 많이 열려서 가지들이 땅에 닿을 것처럼 휘어져 있는 리치 나무들 아래서 리치 열매를 마음껏 따 먹으니 천국이 따로 없었다.

리치 열매를 서른 개쯤 먹었을까? J가 급하게 달려오더니 위험하니까 정원에서 빨리 나오라는 거였다. 이유를 물으니, 아침에 팀원들과 리치 열매를 신나게 따 먹고 있었는데, 리조트 직원들이 달려와서 소리를 막 지르더라는 거였다. 팀원들이 "아니 언제는 리치 열매를 마음껏 따 먹으라고 하더니 갑자기 왜 이러지?" 하는 눈으로 쳐다보니까 리조트 직원들이 손가락으로 리치 나무 위를 가리키면서 "스네이크snake! 스네이크! 다이die! 다이!" 하더라는 거였다. 알고 보니 팀원들은 태국 사람들이 가장 두려워하는 독사가 똬리를 틀고 있는 리치 나무 아래서 리치 열매를 따 먹고 있었던 것이다. 나는 J의 말을 듣자마자 정원에서 탈출했다. 정말이지 태국에서는 그 어떤 것도 끝날 때까지는 끝난 게 아니었다. 리치 열매를 맛있게 따 먹다가 독사에게 물려서 비명횡사할 수 있는 곳, 그게 바로 태국이었다.

우리 스스로 단 한 명도 구하지 못한 국군포로

나는 J와 잠시 리조트 내 산책길을 함께 걸으면서 이런 얘기 저런 얘기를 하다가 방금 전에 수퍼맨과 나눈 대화 내용을 알려주었다. 그러자 J가 두 눈을 크게 뜨면서 이렇게 말하는 거였다.

“일꾼들이 부족할 때는 당연히 수퍼맨이 직접 와서 탈북인들을 받는데요, 그보다는 특별한 신분의 탈북인을 구출할 때 오는 경우가 더 많다고 봐야 해요.”

내가 “특별한 신분?”이라고 묻자 J는 다시 두 눈을 동그랗게 뜨면서 이렇게 대답했다.

“수퍼맨의 특기 중 하나가 특별한 신분을 가진 북한 사람을 탈출시켜서 한국으로 데려오는 것인데 모르셨어요? 사실 이건 국가정보기관에서나 할 수 있는 일인데요, 수퍼맨은 오직 자신의 팀만으로 해내지요. 목사님이 수퍼맨이라 불리는 또 다른 이유라고나 할까요.”

내가 재차 “아니 그러니까 그 특별한 신분이라는 게 뭐냐고?"라고 묻자, J는 예의 싱그러운 미소를 날리면서 "그건 직접 물어보세요."라고 대답했다. 나는 즉시 수퍼맨의 방으로 쳐들어갔다. 수퍼맨은 이렇게 털어놓았다.

"핵개발 관련 고위직[핵 과학자, 핵 시설 책임자], 인민군 고급 장교[장군], 국가안전보위부·인민보안부 고위 관료, 국군포로 등입니다."

나는 보위부까지는 그러려니 했다. 그런데 국군포로에서 깜짝 놀라고 말았다. 나는 자못 흥분해서 목소리를 크게 높였다.

"아니, 목사님! 국군포로도 데려오셨습니까?"

수퍼맨이 그게 무슨 대수냐는 듯한 표정으로 대답했다.

"네. 13명요."

순간 내 몸에서 작은 전율이 일었다. 사실 나는 국군포로 문제를 파고든 적이 있었다. 책으로 쓰고 싶었기 때문이다. 하지만 막상 공부해보니 그건 자유로운 대한민국에서 태어난 작가가 절대로 쓸 수 없는 무엇이었다. 뭐랄까, 천국에서만 살아본 천사가 지옥에 끌려간 영혼들의 이야기를 쓰는 것 같다고나 할까. 그래서 나는 그만 포기하고 말았다. 그리고 가슴 아프지만 잊기로 했다. 그런데 여기 태국에서 느닷없이 국군포로 이야기를 듣게 된 것이다.

국군포로는 6·25전쟁 때 중공군과 인민군에게 붙잡혀서 포로가 되었으나 대한민국으로 송환되지 못하고 북한에 강제 억류된 국군을 의미한다. 대체 몇 명이 돌아오지 못했을까? 무려 7만

5천여 명이다. 당시에 8만 2천여 명의 국군이 포로가 되었는데 북한이 돌려보낸 인원은 8천 343명에 불과했기 때문이다. 그렇다면 인민군 포로는 어떻게 되었을까? 7만 6천여 명 전원이 북한으로 돌아갔다.

북한에 남겨진 국군포로들은 나치 치하의 유대인들처럼 가슴에 '괴뢰군 포로'라는 딱지를 달고서 아오지, 신창, 무산 등의 탄광에서 노예 노동을 하다가 폐암 등 호흡기 질환으로 차례차례 사망했다. 대한민국 정부가 2003년에 발표한 바에 따르면 당시 생존 국군포로는 약 500명이었다. 지금은 그 숫자가 약 150명 정도로 줄어든 것으로 추정되고 있다.

김일성은 6·25전쟁 이후 북한을 철저한 계급사회로 만들었다. 그리고 그 피라미드 밑바닥에 국군포로를 두었다. 김일성과 그 수하들에게 있어서 노예 계급은 많으면 많을수록 좋은 것이었다. 하여 그들은 국군포로들을 성분이 나쁜(?) 여성들과 강제로 결혼시켰다. 둘 사이에 태어난 자녀들은 부모의 계급을 물려받았다. 그들은 어릴 때부터 부모를 따라 탄광에서 노예 노동을 했다. 여자아이들도 예외가 없었다. 그리고 그들의 자녀들, 즉 국군포로의 손자 손녀들은 꽃제비가 되었다. 탈북해서 한국으로 돌아온 국군포로들의 증언에 따르면 국군포로의 후손들은 북한의 최하위 계급을 한없이 부러워하면서 부모에게 "도대체 우린 왜 태어난 거냐?"라는 질문을 던지는 게 일상이었다고 한다.

한국의 진보 진영이 배출한 세 대통령김대중, 노무현, 문재인은 모두 북한을 방문해서 김정일, 김정은과 정상회담을 했다. 그러고는 종전선언과 한반도 평화를 외쳤다. 하지만 국군포로 문제에 대해서는 입도 벙긋하지 않았다. 특히 노벨평화상 수상자인 김대중 대통령은 재임 기간 중에 비전향 장기수 63명을 조건 없이 북한으로 돌려보냈지만 국군포로 송환은 단 한 명도 요청하지 않았다. 그렇다면 보수 진영이 배출한 대통령들은 국군포로를 단 한 명이라도 데려왔을까? 전혀 아니다.

독일이 분단되자 자유민주주의 서독은 공산주의 동독 수용소에 수감된 정치범 3만 3천 755명과 그 가족 25만 명을 26년에 걸쳐서 34억 6천 400만 마르크, 그러니까 독일 통일 당시 환율 기준 약 1조 8천 400억 원을 주고 데려왔다.[7] 대한민국은 1995년부터 2017년까지 약 100억 달러, 즉 12조 원 이상을 대북 지원 명목으로 북한에 보냈다.[8] 하지만 단 한 명의 국군포로도 데려오지 않았다.[9]

국군포로는 1994년에 조창호 소위를 시작으로 2010년까지 80명이 귀환했고, 현재는 15명이 생존해 있다.[10] 이들은 모두 자력으로 탈북해서 대한민국으로 왔다. 그런데 탈북 과정에서 대한민국 정부에게 이루 말할 수 없는 무시와 냉대를 받았다. 대표적인 사례가 국군포로 장무환 사건이다.

장무환은 아오지 탄광 등에서 45년 동안 노예 노동에 시달리다가 1998년에 목숨을 걸고 중국으로 탈출, 주중 한국대사관에 전화를 걸었다. 다음은 SBS TV 〈그것이 알고 싶다〉에 방영된 당시 통화 내용이다.

"여보세요? 무슨 일로 전화하셨죠?"

"한국 대사관 아닙니까?"

"맞는데요."

"내가 지금 중국에 와 있는데 좀 도와줄 수 없는가. 이래서 묻습니다."

"(귀찮다는 듯 한숨을 내쉬며) 하…… 없죠."

"북한 사람인데, 내가……."

"아, 없어요."

"찰칵(전화 끊는 소리)."

"(나는) 국군포로인데……."

태국 이야기로 돌아가자. 나는 국군포로를 13명이나 구출했다는 수퍼맨의 말에 크게 놀라면서 이렇게 물었다.

"그분들을 귀환시키는 과정에서 국가의 도움을 받았나요?"

수퍼맨은 슬픈 표정으로 대답했다.

"아니요."

나는 또 물었다.

"귀환하신 국군포로들은 조국에서 남은 여생을 행복하게 사셨나요?"

수퍼맨의 표정이 더 슬퍼졌다.

"대부분 불행하셨습니다. 일부 가족들 때문에요."

"그들이 어떤 짓을 했나요?"

"6·25전쟁 당시 육군 중위셨던 장선생張善生 님의 경우 친동생에게 보상금을 거의 다 빼앗기고 허름한 요양원으로 쫓겨나셨습니다. 그때 장선생 님은 중풍으로 몸 반쪽을 쓰지 못하는 상태였지요. 제가 그 소식을 듣고 요양원을 찾아갔었습니다. 죽음을 앞둔 다른 노인들과 함께 비참한 몰골로 누워 계셨는데, 인간이 지을 수 있는 가장 슬픈 표정으로 저를 한참 동안 쳐다보시더니 제 손을 잡고 엉엉 우시더군요. 그러고는 두 달 뒤에 돌아가셨습니다."

"장선생 님의 사례가 일반적입니까?"

"대체로 그렇다고 봐야겠지요."

나는 더 이상 대화를 이어갈 수 없었다. 국군포로에 대해서 계속 듣고 있다간 나도 모르게 엉엉 울 것 같은 기분이 들었기 때문이다. 나는 수퍼맨에게 양해를 구하고 밖으로 나갔다. 혼자만의 생각에 잠겨서 걷다 보니 어느새 메콩강 앞이었다. 강 여기저기서 불규칙적으로 일어나는 흙탕물 소용돌이들을 한참 동안 보고 있노라니 묘하게 마음이 진정되었다. 나는 불현듯 아내가 보고 싶어졌다. 그리고 집으로 돌아가고 싶어졌다.

'그래, 잊자. 탈북인이고 국군포로고 다 잊자. 이건 내가 감당할 수 있는 세계가 아니다. 한국으로 돌아가면 다 잊고 본래의 나로 돌아가자.'

나는 이렇게 생각하면서 자리를 털고 일어났다. 그러고는 메콩 강변에서 저녁 장사 준비를 하는 태국 상인들 사이를 지나서 숙소로 돌아갔다. 그로부터 약 열 시간 뒤 그러니까 새벽 4시경, 나는 J가 내지르는 고함 소리에 깜짝 놀라서 잠이 깼다. J는 꿈속에서 친구들과 함께 탈북하다가 북한 보위부에게 붙잡혔다고 했다. J는 "여기 북한 아니죠? 태국 맞죠?"라며 몇 번을 물어보더니 오랜만에 보위부에 체포되는 악몽을 꿨다며 멋쩍어했다. 나는 그런 J를 보면서 이렇게 생각했다.

'내가 한 번씩 꾸는 악몽은 고작해야 교육대학교나 초등학교 교사 때로 돌아가거나 군대에 재입대하는 건데, 탈북인은 같은 악몽도 보위부에 잡혀서 강제 북송되는 그런 꿈을 꾸는구나. 아, 나를 그토록 힘들게 했던 지난 시절의 악몽들이 사실은 사치스러운 것이었구나.'

아침이 밝자 우리는 조식을 대충 먹고 짐을 챙겨서 치앙라이 공항으로 향했다. 우리는 방콕 수완나품 공항에 도착해서 이별을 했다. 수퍼맨과 J와 팀원들은 한국행 비행기를 타러 갔고, 나는 택시를 타고 파타야로 향했다. 늘 그렇듯이 파타야는 파타야다웠다. 그리고 내가 애용하는 힐튼 호텔 수영장은 여전히 좋았다.[11] 그런데 예전과 달리 내 마음은 전혀 즐겁지 않았다. 아니 심히 무거웠다. 나는 파타야에서 2박을 한 뒤 방콕으로 가서 시내를 돌아다니다가 공항으로 향했다.

다음 날 새벽, 누가 깨우는 소리에 눈을 떴더니 비행기가 착륙 준비를 하고 있었다. 입국 절차를 마치고 차를 운전해서 집으로 오니, 아내가 반가운 얼굴로 맞이했다. 둘째를 임신 중인 아내의 배는 출국 전보다 더 나와 있었다. 첫째는 방에서 쿨쿨 자고 있었다.

아내와 잠시 다정한 대화를 나누고, 첫째를 어린이집에 등원시킨 뒤 스마트폰을 보니 그새 수퍼맨과 J의 문자가 와 있었다. 수퍼맨은 내가 잘 도착했는지를 궁금해했고, J는 모바일 청첩장을 보내왔다. 나는 답장을 보낼까 말까 망설였다. 분명히 나는 태국 골든트라이앵글에서 메콩강을 바라보면서 스스로에게 약속했었다. 수퍼맨이 속한 세계를 떠나자고, 완전히 잊자고 말이다. 만일 내가 두 사람에게 답장을 보낸다면 어떻게 될까? 나는 두 사람과 계속 연락을 하게 될 것이고, 나도 모르게 또 메콩강 앞에 서 있는 나 자신을 발견하게 될 것이다.

그날 오후 늦게 나는 두 사람에게 답장을 보냈다. 과연 그건 나 자신의 의지였을까, 아니면 내 의지를 넘어선 어떤 초자연적인 힘의 영향이었을까. 솔직히 지금도 잘 모르겠다. 아무튼 나는 그렇게 지상에서 가장 위험한 세계로 발을 내딛었다.

6장

"꿈은 꿈대로 남겨두는 것이 아니다"

불가능을 가능으로 만드는 결심

나는 한 번 마음을 정하면 전력全力을 다해 최고의 결과를 만들어내는 스타일이다. 스무 살 3월에 처음 작가의 길을 걸었을 때 모두가 "안 된다!"고 했다. 실제로 나는 14년 7개월 동안 무명 작가 생활을 했다. 하지만 온 힘을 다해 그 암흑의 터널을 통과했고, 마침내 한국에서 가장 많은 사랑을 받는 작가가 되었다. 2010년에 '지역아동센터 인문학 교육 나눔' 프로젝트와 '해외 빈민촌 학교 100개 짓기' 프로젝트를 시작했을 때도 마찬가지였다. 참으로 많은 사람들이 "현실적으로 불가능하다!"라고 했다. 실제로 당시의 나에겐 후원 조직도 자금도 없었다. 하지만 전력을 다해 두 프로젝트를 추진했다. 결과는 성공적이다. '지역아동센터 인문학 교육 나눔'은 교사와 자원봉사자를 1천 명 넘게 배출하면서 전국으로 보급됐고,[1] '해외 빈민촌 학교 짓기'는 작년에[2] 100개를 돌파하면서 '1만 개 학교 짓기'로 확장되었다.

태국 일정을 마치고 한국으로 돌아온 나는 수퍼맨과 함께하는 북한 인권·선교 프로젝트에 전력을 다하기로, 최고의 결과를 만들어내기로 결심했다.[3] 그러려면 거대한 후원 조직과 막대한 자본이 필수였다. 하지만 당시의 나는 나의 유일한 조직인 '폴레폴레팬카페' 활동을 거의 중지한 상태였고, 경제적으로는 거의 망하다시피 한 상황이었다. 한마디로 나에게는 사람도 돈도 없었다.

엎친 데 덮친 격으로 시기가 극단적으로 나빴다. 당시 한국은 북한 인권 개선과 북한 주민 해방[4]에 강력한 의지를 갖고 있던 박근혜 대통령이 탄핵을 당하고 감옥에 수감된 상태였다. 대신 인권 변호사 출신이지만 북한 인권은 철저하게 외면하기로 유명한 문재인 대통령이 주체사상파 운동권 출신들을 대거 등용해서 국정을 이끌어나가고 있었다. 여기에 더해 도널드 트럼프 미국 대통령이 싱가포르로 날아가서 김정은과 회담을 했다. 북한 인권 운동가의 관점에서 볼 때 그건 재앙이었다. 김정은의 이미지가 은둔의 3대 세습 독재자에서 미국 대통령과 회담을 한 무슨 거물 정치가로 바뀌었기 때문이다. 차라리 여기서 끝났으면 좋았을 것이다. 그런데 세계 언론은 나가도 너무 나갔다. 갑자기 김정은과 문재인을 평화의 사자로 치켜세우더니 두 사람이 트럼프와 공동으로 노벨평화상을 수상할 수 있다며 난리를 쳤다. 이런 분위기 속에서 북한 인권 운동가들이 설 자리는 없었다. 북한 인권 운동가들은 무슨 평화 파괴자 취급을 받기 시작했다. 물론 트럼프는 다음 해에 열린 하노이 회담에서 김정은에게 굴욕을 안겨주면서 자신의 실수를 만회했다. 하지만 이미 엎질러진 물이었다. 문재인 정권은 싱가포르 회담을 기점으로 북한 인권 운동가들과 북한 인권 단체들을 한반도 평화를 파괴하는 적폐 세력으로 몰면서 건국 이래 단 한 번도 없었던 사악한 핍박을 자행했기 때문이다.

충격적인 사실은 북한 인권을 외면한다는 이유로 휴먼라이츠워치Human Rights Watch 등 국제 인권 단체 47곳으로부터 '우려'와 '경멸'이 담긴 서한을 받고,[5] 유엔인권최고대표사무소OHCHR로부터 르완다3건, 민주콩고12건, 일본13건보다 더 많은 비판18건을 받은 것으로 세계적인 악명을 떨친[6] 문재인 정권의 지지율이 역대 최고인 83퍼센트였다는 것이다. 그리고 한국 국민의 김정은 호감도가 77퍼센트였다는 것이다.[7] 한마디로 한국 사회가 미쳐 돌아가고 있었다. 나는 이런 분위기 속에서 나와 함께할 북한 사역 동지를 구하러 다녔다. 그런데 치명적인 문제가 있었다. 나는 김대중제15대 대통령, 노무현제16대 대통령, 문재인제19대 대통령, 이재명제20대 대통령 후보을 배출한 한국의 진보 정당 '더불어민주당'에게 지난 수십 년간 무조건 90퍼센트 이상의 지지를 보여준 전라도 출신이었다. 그리고 김대중, 노무현, 문재인, 이재명 같은 한국 진보 우상들의 이미지를 만들어온 지식인(?)계에 몸담고 있었다. 그러니까 나는 북한 인권에 철저하게 무관심한, 아니 북한에 성경 보내기 운동을 벌이는 사람들을 간첩죄로 처벌해야 한다고 주장하는 이재명[8] 같은 사람을 절대적으로 지지하는 지인들에게 북한 인권이라는 복음(?)을 전해야 하는 처지에 놓인 것이다. 솔직히 천 번 정도 망설였다. 하지만 중국과 태국에서 하나님의 강력한 일하심을 보았기에 전하지 않을 수 없었다. 결국 나는 시원하게 전했다. 그리고 예상했던 대로 한순간에 '배신자', '정신병자', '인간 쓰레기'로 전락했다. 하지만 그렇다고 복음(?) 전파를 포기할 수는 없었다. 그리하여 나는 복음(?)을 들고 새로운 사람들에게로 향했다. 보수 성향의 목사들과 기독교인들 말이다. 그런데 그들도 수퍼맨과 함께 북한 사역을 제대로 해보자는 나의 제안에 다들 난색을 표했다. 뒤에서 조용히 기도로 후원할 수는 있지만 앞에 나설 수는 없다는 거였다. 도대체 이유가 뭐냐는 내 말에 그들은 하나같이 이렇게 대답했다.

"지금 정권문재인 정부하고 싸우고 싶지 않습니다. 저에게는 지켜야 할 교회가…… 가족이…… 회사가 있습니다. 죄송하지만 이해해주세요. 대신 반드시 뒤에서 기도로 함께하겠습니다."

나는 이런 답변을 접할 때마다 어이가 없었다. 아니, 나는 지켜야 할 것이 없단 말인가? 내가 몸담고 있는 지식인계는 북한 김정은 정권에는 한없이 호의적이지만 북한 인권에는 한없이 냉정하다. 대표적으로 유시민은 문재인 정권 시절 대한상공회의소가 대기업 CEO들을 대상으로 주최한 포럼에서 "한반도 평화시대 한국 사회, 무엇이 어떻게 변할 것인가"라는 주제로 강연하면서 김정은을 '계몽 군주', '혁신가'로 치켜세우고 CEO들에게 김정은을 배울 것을 종용했다.[9] 하지만 유시민은 북한 주민들의 인권이나 중국 내 탈북 여성들의 인권에 대해서는 강연을 한 적이 없다. 기고를 하거나 책을 쓴 적도 없다. 나는 평생 '민주'와 '인권'을 외친 유시민에게 민족적·인류적 차원에서 강력하게 권하고 싶다. 부디 죽기 전에 중국이든 라오스든 태국이든 가서 단 한 명이라도 탈북 여성을 구출해보기를 말이다.

유시민은 김정은 계몽 군주 발언 이후 잠시 보수 여론의 뭇매를 맞았다. 하지만 방송·언론계 등에서는 몸값이 더 높아졌고, 지식인계에서의 영향력은 당연히 더 강해졌다. 모두가 잘 알다시피 이는 방송·언론계, 특히 TV 예능 프로에서 유시민을 국민 스타로 만드는 작업을 지속적으로 해준 덕분이다. 반면 나는 방송·언론계 등에 북한 인권 운동을 하는 걸 들키고(?) 말았고, 여러 방송사로부터 출연 취소 통보를 받았다.[10] 한 방송팀은 내 집필실을 무대로 인문학 다큐멘터리를 촬영 중이었는데, 어느 날 PD가 매우 차가운 얼굴로 "정치 유튜브를 하시나 봐요?"라고 하더니 돌연 촬영 중단을 선언했다. 그리고 다시는 나를 찾지 않았다. 한마디로 나는 한국 사회에서 조용히 지워지고 있었다.

이런 내 앞에서 '지켜야 할 것' 운운하면서 뒤로 물러난 그들은 지금 와서 생각해보니 정말 해도 너무했다.

내가 뒤늦게 이런 불평을 늘어놓는 것은 그들이 두 보수 대통령, 즉 이명박제17대 대통령, 박근혜제18대 대통령 시절, 별 의미도 없는 애국愛國 프로젝트들을 내세우면서 애국자 코스프레를 진하게 하고 다녔던 사람들이기 때문이다. 심지어 그들 중 몇은 내가 자신들의 프로젝트에 참여하지 않는다며 나를 매국노로 몰기도 했었다. 그랬던 사람들이 정권이 바뀌자 하루아침에 불의에 침묵하는 사람들로 바뀐 것이다. 아니, 아니다. 사실 세 명이 함께하겠노라고 했었다. 하지만 내가 수퍼맨 암살조 이야기 등을 하면서 '당신도 목숨을 내놓아야 할 수 있다.'라고 자세히 알려주자 두 명은 낯빛이 흙빛으로 변하면서 나중에 다시 이야기하자고 했다. 물론 두 사람은 내게 다시는 연락하지 않았다. 남은 한 명은 "작가님, 순교가 제 오랜 꿈입니다. 작가님은 주님이 보낸 사람입니다. 곧 태국 현장으로 수퍼맨 목사님과 함께 가신다고 하셨죠? 저도 함께 가겠습니다!"라면서 나를 뜨겁게 끌어안았다. 이때 나는 감동해서 거의 울 뻔했다. 그리고 몇 달 뒤, 나는 수퍼맨과 태국 현장에서 그를 기다렸다. 하지만 그는 오지 않았다. 바로 전날까지만 해도 태국행 비행기표를 끊어놨다며, 함께해서 진심으로 기쁘다며, 태국 감옥에 같이 가게 되면 영광일 것 같다며 문자를 보내왔던 그였다.

자본이라는 벽

태국을 다녀오고 몇 달 뒤의 일이다. 나는 한 지방 소도시에서 오랜만에 수퍼맨의 전화를 받았다. "작가님, 정말 급하게 구해야 할 자매들이 있었는데요, 지난번에 헌금해주신 돈으로 잘 구했습니다."로 시작하는 전화였다. 결론은 당장 시급히 구출해야 할 탈북 여성들이 수백 명 있는데, 북한 인권 단체나 교회들을 통해서 들어오는 후원금으로는 턱없이 부족하다는 것이었다. 나에게 구출 비용을 후원해달라는 말은 한마디도 하지 않았지만, 구출 비용이 부족해서 결국 카드깡을 했다는 이야기를 듣자, 가슴 위로 큰 돌 몇 개가 얹어지는 것 같았다. 물론 나에게 돈이 많았다면 바로 후원했을 것이다. 하지만 지난번 구출 비용도 파주에 있는 작은 땅을 어렵게 팔아서 마련한 것이었다. 게다가 당시에 나는 생활비가 부족해서 자가용 차까지 판 터였고, 빚은 빚대로 5억 원 넘게 지고 있었다. 언론을 통해 나의 화려한 성공 이력만 보아온 사람들은 이 말이 믿기지 않을 것이다. 하지만 사실이다. 이때 나는 경제적으로 거의 망해 있었다. 2015년 이후 출간한 책들이 상업적으로 참패했기 때문이다. 특히 2017년엔 정말 심각했다. 1년 넘게 준비한 인문학 책이 3천 부도 판매되지 않았다. 이 책의 총 인세는 세후 420만 원 정도였다. 대한민국 작가 평균 연봉으로 알려진 300만 원보다 120만 원 정도 더 벌었으니 아주 나쁜 수준은 아니었다고 말할 수도 있겠지만, 아무튼 이때의 나는 인세 수입이 뚝 끊겨서 강의 수입으로 가족을 부양하고 있었다.[11]

나는 처량한 목소리로 하소연을 하는 수퍼맨에게 어떤 말이든 해주고 싶었다. 그런데 갑자기 행사 담당자가 급한 얼굴로 강사 대기실로 들어오더니 "높은 자리에 계신 어떤 분이 작가님이 오셨다는 소식을 듣고 행차하셨다."면서 얼른 나가서 맞이할 것을 종용했다. 통장에 돈이 아주 많았던 시절엔 그런 요청을 받으면 인상부터 찌푸리곤 했다. "내가 왜 인사하러 가야 합니까? 그분더러 오시라고 하세요."라면서 짜증을 내곤 했다. 하지만 당시의 나는 그럴 수 없었다. 나는 수퍼맨에게 다시 전화드리겠다는 짧은 말을 남기고는 높은(?) 분께 인사를 드리러 갔다.

다음 날 나는 강의를 주최한 기관에서 잡아준 호텔을 나와서 버스를 타고 시외버스 터미널로 향했다. 다른 지방 소도시 지자체에서 주최한 강연회에 가야 했기 때문이다. 택시를 타면 쉽게 갈 수 있었지만 요금이 너무 비쌌다. 나는 터미널 매점에서 파는 싸구려 햄버거로 점심을 때우고는 가장 요금이 싼 시외버스를 타고 그 도시로 향했다. 멍하니 차창을 보고 있는데, 하늘이 서서히 먹구름으로 채워지기 시작했다. 그러고는 비를 세차게 뿌려댔다. 순간 수퍼맨이 떠올랐다. 나는 '아차! 다시 전화드린다고 했는데!'라고 하면서 주머니에서 스마트폰을 꺼냈다. 그런데 전화를 걸 용기가 나지 않아서 다시 집어넣었다. 이때는 코로나가 터지기 전이어서 탈북인 1인 구출 비용이 180만 원에 불과했다. 하지만 10명이면 1천800만 원이고 100명이면 1억 8천만 원이다. 뭐랄까, 이건 빈털터리에 가까운 내가 절대로 감당할 수 없는 무엇이었다. 그리고 이런 말 하기 부끄럽지만 당시의 나는 해외 선교지에 학교와 병원과 교회를 많이 지은 것을 후회하고 있었다. '15개 정도는 건축하지 않아도 되었을 텐데. 그 돈에 대출을 더해서 강남 건물을 샀더라면 이렇게 돈 때문에 고통스럽지는 않았을 텐데.' 이런 생각을 하면서 살고 있었다.

강연회는 성황리에 끝났다. 행사 관계자는 작가 강연으로는 지역 역사상 최대 청중이 몰렸다며 감격해했다. 실제로 청중이 구름같이 몰려서 통로 바닥에 앉거나 뒤에 서서 들은 사람이 족히 100명은 되었다. 하지만 그건 과거에 나온 내 책들의 명성 때문이었다. 그리고 그 책들의 인세는 다 사라졌다. 현재의 나는 전국을 돌면서 강사료로 연명하고 있는 한물간 작가에 불과했다. 아무튼 강의에 이어 사인회까지 마치고 KTX역에서 서울행 열차를 기다리고 있는데 갑자기 기침이 나왔다. 이어서 객담이 나왔는데 피 같은 게 살짝 섞여 있었다.[12] 태국을 다녀온 뒤로 단 하루도 쉬지 못하고 전국 강연 일정 등을 무리하게 소화한 탓이었다. 이때 나는 벼락처럼 깨달았다. 수퍼맨과 이쯤에서 이별해야 한다는 것을.

'지금 내가 내 몸 하나 건사하지 못하고 있는데 어떻게 북한 사역을 할 수 있다는 말인가? 수퍼맨에게는 가능하겠지만 나는 불가능하다. 게다가 나는 작가이지 목사가 아니지 않은가. 그래, 이쯤에서 인연을 끊는 게 서로에게 가장 좋을 것이다.'

나는 이렇게 생각하면서 서울행 KTX에 올랐다. 해외 빈민촌 학교 건축 프로젝트나 국내 지역아동센터 인문학 교육 프로젝트를 할 때도 느꼈지만 선한 일에 인생을 바칠 준비가 된 사람은 늘 차고 넘친다. 하지만 돈은 늘 부족하다. 탈북인 구출이라고 다를 바 없었다. 이 사역을 위해 목숨까지 바칠 준비가 되어 있는 수퍼맨과 그의 동역자들이 이미 한국, 북한, 중국, 동남아에 있었다. 그리고 나도 동참하려고 하고 있었다. 하지만 여기에 필요한 막대한 자본을 어디서 가져온단 말인가. 나는 자본의 벽 앞에서 좌절할 수밖에 없었고, 태국을 다녀온 뒤 했던 "수퍼맨 목사와 함께하는 북한 사역에 전력을 다하겠다. 반드시 최고의 결과를 만들어내겠다."라던 결심을 내려놓을 수밖에 없었다.

내가 마음속으로 이런 우울한 결정을 내리고 있는 동안 기차는 칠흑 같은 어둠을 뚫고서 서울에 도착했다. 서울역을 나와서 지하철과 택시를 타고 파주 집으로 돌아온 나는 며칠을 끙끙 앓았다. 하지만 달라질 건 아무것도 없었다. 나는 북한 사역을 포기해야 했고, 생계를 위해서 각종 행사를 열심히 뛰어야 했다.

5월에 겨울 파카를 입고 온 청년

그 강연회가 있고 몇 달 뒤, 정회일이 깨어났다. 불치병이 재발해서 병석에 누운 지 약 2년 만이었다. 나와 정회일의 인연은 내가 초등학교 교사이던 시절에 시작되었다. 당시에 나는 부모님 보증 빚을 20억 넘게 떠안고서 성남시 달동네에서 도시 빈민으로 살고 있었다. 그리고 14년 차 무명 작가였다. 아침부터 저녁까지는 초등학교에서 아이들을 가르치느라 글을 쓸 시간이 없어서, 그토록 좋아하던 잠을 평균 세 시간으로 줄이면서까지 글에 매달리지만 나오는 책마다 망하기만 하는 그런 불행한 작가였다. 하지만 나의 성공에 대한 확신은 우주적이라 할 만큼 거대했고, 그게 글에 잘 드러나 있어서 여기에 감동한 극소수의 독자들이 내가 근무하던 초등학교로 찾아오곤 했는데, 정회일도 그중 하나였다.

지금도 선명하게 기억난다. 정회일을 처음 만났던 순간이. 정회일은 학교 운동장에 도착해서 나에게 전화를 했고, 나는 교실에서 급히 나와서 운동장으로 갔는데, 정회일이 없었다. 대신 노숙인 한 명이 있었다. 당시에 우리 학교는 성남시에서도 가장 열악한 지역에 위치해 있었는데 노숙인들이 툭하면 학교 운동장을 침입해서 술판을 벌이곤 했다. 그러면 교감은 별관에 있는 나에게 전화를 걸어서 노숙인들을 학교 밖으로 내보내라는 지시를 내리곤 했다. 그래서 나는 운동장 한가운데서 불안하게 서 있는 그를 보고는 '어라, 노숙인이 왜 이렇게 이른 시간에 왔지? 또 교감이 내보내라고 하겠구먼.' 이렇게 가볍게 생각하고는 계속 정회일을 찾았다. 하지만 아무리 찾아봐도 보이질 않아서 다시 전화를 걸었더니 바로 그 노숙인(?)이 받았다.

햇살이 눈이 부실 정도로 예쁘게 내려앉는 5월에 정회일은 검은색 겨울 파카를 입고 있었다. 등에는 검은색 장우산을 사선으로 메고 있었고, 양손에는 지퍼가 다 열려 있는 검은색 가방을 하나씩 들고 있었다. 슬쩍 훔쳐보니 한쪽 가방에는 책이 잔뜩 들어 있었고 다른 쪽 가방에는 담요가 들어 있었다.

교실로 데려와서 자초지종을 들어보니 불치병에 걸려서 7년 가까이 거의 방 안에서 생활했는데, 최근에 건강이 좋아져서 지하철 타는 연습을 하고 있다고 했다. 그러니까 '오늘은 지하철 타고 세 정거장 가보기' 같은 미션을 스스로에게 부여하면서 다시 세상으로 나가기 위한 연습을 하고 있었다. 그런데 완치가 된 게 아니라서 한여름 날씨에도 갑자기 오한이 찾아올 수 있고 그러면 최악의 경우 사망까지 할 수 있기에 겨울 파카를 입고 다닌다는 거였다. 또 한 번 오한이 찾아오면 파카로는 부족한 경우가 많아서 비상용으로 담요까지 가지고 다닌다는 거였다. 우산은 오랜 투병 생활로 피부가 많이 약해져서 때로는 태양빛에도 피부가 불에 덴 것처럼 뜨거워지기도 해서 피부 보호용으로 메고 다닌다고 했다.

처음 만난 자리에서 정회일은 무명 작가인 나에게 성공의 비결을 물었고, 나는 성공의 언저리에도 가보지 못한 주제에 "앞으로 1년 동안 매일 한 권씩 365권을 읽어라. 그러면 내가 너를 성공의 길로 이끌어주겠다."고 했다. 정회일은 내 말을 철석같이 믿고서 실행에 옮겼다. 그리고 1년 뒤 다시 나를 찾아와서는 "사부님 말씀을 따라 '1년 365권 독서' 프로젝트를 성실히 완수했으니 약속대로 성공의 문을 열어달라."고 했다. 나는 "좋다. 알려주겠다. 네 꿈이 무엇이냐?"라고 물었고, 정회일은 "강남에 영어 학원을 여는 것입니다."라고 대답했다. 나는 "그럼 지금 당장 강남에 영어 학원을 열면 되지, 왜 주저하고 있느냐?"라고 되물었고, 정회일은 당황스러운 얼굴로 "저, 영어 초보인데요. 학원 차릴 돈도 없고……."라며 말꼬리를 흐렸다. 나는 정회일을 무섭게 쏘아보면서 단호하게 말했다.

"내일 당장 강남으로 가서 학원을 열어라. 꿈은 꿈으로 남겨두는 것이 아니다. 현실에서 이루는 것이다. 네가 지금 당장 강남 영어 학원장이 되지 않는다면 나는 너를 평생 보지 않을 것이다."

놀랍게도 정회일은 그 주에 강남으로 가서 영어 학원을 열었다. 평소 친분이 있던 영어 학원 강사가 강남역 앞에 위치한 한 대형 건물의 작은 사무실 하나를 임차해서 영어를 가르치고 있었는데 정회일은 그 강사에게 수입의 일부분을 떼어주는 조건으로 그 강의실이 비는 시간에 영어를 가르치기로 한 것이다. 하지만 영어 초보인 정회일에게 학생들이 붙을 리 만무했다. 그래서 정회일은 작은 지혜를 발휘했다. 인터넷에 "저에게 영어를 배우면 돈을 드리겠습니다."라고 광고를 올린 것이다. 그러자 학생들이 하나둘씩 생기기 시작했다. 그런데 워낙 영어를 못하니 바로 실력이 들통났고, 몇몇 수강생이 사기죄(?)로 고소하겠다며 덤벼드는 해프닝까지 발생했다. 재미있는 사실은 어쨌든 정회일이 영어 강사로 사람들 앞에 서다 보니 영어 실력이 단기간에 비약적으로 상승했다는 것이다. 나중에는 미국에서 대학 생활을 한, 강남의 실력파 영어 강사들이 찾아와서 배움을 청할 정도로 말이다.

정회일이 이렇게 강남에서 고군분투하는 동안 나는 쓰는 책마다 종합 베스트셀러 1위를 차지하는 소위 '출판계의 마이더스의 손'이라 불리는 존재가 되어 있었다. 이제 정회일을 크게 성장시킬 수 있는 힘을 갖게 된 것이다. 나는 한 대형 출판사 대표에게 정회일을 소개했고, 정회일은 그 출판사에서 영어학습법 책들을 출간했다. 그리고 나와 《독서천재가 된 홍대리》개정판 제목 '일독日讀'를 공저했다. 정회일의 영어학습법 책들은 모두 분야 베스트셀러가 되었고, 나와 공저한 책은 무려 50만 부 넘게 팔렸다. 그렇게 정회일은 영어·독서 분야에서 스타가 되었다.

"어떻게 생명보다 돈을 선택할 수 있어요?"

나와 정회일은 그 잘나가던 시절에 강남 부동산을 사지도, 미국 우량 주식을 사지도 않았다. 대신 해외 빈민촌에 학교와 병원과 교회를 세우고, 우물을 파주고, 해외 빈민 아동들과 국내 빈곤 아동들과 북한 아동들을 일대일로 지원하는 프로젝트를 했다. 물론 후일 우리는 온 힘을 다해 실행했던 그 프로젝트들이 전 세계의 빈곤한 아동들도 돕지만 그보다는 NGO에서 일하는 사람들을 더 돕는 일일 수도 있다는 사실, 특히 북한 아동 돕기 프로젝트는 사기나 마찬가지였다는 사실을 깨닫고 경악하긴 했지만 말이다.

아무튼 그렇게 열심히 살다가 나는 여러 권의 책이 실패를 하면서 한물간 작가가 되어 경제적으로 곤란해지게 되면서 전국 강의를 뛰며 가족을 부양하는 삶을 살게 되었고, 정회일은 정회일대로 강남에서 야심차게 진행했던 여러 사업들이 무너지고 20대 시절 앓았던 병까지 재발해서 병석에 눕게 되었다.

오랜만에 다시 만난 우리는 서로 돈에 굶주려 있음을 확인했다. 그리고 그 좋았던 시절에 왜 강남에 건물 몇 채 사지 않았나를 진심으로 후회하면서, 5년 안에 강남에 멋진 건물을 하나씩 갖자고 다짐했다. 서울 홍대와 강남에 '이지성&정회일 책 쓰기' 학원을 연 뒤 전국 프랜차이즈 형태로 발전시키면 충분히 가능한 일이었다. 여기에 더해 '영어·독서' 학원 사업과 '연애 컨설팅' 사업까지 전국 프랜차이즈로 만들면 10년 안에 강남은 물론이고 미국, 유럽, 일본 등에 멋진 부동산을 가질 수 있다는 계산이 나왔다. 지금도 그렇지만 당시에 나보다 작가 브랜드가 500계단 정도 낮은 사람들도 책 쓰기 학원을 열어서 수십억 원을 벌고 있었다. 그리고 영어·독서 학원은 본래 프랜차이즈가 전국적으로 성공하면 수백억 원의 수입이 보장되는 사업이었고, 연애 컨설팅은 특별한 연애 경력이 없는 사람들이 운영하는 사업체들도 월 1억~3억 원의 수익을 올리고 있었다. 그런데 나처럼 대한민국을 뒤흔든 연애 스토리를 갖고 있는 사람이 연애 컨설팅 사업에 뛰어든다면 어떻게 될까? 그리고 '데이팅 앱'까지 출시한다면? 아마도 천문학적인 부를 쌓게 될 것이다.

우리는 바로 실행에 돌입했다. 홍대와 강남을 돌아다니면서 '이지성&정회일 책 쓰기' 학원을 열 곳을 물색했고, 입사 희망자들을 대상으로 면접을 시작했다. '책 쓰기 학원을 1년 안에 전국 1위로 만들고, 영어·독서, 연애 사업으로 넘어가리라. 반드시 10년 안에 강남, 뉴욕, 프로방스, 도쿄 등에 멋진 부동산을 가지리라.' 이렇게 다짐하면서 말이다.

'이지성&정회일 책 쓰기' 학원을 열 준비를 거의 다 마쳤을 때의 일이다. 나는 정회일을 강남의 한 커피숍으로 불러서 수퍼맨 이야기를 들려주었다. 그러고는 수퍼맨과 함께해야 하기 때문에 책 쓰기 사업을 포기해야 할 것 같다고 말했다. 사실 나는 하루에도 몇 번씩 양심에 깊은 찔림을 받고 있었다. 작가로서, 그리스도인으로서, 아니, 한 인간으로서 북한 주민들과 중국 내 탈북인들이 받고 있는 그 고통을 "나와 함께하는 사람들이 없다."느니 "돈이 없다."느니 하는 핑계를 대면서 외면한다는 것은 뭔가 말이 안 되는 것 같았기 때문이다. 게다가 밤새도록 글을 쓰고 오후 늦게 일어나면 잠자는 동안 마치 누군가에게 교육이라도 받은 것처럼 머릿속이 선명하게 정리되어 있곤 했다. 앞으로 수퍼맨과 무슨 일을 어떻게 할 것인지 등에 대해서 말이다. 나는 이게 도무지 이해가 되지 않아서 한 번은 온종일 돈과 사업에 대해서 생각한 뒤 잠을 청한 적도 있다. 그러면 다음 날 일어났을 때 머릿속이 돈과 사업에 대한 아이디어로 깔끔하게 정리되어 있을 것 같아서 말이다. 하지만 허사였다. 다음 날 낮에 일어났을 때 내 머릿속은 북한 사역에 대한 아이디어로 가득 차 있었다. 정말이지 "주 여호와께서…… 아침마다 깨우치시되 나의 귀를 깨우치사 학자들같이 알아듣게 하시도다."이사야 50장 4절라는 성경 말씀이, 일상이 된 기분이었다.

정회일은 내 말을 다 듣더니 왜 이제야 수퍼맨 이야기를 하느냐며 화를 벌컥 냈다. 그러고는 이렇게 덧붙였다.

"처음부터 말씀하셨다면 지금쯤 수퍼맨과 함께하는 북한 사역을 크게 성장시켰을 거 아니에요. 그러면 탈북 여성들도 엄청 많이 구했겠지요. 작가님은 정말 나쁜 사람이에요. 어떻게 생명보다 돈을 선택할 수 있어요? 예전엔 그런 분이 아니셨는데."

나는 정회일이 내 말의 본뜻을 전혀 알아차리지 못한 것 같아서 다시 이렇게 강조했다.

"아니, 회일아, 탈북 여성들의 생명이나 돈 문제가 본질이 아니라니까. 수퍼맨은 북한 정권이 수배 1순위에 올렸던 인물이야. 지금도 북한 암살조가 내려와 있다니까. 수퍼맨과 함께하면 너도 죽을 수 있어. 넌 아직 결혼도 못 했잖아! 그래서 형이 그동안 아무 말 안 하고 있었던 거야."

그러자 정회일은 “하나님께서 지켜주시겠죠.”라고 하더니 바로 수퍼맨을 만나고 싶다고 했다. 그렇게 정회일은 수퍼맨과 만났고, 북한 사역의 핵심 멤버가 되었다.

나는 정회일이 합류한 순간 내 기도가 응답받았음을 깨달았다. 앞에서도 말했듯이 나는 태국을 다녀온 뒤 수퍼맨과 함께하는 북한 사역에 전력을 다하기로, 최고의 결과를 만들어내기로 결심했다. 하지만 사람도, 자본도 없어서 늘 화가 나 있었다. 나는 그 화를 한 번씩 하나님께 풀었다. 짙은 초록으로 가득한 파주의 산들을 다니면서 “도대체 일을 시키시려면 뭘 좀 주시면서 시키십시오! 지금 제 꼴을 보십시오! 이게 뭡니까? 나 자신도 제대로 건사하지 못하고 있지 않습니까? 이런 나에게 수퍼맨을 붙이시면 어떡합니까?”라며 소리를 지르곤 했다. 그런 나에게 하나님은 정회일을 보내주신 것이다. 물론 정회일이 함께한다고 해서 달라질 건 아무것도 없었다. 하지만 동지同志가 ‘0’에서 ‘1’이 되었다는 것은 ‘무無’가 ‘유有’가 되었다는 의미다. 그리고 ‘1’은 무한대로 늘어날 수 있다. 나는 여기서 희망을 본 것이다.

새로운 정면 승부

나와 정회일은 본래 계획했던 영리 사업들의 규모를 100의 1로 줄이는 작업에 돌입했다. 그리고 북한 사역에 온 힘을 기울이기 시작했다. 하지만 아무리 노력해도 후원자가 모이지 않았다. 몇 달 동안 다섯 명이, 그것도 일시 후원으로 동참했을 뿐이었다. 큰일이었다. 당장 구출해야 할 탈북 여성들과 아이들이 수백 명이 넘었기 때문이다. 게다가 정회일은 수퍼맨 프로젝트를 위해 무리하게 움직이다가 병이 또 재발해서 다시 자리에 눕게 되었다.지금은 건강하다. 정말이지 나는 이때 사면초가에 몰린 심정이었다. 그러던 어느 날이었다. 갑자기 내 뇌리를 스치는 깨달음이 있었다.

'아니, 내가 지금 유튜브를 하고 있잖아. 시작한 지 몇 달 만에 구독자가 10만 명이 넘었는데, 그중에 최소 100명은 나와 함께하지 않을까? 그래 유튜브로 후원자를 모아보자!'

그런데 막상 유튜브로 수퍼맨 이야기와 북한 인권·선교 이야기를 하려고 하니 머리가 아파왔다. 내 유튜브는 내 독자들을 위한 서비스 개념으로 만든 것으로 자기계발, 독서, 인문학 같은 내 전문 분야를 방송하고 있었기 때문이다. 게다가 북한 인권·선교 이야기를 하려면 필연적으로 당시 대통령이었던 문재인과 여당이었던 더불어민주당의 대북 정책을 비판할 수밖에 없었다. 그러면 유튜브 채널의 성격이 느닷없이 정치로 바뀌게 되는데, 문제는 앞에서도 말했지만 국민의 80퍼센트 이상이 문재인과 더불어민주당을 지지하고 있다는 사실이었다. 한마디로 유튜브도 망하고, 앞으로 나올 내 책들도 망하고, 나도 망하는 '3망亡'이었다.

내가 유튜브에서 수퍼맨 이야기와 북한 인권·선교 이야기를 하기 시작하자, 예상대로 구독자들이 우수수 떨어져나갔다. 그리고 노란 딱지광고 수익 금지 조치가 붙기 시작했다. 그렇다고 물러설 수는 없었다. 나는 채널의 성격을 '경제·부富'로 바꾸기로 결심했다. 뭐랄까, 기존 구독자들에게서 벗어나서 새로운 주제로 정면 승부를 하기로 했다고나 할까.

나는 환율, 주식, 부동산 등 경제 관련 방송과 부자들이 갖고 있는 특별한 지식과 정보를 나누는 부 관련 방송을 하기 시작했다. 놀랍게도 내 경제 예측은 90퍼센트 넘는 적중률을 보였고[13], 내가 알려준 부 정보를 실천한 사람들은 다들 부의 길로 들어섰다. 그리고 이게 크게 소문이 나서 구독자들이 구름처럼 몰려들었고, 어느덧 구독자가 30만 명을 헤아리게 되었다. 나는 구독자가 큰 폭으로 늘 때마다 북한 인권·선교 방송을 했다. 그러면 또 구독자가 우수수 떨어져나갔다. 한 번은 내 열정적인 북한 인권·선교 방송에 피로함을 느낀 구독자들이 단 하루 만에 1만 명 넘게 떠난 적도 있었다. 하지만 개의치 않았다. 내 유튜브는 수퍼맨과 함께하는 북한 사역을 후원하기 위해서 존재하는 것이라는 믿음이 있었기 때문이다. 감사한 사실은 북한 관련 방송을 할 때마다 후원자들이 생겼다는 것이다. 물론 많아야 한 번 방송에 10~20명 정도 생기는 수준이었지만, 나에게나 수퍼맨에게나 기적 같은 일이었다.

그러던 중 유튜브 멤버십 제도가 생겼다. 나는 기회라고 생각했다. 사실 글쓰기에 전국 강의까지 뛰면서 북한 사역을 한다는 것은 불가능에 가까웠다. 글쓰기는 몰라도 강의는 포기해야 했다.

나는 멤버십을 시작하면서 전국 강의를 그만둘 수 있었고, 북한 사역에 헌신할 시간을 확보할 수 있었다. 그리고 멤버십이 성장하는 속도에 비례해서 대한민국은 물론이고 미국, 이스라엘, 유럽, 일본까지 아우르는 북한 사역을 진행할 수 있었다. 물론 강사료가 아깝지 않았던 것은 아니다. 당시에 내 강사료는 대한민국 최고 수준이었으니까 말이다. 하지만 그런 걸 따질 계제가 아니었다. 북한과 중국에서 지옥 같은 고통을 겪고 있는 내 민족을 생각하면 사실 글쓰기도 포기하는 게 마땅한 일이었다.

그런데 솔직히 말하면 내가 이렇게까지 할 필요는 전혀 없었다. 다른 북한 인권 운동가들처럼 북한 인권·선교 단체를 하나 만든 뒤 후원을 받으면 되었으니까 말이다. 게다가 나는 제대로 된 북한 내부 영상 하나를 구하지 못해 조선족에게 뒷돈을 주고 조작된 북한 내부 영상을 받아서 한국과 미국, 유럽 등에 공개하고는 어마어마한 후원금을 받아 챙기는 그런 활동가들과 달리 수퍼맨으로부터 생생하기 이를 데 없는 북한 내부 영상을 수시로 받고 있었다. 이뿐만이 아니었다. 수퍼맨은 북한 암살조의 위협 때문에 자신을 노출할 수 없으니, 수퍼맨을 후원한다는 명분을 내걸고 수퍼맨이 만든 세계 최대 규모의 탈북인 구출망을 비롯한 수퍼맨의 모든 공적을 가로챈 뒤 내 것인 양 포장해서 세계적인 인권 영웅도 되고 큰 부도 쌓을 수 있었다.[14] 하지만 그건 인간의 탈을 쓴 마귀들이나 할 법한 짓이었지, 그리스도인인 나는 죽었다 깨어나도 할 수 없었다.

유튜브로 북한 인권·선교 방송을 하면서, '북한 해커 추적 세계 넘버 원' 타이틀을 가지고 있는 문종현 ESRC 센터장의 말, 그러니까 내가 북한 해커 부대에게 관리받고 있다는 사실을 피부로 느꼈다. 무슨 놈의 유튜브가 북한 인권·선교 주제로 라이브만 하면 버퍼링이 생겼다. 한 번은 버퍼링이 너무 심해서 농담으로 "윗동네북한 분들, 이제부터 탈북인 얘기 안 할 테니 좀 봐주시죠!"라고 했더니 즉시 버퍼링이 멈췄다. 이때 라이브에 참여하고 있던 시청자가 4천여 명이었는데 다들 소름이 돋는다는 반응을 보여주었다. 이후로도 비슷한 일이 몇 차례 있었다. 그래서 나는 경제·부 관련 라이브를 하다가 느닷없이 북한 인권·선교 이야기를 하고 다시 경제·부 관련 이야기로 돌아가는, 그러니까 갑자기 치고 빠지는 전략을 사용할 수밖에 없었다. 다행히도 이렇게 하면 버퍼링이 거의 없었다. 한편으로 북한 인권·선교 동영상은 어김없이 노란 딱지가 붙었고, 동영상들이 노란 딱지로 뒤덮이면 광고 수익 금지는 물론이고 유튜브 채널이 노출 자체가 되지 않았기에 시청자들이 동영상을 볼 만큼 봤다고 판단되면 삭제할 수밖에 없었다.

인권 앞에 좌우는 없다

나는 이렇게 북한 해커 부대, 유튜브 노란 딱지 등과 싸우면서 참으로 힘들게 북한 사역 후원자들을 모았다. 하지만 가장 힘든 건 북한 해커 부대도 유튜브 노란 딱지도 아니었다. 한국 사회의 반응이었다.

나는 문재인 정부 시절 한 좌파 단체로부터 국가보안법 위반으로 고발을 당한 적이 있다.[15] 어이가 없었다. 나는 수퍼맨과 함께 한국은 물론이고 북한 주민들과 중국 내 탈북인들까지 지키는 삶을 살고 있는데 하루아침에 간첩으로 몰린 것이다.

처음 경찰청 조사를 받던 날, 나는 조사를 마치고 집에 돌아와 분노의 유튜브 라이브를 했다. 내 처지를 하소연할 곳이 유튜브밖에 없었기 때문이다. 하지만 라이브를 마치고도 마음이 좋지 않아서 오랜 시간 산책을 했다. 그리고 집에 돌아와서 노트북을 열었다. 내 감정을 글로 기록하면서 마음을 다스리고 싶었기 때문이다. 그러다가 문득 오래된 한글 파일 하나를 발견했다. 알고 보니 2년 전에 작성한 문서였다. 아래는 그 전문全文이다.

밤새도록 글을 쓰고 아침에 잠들었다가 늦은 오후에 깼더니 그사이에 난리가 났다. 여러 대형 포털 메인에 내 기사가 실렸는데, 수백만 명은 본 것 같다. 댓글 수가 장난이 아니다. 그런데 예상했던 대로 대부분의 댓글이 나를 비난하고 있다.

하긴 문재인과 김정은이 전 세계에 신선한(?) 충격을 주면서 한반도 평화를 기적적(?)으로 만들어가고 있고, 여당더불어민주당 지도급 인사들이 김정은을 무슨 세계 평화의 영웅이라도 되는 듯이 추켜세우고 있고, 북한을 추종하는 지식인들이 한국 최고의 PD들이 연출하는 예능 프로그램 등에 출연해서 단숨에 국민 스타가 되고, 한국 국민의 70퍼센트 이상이 김정은에게 호감을 갖고 있다는 여론 조사 결과가 뉴스를 도배하고, 김정은을 위인이라 부르는 단체들이 대한민국의 심장인 광화문 광장을 점령하고는 "방탄소년단BTS보다 김정은 국무위원장님이 백배 천배 좋아요!"라면서 찬양을 하는 그런 세상에서 유명 작가라는 사람이 북한 정권에 가장 무서운 위협이 되는 북한 인권 활동을 하고 있다는 기사가 대문짝만 하게 났으니, 욕을 먹어도 싸다.

하지만 어쩌란 말인가? 나는 한반도의 진정한 평화는 북한 주민들과 중국 내 탈북인들이 자유와 인권을 누리는 그 순간에 찾아온다고 믿는 사람인데 말이다.

매우 불편한 얼굴로 댓글들을 읽다가 무의식적으로 그 포털 검색창에 내 이름을 쳐보니 연관 검색어로 '조현병'이 첫 번째로 뜬다. 분명 어제까지만 해도 없었는데, 내가 잠을 자고 있는 동안 생긴 것 같다.

'그래, 나는 이렇게 진짜 평화를 추구하다가 내 나라에서 정신분열증 조현병 환자가 되었구나! 하지만 한국 국민들이여, 나는, 나야말로 가장 정신이 온전한 사람이라고 생각합니다.'

나는 이렇게 속으로 혼잣말을 하면서 스마트폰을 끄고, 산책을 나간다. 이런 날엔 초록빛으로 가득한 파주의 자연 속에 나를 맡기는 게 옳다.

나는 이 글을 읽고는 너털웃음을 터뜨렸다. 한국 사회의 핍박은 북한 사역을 시작한 그날부터 겪었던 일이고, 앞으로도 계속 겪을 일인데, 무슨 감옥을 갔다 온 것도 아니고 고작 경찰 조사 한 번 받은 걸 가지고 호들갑을 떨었다는 생각에 말이다. 아무튼 나는 이 깨달음을 얻은 뒤로는 마음 편히 살고 있다. 내가 어쩌면 별것도 아닌, 핍박받은 사연을 장황하게 늘어놓은 것은, 다음 이야기를 하고 싶어서다.

내가 수퍼맨을 만난 지 얼마 되지 않았을 때의 일이다. 나는 당시에 한국에서는 작가, 해외에서는 배낭여행자로 살고 있었다. 배낭여행을 하다 보면 필연적으로 미국, 유럽의 젊은이들과 함께하게 된다. 배낭여행자의 대다수가 그들이기 때문이다. 나는 '너는 어디서 왔냐?'는 질문을 받으면 한 번씩 "노스 코리아North Korea"라고 답했다. 그럼 다들 얼어붙었다. 나는 "농담이다. 사우스 코리아South Korea에서 왔다."라며 바로 분위기를 전환하고 북한 핵 이야기와 북한 인권 이야기를 했다. 그러고는 전 세계가 북한 인권에 힘써야 한다며 열변을 토했다. 그러면 다들 숙연해졌다. 그러고는 진지한 얼굴로 이렇게 물었다.

"북한 인권 문제가 그렇게 심각한 줄 몰랐다. 앞으로 북한 사람들에게 도움이 되는 삶을 살고 싶어졌다. 그런데 뭘 알아야 행동할 수 있지 않겠는가. 그래서 다음 여행지는 한국으로 정하고 싶은데, 어디서 북한 인권을 공부할 수 있는가?"

솔직히 이런 질문을 받을 때마다 마음속에서 무언가가 와르르 무너지는 심정이었다. 그들은 한국인들이 당연히 같은 민족인 북한 주민들과 중국 내 탈북인들을 살리기 위해 온 힘을 다하고 있을 거라고 생각하고, 그러니까 한국에는 북한 인권에 대해서 배울 수 있는 곳이 무슨 편의점이나 통닭집처럼 많을 거라고 생각해서 이런 질문을 던졌는데, 나는 달리 해줄 말이 없었기 때문이다.

수퍼맨과 본격적으로 함께하기 시작하면서부터는 한국의 상황을 어느 정도 알고 있는 미국·유럽 인권 단체 사람들이나 언론사 사람들을 만날 기회가 종종 있었는데 그들의 질문은 날카로웠다.

"왜 한국인들은 북한 인권 문제를 미국, 일본, 유럽, 호주 등에 맡겨놓는 건가? 한국인들은 언제 적극적으로 나설 것 같은가?"

"같은 민족인 북한 주민들과 중국 내 탈북인들의 인권을 모른 척하고 심지어는 핍박하기까지 하는 정당과 정치인들이 한국에서 왜 이렇게 인기가 많은 건가? 적어도 북한 인권 문제에서만큼은 보수와 진보가 같은 목소리를 내야 하는 것 아닌가?"

"한국 사회에서 북한 여성들과 중국 내 탈북 여성들의 인권 문제가 일본 제국주의 시대 위안부 여성들의 인권 문제 이상으로 주목받아야 하는 것 아닌가? 위안부 소녀상像 옆에 탈북 엄마상도 세워야 하는 것 아닌가?"

"국군포로들이 아직 생존해 있고, 그 후손들은 거지 생활을 하고 있다고 하는데, 한국 남자들은 언제 그들을 구출할 것 같은가?"

나는 이런 질문을 받을 때마다 할 말을 잃었다. 사실 한국도 본래는 북한 자유화에 대해서 전투적이라 할 만큼 적극적이었으나, 1980년대 들어서 대학가를 중심으로 북한의 김일성을 하나님으로 섬기는 주체사상이 널리 전파되기 시작했고, 이를 받아들인 대학생들은 스스로를 주사파[16]운동권이라 칭했고, 대학 졸업 후 언론·방송·출판·초중고교·대학·법원·시민 단체·인권 단체·정당·정부 조직 등 한국 사회 곳곳에 들어가서 자신들이 대학 시절 받아들인 주체사상식 한반도 평화통일론, 그러니까 '자유'와 '인권'이 빠진 김일성식 평화통일론을 퍼뜨리기 시작했고, 그 흐름이 30년 넘게 계속되면서 한국 사회의 주류 사상이 되었고, 이제는 진보 인권 단체·진보 시민 단체·진보 교회·진보 정당·진보 정권의 막대한 후원을 바탕으로 미국·유럽 등으로 수출되고 있고, 하여 미국은 매년 민주당 하원의원들이 북한 독립 국가 인정과 주한 미군 철수로 이어지는, 그렇게 북한 주민들과 중국 내 탈북인들의 자유와 인권은 설 자리를 영원히 잃는 '한반도 평화 법안[17]'을 상정하고 있고,[18] 영국 하원에서도 같은 일이 일어나고 있고, 프랑스 상원은 김일성식 평화통일론의 다른 이름인 '한반도 종전선언' 지지를 만장일치로 통과시키는[19] 그런 일들이 일어나고 있다는, 그러니까 한국 사람들도 대부분 처음 듣는, 아마도 다들 "에이, 무슨. 말도 안 돼!" 이렇게 반응할 그 진실을 선뜻 말할 수 없었다. 그나마 다행스러운 것은, 북한 사역 후원 조직이 어느 정도 자리를 잡은 재작년[20]부터는 "수퍼맨이 있습니다. 수퍼맨이 구출한 탈북인들이 있습니다. 수퍼맨을 기도와 물질로 후원하는 사람들이 있습니다. 제가 이 셋을 잘 묶어서 한국 사회는 물론이고 전 세계에 진짜 북한 인권이 무엇인지, 진짜 한반도 평화가 무엇인지 알리는 프로젝트를 하겠습니다. 기다려주세요."라고 말할 수 있게 되었다는 사실이다.

어떤 사람들은 "아니, 인권 이야기만 하지 갑자기 웬 정치 이야기를 하느냐?"라며 불편해할 수도 있겠다. 하지만 인권은 정치이자 사상이자 이념이다. 북한은 개인의 자유를 완벽하게 박탈하는 정치체제를 가지고 있다. 그 체제는 주체[김일성주의]라는 사상과 인민민주주의라는 이념 위에 서 있다. 중국은 개인의 자유를 통제하는 정치체제를 가지고 있다. 그 체제는 사회주의라는 사상과 인민민주주의[21]라는 이념 위에 서 있다. 그래서 북한 사람들에게는 인권이 없고, 중국 내 탈북인들에게도 인권이 없다. 반면 개인의 자유를 존중하는 정치체제를 가지고 있는 자유민주주의 국가들은 북한 주민들과 중국 내 탈북인들의 인권을 자국민의 인권만큼 소중히 여긴다. 그리고 그들의 인권을 보호하기 위해 많은 노력을 기울인다.

미국 의회는 2004년에 북한인권법을 만장일치로 통과시켰다. 세계 최초였다. 일본 국회는 2006년에 북한인권법을 통과시켰다. 세계에서 두 번째였다.

한국 국회는 미국보다 12년, 일본보다 10년 늦은 2016년에 북한인권법을 통과시켰다. 이때 문재인은 불참했다. 강동원, 김기준,

김성곤, 김용익, 김제남, 김종훈, 김태년, 도종환, 박민수, 박혜자, 서기호, 설훈, 안민석, 오영식, 은수미, 장하나, 전순옥, 정세균, 정진후, 정청래, 정호준, 최규성, 추미애, 홍영표는 기권했다. 알다시피 이들은 모두 쟁쟁한 진보 정치인이다. 특히 문재인은 대한민국 대통령2017.5~2022.5을 지냈고, 추미애와 도종환과 정세균은 문재인 정부 시절 각각 법무부장관, 문체부장관, 국회의장 및 국무총리를 지냈다.

나는 지금 정치 이야기를 하고 있는 게 아니다. 나는 지금 인권 이야기를 하고 있다. 부디 대한민국 진보 세력이 진짜 인권의 길을 갔으면 한다.

7장

어떤 영적 광채

아주 특별한 목사

지금 내 앞에 종이 접시 하나가 놓여 있다. 북한 느낌이 물씬 나는 그 접시 위에는 북한 사탕 몇 개가 올려져 있다. 아마도 최근에 수퍼맨의 중국 조직원들이 북한을 다녀온 듯하다. 그들은 북한을 다녀올 때마다 수퍼맨에게 북한 식품 등을 보내온다.

나는 사탕 하나를 억지로 입에 넣는다. 진실로 맛이 없다. 역시 사회주의[인민민주주의]는 틀렸다. 사탕 하나도 제대로 만들지 못한다. 그런데 수퍼맨은 내가 북한 식품을 싫어한다는 걸 잘 알면서도, 왜 늘 이러는 걸까. 왜 내가 조금이라도 맛을 봐야 행복해하는 걸까.

정말이지 이럴 때는 수퍼맨이 북한 사람 같다.

아무튼 나는 지금 수퍼맨이 시무하는 교회에 와 있다. 이름을 밝힐 수 없는 어느 지역에 위치한 아주 작은 교회다. 수퍼맨은 여기서 아주 특별한 목회를 하고 있다.

수퍼맨은 주체사상파 운동권 출신이다. 당신은 지금 귀를 의심했을 것이다. 뭐라고? 북한 사역에 목숨 건 사람이 김일성을 하나님으로 섬기는 주체사상파 출신이라고? 하면서 말이다. 그런데 사실이다. 수퍼맨은 태양이 불처럼 떨어지는 저물 무렵의 메콩강 앞에서 뒤통수를 얼얼하게 만드는 망고 슬러시를 마시다가 문득 나에게 고백했다. 자신이 대학 시절 주사파로 활동했다고 말이다. 더 충격적인 사실은 수퍼맨이 하도 열심히 활동하다 보니, 주사파 운동권 상층부에서 "장군님이 내려오시면적화통일이 되면 전라도 쪽 시장市長을 시켜주겠다."는 약속까지 했다는 것이다. 주사파 상층부가 그때나 지금이나 북한의 직접적인 지시를 받고 있음은 알 만한 사람은 다 아는 사실이다. 즉 수퍼맨은 사실상 북한 정권으로부터 시장 임명을 약속받았던 것이다.

수퍼맨이 주사파를 탈출, 정통 예수 복음으로 돌아온 것은 아버지의 눈물 덕분이었다. 수퍼맨의 아버지는 아들이 주사파 활동에 미쳐 있다는 얘기를 듣고는 아들을 찾아와서 "만일 미국이 6·25전쟁 때 우리를 도와주지 않았다면 넌 태어나지도 못했을 텐데, 네가 어떻게 미군 철수를 주장하고 남조선 해방적화통일을 부르짖는 주사파 활동을 할 수 있느냐!"며 대성통곡했다. 아마도 하나님의 은혜였을 것이다. 수퍼맨이 아버지의 눈물을 보고 옳은 길로 돌아오게 된 것은. 왜냐하면 당시에 참으로 많은 부모들이 주사파에 빠진 자녀를 구하고자 자녀를 찾아가서 눈물로 호소했지만 대부분 냉대만 받았기 때문이다.

수퍼맨은 남은 신학 대학 생활을 정상적으로 마친 뒤 대학원으로 진학, 경영학을 공부했다. 사업을 해서 부자가 되고 싶었기 때문이다. 실제로 수퍼맨은 섬유 제조업과 무역업을 하는 회사를 창업해서 크게 성공시켰다. 그리고 그 기세를 몰아 중국에 진출했는데, 이때 베이징에서 처음으로 북한 사람들을 만났다.[1] 그들은 중국으로 유학 온 북한 고위층 자녀들이었지만 하나같이 가난했다. 수퍼맨은 그들을 금전적으로 도우면서 몰래 복음을 전했다.

수퍼맨은 이듬해에 더 큰돈을 벌고자 옌지로 사업을 확장했는데, 이때 처음으로 탈북인들을 만났다.[2] 그들은 최대 300만 명이 굶어죽은 것으로 알려진 '고난의 행군'을 피해 중국으로 도망쳐 온 사람들이었다. 그들은 중국에서 거지로 살고 있었다. 수퍼맨은 낮에는 사업을 하고 밤에는 탈북인들을 돕는 생활을 했는데, 어느 날 조선족 직원의 안내로 북한·중국 국경지대에 위치한 한 마을을 방문하게 되었다. 그리고 마을 길가와 논두렁 등에서 얼어 죽어 있는 북한 사람들의 시체를 보고 거대한 충격을 받았다.

수퍼맨은 베이징으로 돌아가는 대신 탈북 루트로 유명한 두만강 바로 앞에 위치한 한 집에 머물면서 "왜 이런 비극적인 일이 우리 민족에게 일어나고 있는가?" "나는 앞으로 어떻게 살 것인가?"를 놓고 기도하고, 얼어 죽거나 물에 빠져 죽은 탈북인들의 시신을 수습하고, 북한·중국 국경지대를 유랑하는 탈북인들을 찾아가서 음식과 물을 제공하면서 예수 그리스도를 전했다. 그렇게 수퍼맨은 사업가에서 북한 선교사로 변화했다.

수퍼맨은 북한·중국 국경지대에서 첩보 영화를 방불케 하는 탈북인 구출 작전을 벌이다가 북한 보위부에 무려 여섯 번 넘게 납치당할 뻔했는데,[3] 모두 잘 빠져나왔다. 그만큼 수퍼맨은 신분을 철저히 위장하고 활동했다. 하지만 2006년에 심복 중 한 명이 북한·중국 국경지대에서 북한 보위부에 납치되어 북한으로 끌려가 고문당하고 죽으면서 일이 터졌다. 그가 가혹한 고문을 이기지 못하고 수퍼맨에 관한 모든 정보를 불었다. 이후 보위부가 수퍼맨의 은신처 몇 곳을 급습했다. 하지만 수퍼맨이 사전에 낌새를 채고 잠적하자 수퍼맨의 두 아이가 다니던 초등학교를 찾아갔다. 아마도 두 아이를 납치한 뒤 특정 장소로 수퍼맨을 불러내려고 했던 것 같다. 이날 하나님의 개입이라고밖에는 설명할 수 없는 사건이 있었고, 두 아이는 무사할 수 있었다. 다음 날 한국 정보기관 사람이 수퍼맨의 아내를 찾아와서 말했다.

"지금 당장 온 가족이 중국을 떠나야 합니다. 그러지 않으면 일가족 전체가 납치당하거나 살해당할 수 있습니다."

수퍼맨의 아내는 즉시 주중 미국 대사관으로 가서 비자 신청을 했다. 놀랍게도 비자는 당일에 나왔다. 하지만 수퍼맨은 미국행 비행기에 타지 않았다. 홀로 한국으로 돌아왔다. 미국으로 가면 탈북인을 구출할 수 없기 때문이었다. 그게 2006년 12월의 일이다. 수퍼맨은 그 뒤로 17년 가까이 두 아이를 못 봤다.[4]

수퍼맨은 한국에 와서 2년 동안 막노동과 대리운전 등을 하면서 조용히 살았다.[5] 이 기간엔 당연히 탈북인 구출 활동도 거의 하지 못했다. 수퍼맨의 표현에 따르자면, 2년 동안 고작 20여 명을 간접적으로 구출했을 뿐이다. 북한 정권의 관심이 어느 정도 뜸해졌다고 느낀 3년째[6]부터는 탈북인 구출 활동을 다시 본격적으로 시작했다. 예전처럼 북한·중국 국경지대에서 탈북인들을 구출하는 것은 너무 위험했기에 주로 동남아에서 탈북인들을 구출했다. 물론 그렇다고 중국 활동을 포기한 것은 아니었다. 당시는 다행스럽게도 보수 이명박 정권[7]이었다.

이명박이 어떤 대통령이었던가? 그는 한국·중국 정상 회담 자리에서 후진타오 주석에게 북한 핵·북한 인권·국군포로·중국 내 탈북인 인권 문제를 직접적으로 언급하면서 "중국 내 탈북인들이 강제 북송되는 일이 없도록 적극 협조해달라."고 강력하게 요구했던 인물이다. 실제로 후일 후진타오 주석은 이명박 대통령의 요구를 받아들여서 탈북인 강제 북송을 중지하게 된다.[8]

수퍼맨은 이명박 정부의 도움으로 중국에 몰래 들어가 후일 세계 최대 탈북인 구출 조직으로 성장하게 되는 여러 일꾼 조직들을 만든 뒤 한국으로 돌아왔다. 이후 동남아를 제집처럼 다니면서 탈북인 구출 작전을 했다.[9] 하지만 정작 한국에서는 막노동과 대리운전으로 생계를 유지하는 사람에 불과했다. 한번 상상해보라. 세상에서 가장 위대한 목사의 삶을 사는 사람이 어느 날엔 벽돌을 등에 지고 공사 현장을 오르내리고, 어느 날엔 술에 잔뜩 취한 사람의 차를 대신 운전하고, 그렇게 돈이 좀 생기면 전적으로 탈북인 사역에 자신을 내던지고, 그러다가 돈이 떨어지면 다시 공사 현장이나 취객이 기다리고 있는 낯선 자동차 앞으로 돌아가는 장면을 말이다. 하지만 그런 밑바닥 삶조차도 수퍼맨의 내면에 근본적으로 자리 잡고 있는 목사의 향기를 감추지는 못했던 것 같다. 어떤 사람이든 수퍼맨과 잠시라도 접촉하면 그가 목사라는 사실을 직감直感했기 때문이다. 그것도 아주 특별한 목사라는 사실을 말이다.

내가 믿는 신비와 기적은

지금도 그렇지만 당시에도 수퍼맨은 배드민턴을 매우 좋아해서, 경기도 외곽에 위치한 한 동네의 공원 배드민턴장을 수시로 이용하고 있었다. 당연히 수퍼맨은 배드민턴을 치는 동네 주민들과 친분이 생겼다. 그런데 주민들 중 몇 명이 수퍼맨이 특별한 목사라는 사실을 알게 되었다. 그들은 수퍼맨에게 하나님께 예배를 드리고 싶은데 목사님이 인도해주셨으면 좋겠다고 제안했다. 수퍼맨은 그 제안을 흔쾌히 받아들이고, 한 가정집에서 예배를 인도하고 설교를 했다. 설교 도중 사건이 터졌다. 한 사람이 수퍼맨에게서 후광後光이 비치는 걸 목격한 것이다. 그는 이를 하나님의 메시지로 받아들이고는 수퍼맨에게 교회를 개척할 것을 강력히 권고했다. 함께 예배에 참여한 다른 사람들도 마찬가지였다. 그렇게 수퍼맨은 교회를 열었고, 그들은 최초의 성도가 되었다. 작은 기적들은 그 뒤에도 계속 일어났다. 길을 가던 사람이 갑자기 교회에 찾아와서 "하나님께서 방금 제게 이 교회 종탑을 세우라고 하셨습니다."라면서 헌금을 하고 가는가 하면 또 다른 사람이 찾아와서 "기도 중에 이 교회를 도우라는 말씀을 들었습니다."라면서 교회 의자를 전부 사주는 그런 기적들 말이다.

나는 신비와 기적을 믿는 사람이다. 그런데 내가 믿는 신비와 기적은 좀 다르다. 내가 믿는 신비와 기적은 성령 하나님께서 신·구약 성경 전부가, 그러니까 〈창세기〉 1장 1절부터 〈요한계시록〉 22장 21절까지의 모든 말씀이 예수 그리스도에 관한 것이라는 사실을 성경을 통해 깨우쳐주시고, 믿게 하신다는 것이다. 이 말이 믿기 어려운 사람들은 다음 성경 말씀들을 보라.

"너희가 성경에서 영생을 얻는 줄 생각하고 성경을 상고詳考하거니와 이 성경이 곧 내게 대하여 증거하는 것이로다." - 요한복음 5장 39절

"모세를 믿었더면 또 나를 믿었으리니 이는 그가 내게 대하여 기록했음이라." - 요한복음 5장 46절

"가라사대 미련하고 선지자들의 말한 모든 것을 마음에 더디 믿는 자들이여, 그리스도가 이런 고난을 받고 자기의 영광에 들어가야 할 것이 아니냐 하시고, 이에 모세와 및 모든 선지자의 글로 시작하여 모든 성경에 쓴 바 자기에 관한 것을 자세히 설명하시니라."

- 누가복음 24장 25~27절

"또 이르시되 내가 너희와 함께 있을 때에 너희에게 말한바 곧 모세의 율법과 선지자의 글과 시편에 나를 가리켜 기록된 모든 것이 이

루어져야 하리라 한 말이 이것이라 하시고 이에 저희 마음을 열어 성경을 깨닫게 하시고 또 이르시되 이같이 그리스도가 고난을 받고 제삼일에 죽은 자 가운데서 살아날 것과 또 그의 이름으로 죄사함을 얻게 하는 회개가 예루살렘으로부터 시작하여 모든 족속에게 전파될 것이 기록되었으니 너희는 이 모든 일의 증인이라."

- 누가복음 24장 44~48절

어떤 사람들은 이렇게 물을지도 모르겠다.

"아니, 예수님이 저런 말씀을 하셨을 때 성경은 구약밖에 존재하지 않았는데, 도대체 구약 어디에 예수 이름이 나옵니까? 신약성경이라면 몰라도 구약이 예수를 증거했다는 것은 믿기 어려운데요?"

나는 유튜브에서 한 번씩 성경 강의를 하는데,[10] 그때마다 이런 질문을 종종 받는다. 나는 이렇게 대답한다.

"〈창세기〉 1장 1절에 예수 이름은 나오지 않습니다. 하지만 〈미가서〉 5장 2절에 보면 '베들레헴 에브라다야. 너는 유다 족속 중에 작을지라도 이스라엘을 다스릴 자가 네게서 내게로 나올 것이라. 그의 근본은 상고에, 태초에니라.'라는 말씀이 나옵니다. 이 〈미가서〉 말씀을 통해 우리는 〈창세기〉 1장 1절의 '태초에'가 예수 그리스도를 지칭하는 말씀임을 알 수 있습니다.

〈요한복음〉 1장 1절과 2절은 〈미가서〉 5장 2절과 〈창세기〉 1장 1절을 좀 더 친절하게 풀어주고 있습니다. '태초에 말씀[예수 그리스도]이 계시니라. 이 말씀이 하나님과 함께 계셨으니 이 말씀은 곧 하나님이시니라. 그가 태초에 하나님과 함께 계셨고 만물이 그로 말미암아 지은바 되었으니 지은 것이 하나도 그가 없이는 된 것이 없느니라.'

〈골로새서〉 1장 15, 16, 17절도 마찬가지입니다. '그[예수 그리스도]는 보이지 아니하시는 하나님의 형상이요, 모든 창조물보다 먼저 나신 자니, 만물이 그에게 창조되되 하늘과 땅에서 보이는 것들과 보이지 않는 것들과 혹은 보좌들이나 주관자들이나 정사들이나 권세들이나 만물이 다 그로 말미암고 그를 위하여 창조되었고, 또한 그가 만물보다 먼저 계시고 만물이 그 안에 함께 섰느니라.'

성경은 오직 성경으로 풀어야 합니다. 〈미가서〉, 〈요한복음〉, 〈골로새서〉의 말씀으로 〈창세기〉 1장 1절을 풀면 '태초에 삼위일체 하나님이 예수 그리스도를 통하여 예수 그리스도를 위하여 우주 만물을 창조하셨다.'는 결론에 이르게 됩니다.

그리고 이 결론은, 다음 말씀[골로새서 1장 18~20절]을 보면 예수 그리스도의 몸된 교회로 향하고 있음을 알 수 있습니다. '그는 몸인 교회의 머리라. 그가 근본이요, 죽은 자들 가운데서 먼저 나신 자니 이는 친히 만물의 으뜸이 되려 하심이요. 아버지께서 모든 충만[充滿]

으로 예수 안에 거하게 하시고 그의 십자가의 피로 화평을 이루사 만물 곧 땅에 있는 것들이나 하늘에 있는 것들을 그로 말미암아 자기와 화목케 되기를 기뻐하심이라.'"

여기에 더해서 나는 〈창세기〉에 나오는 멜기세덱이 아브라함을 빵과 포도주로 축복한 의식이 사실은 신약성경에 나오는 예수 그리스도의 최후의 만찬을 예표한 것이고 이런 축복 의식은 고대 어느 국가에도 없었던 것이라든지, 〈창세기〉의 에녹이 하나님과 동행하는 삶, 즉 예수 그리스도의 재림을 선포하는 삶을 살다가유다서 1장 14~16절 죽음을 보지 않고 승천했다는 사실, 다윗이 부활하신 예수 그리스도를 증거한 선지자였다는 사실사도행전 2장 29~36절 등을 알려준다.

내가 아는 신비와 기적은 이런 것이다. 그러니까 도저히 성경을 믿을 수 없는 죄의 본성을 가진 나 같은 사람이 모세와 및 모든 선지자의 글구약 성경과 신약에 기록된 예수 그리스도를 만나고 영생에 들어가는 것이다. 나는 이를 어린 시절부터 다녔던 교회에서 개략적으로 배웠고, 아내와 결혼하고 아내의 외숙부인 고광종 목사가 담임하고 있는 인천시 서창동에 위치한 '성산교회'를 다니면서 구체적으로 들었다.[11] 그리고 코로나 기간에 유튜브로 '은혜와 진리 교회' 조용목 목사의 설교를 들으면서 좀 더 깊이 깨우쳤다.

이런 기독교 신비관神秘觀과 기적관奇跡觀을 가지고 있는 나에게 후광이라든지, 길 가던 사람이 교회 종탑을 기증한 이야기 등은 조금 당황스럽기도 했지만, 나 역시 기독교 신앙 안에서 나타나는 이런 식의 작은 신비한 사건들과 작은 기적들을 적지 않게 경험했고 수퍼맨 또한 가장 큰 신비와 기적은 예수 그리스도라는 말을 입에 달고 다니는 사람이기에 그의 교회 개척 이야기를 들었을 때, 하나님의 은혜로 이루어졌음을 인정할 수 있었다.

솔직한 고백

아무튼, 나는 지금 수퍼맨의 교회에 와 있다. 밖은 칠흑 같은 어둠에 잠겨 있다. 그리고 비가 펑펑 내리고 있다. 여름 장마철이고 새벽 1시니 당연하다.

내가 북한 사탕 하나를 치아로 깨부숴서 다 먹어치우고, 보리차마저 어느 정도 마시자 수퍼맨은 늘 그렇듯이 담임 목사실로 나를 인도한다. 어른 두세 명이 앉으면 가득 차는, 동네 사람들이 버린 가구들을 주워 와서 꾸민 목사실로 들어갈 때마다 나는 늘 머리가 아프다. 공간이 좁아서도 주워온 가구들이 풍기는 묘한 분위기 때문도 아니다. 이 방에는 내 평생 가장 큰 충격을 받은 무엇이 있기 때문이다. 그건 수퍼맨이 직접 만들어서 벽에 붙여놓은 북한 지도다. 그 지도 위에는 북한 사람들 사진이 붙어 있다. 수퍼맨이 중

국에서 직접 북한으로 파송한 북한 선교사들이다. 그들의 이름은 이렇다.[12]

김○진, 김○철, 김○매, 김○옥, 김○향, 김○혁, 김○호, 박○명, 박○실, 백○진, 송○영, 오○화, 유○, 윤○미, 윤○양, 이○실, 이○창, 이○철, 장○호, 조○일, 채○혁, 최○실, 한○철

이들은 고난의 행군 때 먹을 것을 찾아 북한을 탈출, 중국에서 거지로 떠돌다가 수퍼맨을 만나 복음을 접하고 신앙 훈련을 받은 뒤 다시 북한으로 들어가 비밀리에 예수를 전하다가 모두 붙잡혔고, 모두 순교했다.

나는 원래 이 장章에 간략하게나마 그들의 사연을 쓰려고 했다. 하지만 결국 포기하고 말았다. 나는 내가 이해하지 못하면 글로 쓰지 못하는 사람인데, 그들의 이야기는 아무리 노력해도 단 1퍼센트도 이해할 수 없었기 때문이다. 아니, 솔직히 말하면 나는 그들의 이야기를 처음 들었을 때, 분노의 감정에 사로잡혔었다. 수퍼맨이 종교적 욕망에 사로잡힌 나머지 순진한 북한 사람들을 꼬드겨서 사지死地로 내몰았다고 오해했기 때문이다. 그래서 나는 2년 넘게 수퍼맨을 괴롭혔다. 태국, 라오스 등에서는 물론이고 한국에서도 북한 선교사 이야기만 나오면 왜 그들을 죽을 자리로 보냈냐

며 매섭게 질책했다. 그때마다 수퍼맨은 엉엉 울었다. 북한 선교사는 절대로 인간이 파송할 수 없다고, 그건 하나님의 영역이라고, 자신은 단 한 번도 그들에게 북한으로 다시 가라는 말을 한 적이 없다고, 오히려 그들을 끝까지 말렸다고 하면서 펑펑 울었다. 내가 수퍼맨을 괴롭히지 않게 된 것은 나 자신의 변화를 목격하면서부터다. 나는 절대로 북한 선교사들이 간 그 길을 가지 않을 거라고 생각했는데, 어느 날 정신을 차려보니 내가 그 길을 가고 있었던 거다. 물론 북한 선교사들에 비교하면 1억분의 1 수준이겠지만 말이다.

이쯤에서 솔직하게 고백하겠다. 나는 내가 북한 선교사들이 간 그 비슷한 길을 가고 있다는 사실을 깨달은 순간 공포를 이기지 못하고 도망쳤다. 수퍼맨의 연락을 한 달 넘게 받지 않았고, 이 책의 집필을 4개월 넘게 중단했다. 한두 번이 아니다. 지난 몇 년 동안 몇 번을 그랬다. 이런 나 자신을 보면서 나는 온 영혼으로 깨달았다. 내가 평생 동안 주님께 거짓말만 하고 살았음을 말이다.

나는 엄마 뱃속에서부터 예수를 믿은 사람이다. 아주 어린 시절부터 "예수 복음을 위해서라면 이 한 목숨 아깝지 않다."는 기도와 찬양을 쉬지 않고 해온 사람이다. 그러니까 북한 선교사들이 간 그 길이야말로 진정한 신앙의 길이라고 믿으면서 그 길을 걷게 되는 것을 평생 동경해온 사람이다. 하지만 막상 그 비슷한 길을 걷게 되자, 그것도 북한 선교사의 1억분의 1 수준의 위험밖에 없는 그 길을 걷게 되자, 어떻게 했는가? 도망치기 바빴다. 나는 이런 나 자신을 보면서 〈요한일서〉 4장 10절 말씀을 현실적으로 깨닫게 되었다.

> "사랑은 여기 있으니 우리가 하나님을 사랑한 것이 아니요. 오직 하나님이 우리를 사랑하사 우리 죄를 위하여 화목제로 그 아들을 보내셨음이라."

그래도 감사한 사실은 재작년[13] 가을 즈음에 하나님께서 주신 깨달음을 통해 내 목숨에 대한 뜨거운 애정을 조금은 내려놓을 수 있게 되었다는 것이다.

아마도 10월 중순이었을 거다. 나는 늘 그렇듯이 오후 늦게 일어나서 밥을 먹고 있었다. 반쯤 열려 있는 거실 통창 너머로 그림처럼 떨어지는 낙엽들을 감상하면서. 밖은 도로 공사를 하는지 조금 시끄러웠다. 나는 조용한 분위기에서 밥을 먹고 싶어서 거실 통창을 닫았다. 순간 내 두 눈에 정원 가득 깔려 있는 빨간 단풍나무 잎들이 들어왔다. 그 낙엽들에게 가볍게 인사하고는 다시 밥을 먹으러 식탁으로 돌아가려는데 순간 어떤 음성 같은 것이 마음속에 울려 퍼졌다.

"내가 마음만 먹으면 너는 지금 밥을 먹다가도 죽을 수 있다. 생명은 나에게 달려 있으니 걱정하지 말고 네가 가야 할 길을 가거라."

솔직히 말하자면 나는 지금 심히 당황스럽다. 나는 지난 몇십 년 동안 소위 하나님의 음성을 들었다고 주장하는 사람들을 싫어하는 것도 모자라서 경멸까지 해왔던 사람이기 때문이다. 아무튼 내가 음성인지 뭔지는 모르겠지만 이런 메시지를 받은 것은 확실하다. 이 사건 이후 나는 죽음의 공포로부터 어느 정도 자유로워졌다. 그리고 수퍼맨한테서 더 이상 도망치지 않게 되었다.

"북한 사람들한테는 내가 필요해요"

수퍼맨 교회 담임목사실로 돌아가자. 나는 늘 그렇듯이 북한 선교사들의 사진을 보면서 푸념 아닌 푸념을 늘어놓는다.

"목사님, 저는 이분들의 마음을 언제쯤 10퍼센트라도 이해하게 될까요? 그래야 제가 이분들의 이야기를 쓸 엄두라도 내볼 수 있을 것 같은데 말이죠. 제가 하루 이틀도 아니고 5년 가까이 이분들의 마음을 생각해봤지만 그럴수록 더 알 수 없는 것 있죠. 참 힘드네요. 순교자의 마음을 안다는 것 말이죠."

수퍼맨이 너털웃음을 터뜨리면서 묻는다.

"작가님도 목숨을 어느 정도 내려놓으셨으니까, 북한 선교사들과 조금은 비슷한 급이라고 생각하는데요. 그럼 이미 다 이해하신 것 아닌가요?"

나는 정색을 하면서 대답한다.

"아니 목사님, 제가 제 목숨을 얼마나 귀하게 여기는지 잘 아시면서 또 그런 재미없는 농담을 하십니까! 제가 하나님께 사명을 받은 것은 사실이지만 순교의 사명은 아니지요. 제가 북한 선교사들처럼 사지死地로 가서 순교할 일은 절대 없으니, 저는 그들의 마음을 절대 알 수 없다니까요."

수퍼맨은 내 정색한 얼굴을 보고 살짝 긴장하더니 이내 부드러운 목소리로 이렇게 말한다.

"작가님, 그럼 오늘은 '고난의 행군' 시절에 있었던 이야기를 들려드리겠습니다. 제가 그때 북한·중국 국경지대에서 탈북인들과 함께 살았었잖아요. 어느 날엔 할머니 한 분이 네 살쯤 되어 보이는 남자아이를 업고 우리 집을 찾아왔지 뭡니까. 제가 뭘 원하시냐고 물으니까, 가족들이 다 굶어 죽고 손자하고 자기만 살아남았다, 손자를 살리고 싶어서 탈북했다, 며칠 동안 밥을 못 먹었으니 밥 좀 달라고 하시지 않겠습니까. 그래서 제가 밥을 지어드렸더니 다섯 공기를 한 번에 다 드시고는 바로 돌아가셨습니다. 당시 북한은 이처럼 죽음이 일상인 곳이었습니다. 제가 추측하기에 북한 선교사들은 북한에 있었을 때 죽음을 일상적으로 접하면서 이미 정신적으로 죽음을 어느 정도 초월해버렸던 게 아닌가 싶습니다. 그러다가 저를 만나서 성경을 읽고 복음을 만나고 죽음 이후의 영원한 삶에 대해 알게 되니 그들의 마음이 어땠겠습니까? '천국은 마치 밭에 감추인 보화와 같으니 사람이 이를 발견한 후 숨겨두고 기뻐하여 돌아가서 자기의 소유를 다 팔아 그 밭을 샀느니라.'라는 〈마태복음〉 13장 44절 말씀처럼 되지 않았겠습니까? 그래서 그들은 다시 북한으로 들어가서 복음을 전하고 순교할 수 있었던 것이라고 생각합니다."

나는 이마를 살짝 찌푸리면서 묻는다.

"아니 목사님, 고난의 행군 시기에 탈북해서 선교사를 만나고 성경을 접하고 복음을 받아들인 사람들이 심히 많은데, 그들 중에 북한 선교사가 된 사람은 지극히 일부이지 않습니까?"

수퍼맨이 눈을 동그랗게 뜨면서 답한다.

"작가님 말씀을 듣고 보니 또 그렇네요. 아무튼 제가 북한 선교사 관련해서 분명하게 말씀드릴 수 있는 것은 하나뿐입니다. 그들은 처음부터 달랐습니다. 이 세상 것이 아닌 '어떤 영적 광채'가 그들의 얼굴에 서려 있었습니다."

나는 말없이 내 앞에 놓인 낡은 찻잔을 어루만진다. '어떤 영적 광채.' 나는 지난 5년 동안 이 말을 백 번은 넘게 들었다. 하지만 세

속에 찌들 대로 찌든 나로서는 '어떤 영적 광채'라는 말이 '태평양 심해 어딘가에 있는 보물선'처럼 비현실적으로 들릴 뿐이다. '오늘도 답을 얻지 못했군. 이제 집에 가야겠다.' 나는 속으로 이렇게 생각하면서 자리에서 일어난다. 그리고 수퍼맨에게 인사를 하고 교회를 나선다. 비가 어둠을 뚫고 억수처럼 쏟아지고 있다. 새벽 2시고, 여름 장마철이니 당연하다. 나는 차에 올라가 시동을 걸고 운전대를 잡는다. 피곤한 얼굴로 차를 몰고 집에 도착하니 새벽 3시다. 가족은 곤히 자고 있다. 나는 도둑처럼 몰래 작업실로 들어가서 잠을 청한다.

그 뒤로 약 한 달 뒤, 나는 금방이라도 울 것 같은 얼굴로, 북한 선교사 파송 예배가 열리는 수퍼맨의 교회로 가고 있었다. 사실 수퍼맨으로부터 북한 선교사 파송 예배가 있을 거라는 말을 처음 들었을 때만 해도 이렇게 마음이 찢어지지는 않았다. 그런데 며칠 전, 수퍼맨으로부터 북한 선교사의 이름을 들었을 때 나는 그만 자리에 주저앉고 말았다. 내가 처음으로 구출 작업에 참여한, 나에게 탈북인 사역의 본질을 깨닫게 한 중국 단둥 그 할머니였기 때문이다. 생각해보니 수퍼맨은 할머니 이야기가 나올 때마다 한 번씩 이상한 소리를 하곤 했다. "작가님, 그분은 하나님께서 특별히 선택하신 분이에요. 그분은 앞으로 큰일을 하실 겁니다."라는 식으로 말이다. 그때마다 나는 수퍼맨이 한국에서 할머니와 함께 탈북인들을 위한 어떤 큰일을 하려나 보다, 이렇게 생각했다. 뭐랄까, 탈북인 교회라든가 탈북인 쉼터 같은 걸 세워서 운영을 맡긴다거나 그럴 줄 알았다는 의미다. 그런데 북한 선교사라니! 나는 수퍼맨에게 계속 전화를 걸어 "할머니를 말려야 하는 것 아니냐, 그렇게 힘들게 탈북을 하셨고 이제 겨우 대한민국에 정착하셨는데 이렇게 다시 북한으로 들어가시는 게 말이 되냐, 그분은 반드시 순교하게 될 텐데, 그럼 우리도 여기에 간접적인 책임이 있는 것 아니냐, 나중에 할머니 순교 소식을 듣게 되면 나는 남은 인생을 어떤 마음으로 살아야 하는 거냐, 지금이라도 할머니를 잘 설득해서 파송을 취소하는 게 맞다."라며 거의 울부짖다시피 했다. 하지만 그때마다 수퍼맨은 "저는 할머니를 처음 본 순간부터 제가 늘 말씀드렸던 이 세상의 것이 아닌 '어떤 영적 광채'를 보았습니다. 할머니는 북한에서 순교하시게 될 겁니다. 이건 하나님께서 정하신 일입니다. 작가님과 제가 어떻게 할 수 없는 영역입니다."라며 담담하게 말할 뿐이었다.

파송 예배가 시작되기 직전, 나는 잠시 할머니를 따로 만났다. 끝까지 할머니를 설득하고 싶었기 때문이다. 하지만 할머니를 감싸고 있는 어떤 영적인 힘 같은 것에 나도 모르게 압도라도 되었던 걸까? 나는 정말이지 한마디도 할 수 없었다. 할머니는 그런 나를 보면서 "작가님, 나는 절대로 안 죽어요. 북한 사람들한테는 내가 필요해요. 그래서 가는 거니까 절대 걱정하지 말아요."라며 오히려 따뜻하게 위로해주었다. 나는 "할머니, 한국에서 5년 가까이 사시면서 북한식 말투가 많이 없어지셨네요."라는 싱거운 말밖에 할 수 없었다.

할머니의 북한 파송 예배는 조용히 시작되어 조용히 끝났다. 예배를 마치고 우리는 할머니의 앞길을 축복했다. 그리고 언젠가 천국에서 다시 만나자고 약속했다.

파송 예배가 있고 며칠 뒤, 할머니는 이름을 밝힐 수 없는 어느 나라로 떠났다. 할머니는 그 나라의 비밀 선교관에서 2년 정도 탈북인들을 섬기면서 복음을 전할 예정이다. 그리고 때가 되면 북한으로 들어갈 것이다. 나는 할머니가 2년 뒤에 다시 한국으로 돌아오셨으면 좋겠다. 한국에서 편하게 신앙 생활 하시다가 천국으로 가셨으면 좋겠다. 하지만 할머니는 그러지 않으실 것이다. 절대로, 절대로 북한으로 들어가실 것이다. 먼 후일 할머니의 순교 소식을 듣게 되면 그때 나도 조금은 알게 될까? 북한 선교사들의 마음을? 모르겠다. 지금은 그저 눈물만 나올 뿐이다. 그저 할머니를 생각하는 것만으로도.

8장

미리 온 인류 평화

총과 칼, 그리고 세 번의 감옥

태국에서 탈북인 구출 작업을 마치고 라오스로 넘어가서 비어라오Beer Lao를 마시고 있는데 수퍼맨이 바로 앞에 보이는, 수풀로 가득 덮인 한 지점을 가리키면서 말한다.

"저기서도 탈북인 구출 참 많이 했지요."

나는 비어라오를 마시다 말고 묻는다.

"중국에서 이쪽 루트로도 탈출을 시키셨나 봐요?"

수퍼맨이 한 손으로 이마에 가득한 땀을 닦아내더니 미지근해 보이는 생수를 마시면서 대답한다.

"저기는 라오스 범죄 집단이 중국에서 라오스로 넘어오는 탈북 여성들을 납치한 뒤 저를 불러서 몸값 흥정을 벌이던 장소예요."

내가 흥분한 목소리로, "아! 목사님이 탈북 여성들 몸값을 막 깎으시다가 조직폭력배들을 분노하게 했고, 그들이 목사님 머리에 총을 겨눴고, 실제로 총을 발사해서 목사님이 극적으로 피했는데 결국 총알이 발바닥을 관통하고 말았던, 바로 그곳이군요!"라고 하자 수퍼맨이 고개를 흔들면서 부정한다.

"총을 실제로 맞았던 곳은 중국이고요. 여기서는 머리에 총이 겨눠지는 정도였어요."

내가 수퍼맨에게 총과 칼을 맞았던 이야기를 다시 해달라고 하자 수퍼맨은 플라스틱 병에 담긴 남은 생수를 벌컥벌컥 들이마시더니 담담한 목소리로 이야기를 시작한다.

"중국 옌지였어요. 지금도 그렇지만 당시에도 북한을 탈출한 젊은 여성들은 두 강압록강, 두만강을 건너자마자 인신매매 조직에 납치되는 게 다반사였어요. 당시에는 주로 옌지 조선족 범죄 조직들이 그 일을 했는데, 그들은 러시아제 총기를 밀수해서 파는 일도 했었죠. 어느 날 그 조직들 중 한 곳에서 연락이 왔어요. 여자 둘을 데리고 있으니까 몸값을 주고 사가라고 하더군요. 그래서 그들이 지정한 장소로 갔어요. 그런데 몸값을 너무 높게 불러서 제가 계속 깎았죠. 그러자 용철이라고, 두목 노릇을 하던 자가 갑자기

화를 내면서 저를 죽이겠다고 하더군요. 저는 단순한 협박이라고 생각하고 가격을 더 깎았어요. 그러자 용철이가 제 앞으로 오더니 갑자기 권총을 쏘더군요. 너무 순간적으로 벌어진 일이었고, 제 옆에 시멘트 바닥이 확 파여서 저는 제가 총을 안 맞은 줄 알았어요."

"용철이가 시멘트 바닥에 쐈다고 생각하셨던 거군요."

"네, 맞아요. 그런데 한쪽 발이 느낌이 이상한 거예요. 뭔가 물에 젖은 것 같았죠. 알고 보니 총알이 오른쪽 엄지발가락을 스치면서, 살점이 다 떨어져나가서 피가 철철 흐르고 있었던 거죠."(이 말을 마치고 수퍼맨은 총상 흉터를 보여주었다.)

"칼은 어디서 어떻게 맞은 거예요?"

"역시 중국 옌지에서 탈북 여성들 몸값 치르는 문제로 조선족 인신매매단한테 맞았죠. 그때도 제가 자꾸 몸값을 깎으니까 두목이 굉장히 기분 나빠했는데, 두목 바로 옆에 앉아 있던 부하가 갑자기 저를 칼로 확 찔렀어요."

"어떤 경고의 말도 없이요?"

"네."

"어디를요?"

"(흉터를 보여주면서) 여기 배 아래요. 사실 그 부하는 제 신장을 노리고 찌른 것인데 제가 순간적으로 피해서 다행히도 신장 바로 옆을 찔렀어요. 만일 신장을 찔렀다면 즉사했을 겁니다. 칼자국이 9센티미터나 되거든요."

"감옥은 몇 번 가셨다고 했죠?"

"중국 네이멍구자치구 감옥 한 번, 중국 다롄 감옥 한 번, 태국 치앙마이 감옥 한 번, 총 세 번 다녀왔어요."

"다 탈북인 구출하다 체포되어서 그랬던 거죠?"

"네."

세계가 인정한, 그러나 우리가 외면한 인권 영웅

"네이멍구 감옥은 어쩌다 가신 거예요? 사실 그곳은 여행으로도 가기 쉽지 않은 곳인데."

"혹시 김동식 목사님이라고 아시는지요?"

"북한·중국 국경지대에서 탈북인들을 돌보다가 김대중 정부[1] 시절 북한 특수 공작원들에게 납치되어 북한으로 끌려가서 짐승처럼 고문받은 뒤 수용소로 보내져서 순교하신 분 아닌가요?"

"네, 맞습니다."

"생각하면 참으로 이상한 일입니다. 김대중 대통령이 민주주의와 인권 그리고 북한 정권과의 평화와 화해를 위해 노력했다는 이유로 전 세계의 칭송을 받으면서 스웨덴에서 노벨평화상을 수상하고 있을 때 대한민국 국적의 김동식 목사님은 북한 주민들의 자유민주주의와 인권 그리고 진짜 평화를 위해서 노력했다는 이유로 북한 수용소에서 처참하게 죽어가고 있었으니까요."

"김동식 목사님이 중국에 있었을 때 몸무게가 80킬로그램이 넘었습니다. 그런데 북한 수용소에 있었을 때는 고작 35킬로그램에 불과했다고 합니다."

"김대중 대통령은 김동식 목사님이 북한에 납치되었다는 사실을 알고 있었나요?"

"잘 알고 있었죠."

"김대중 대통령은 노벨평화상을 수상한 뒤 김동식 목사님의 석방을 위해 노력한 적이 있나요? 평양까지 가서 김정일과도 직접 만났잖아요."

"아니요. 김대중 대통령은 김정일 앞에서 김동식 목사님에 관한 어떤 말도 꺼내지 않았습니다."

"'국민이 신뢰하는 전직 대통령' 1위 자리를 9년째[2] 지키고 있는 노무현 대통령은 어땠습니까? 대한민국 역사상 가장 인간적인 대통령이라는 평가를 받았고, 인권변호사 출신이지 않았습니까?"

"김대중 대통령은 김동식 목사님의 미망인에게 최선을 다하겠다는 말이라도 했습니다만, 노무현 대통령은 무반응으로 일관했습니다."

"노무현 대통령도 평양을 방문해서 김정일을 만났었잖아요. 그때도 아무 말이 없었나요?"

"네."

"이명박 대통령은 어땠습니까? 그나마 북한 인권을 중시하는 보수 정당이 배출한 대통령이었고, 심지어 교회 장로 출신이었지 않습니까!"

"당시에 북한 인권 단체 17곳에서 '김동식 목사 유해 송환 운동본부'를 만들어서 이명박 대통령에게 김동식 목사님의 유해를 송환해줄 것과 미망인을 만나서 위로해줄 것을 촉구했으나, 둘 다 이루어지지 않았습니다."

"박근혜 대통령은요?"

"노무현 정부 시절인 2005년 1월 6일에 국회의원회관에서 '납북자 및 탈북자 인권 특별위원회' 주최로 열린 '납북 김동식 목사 구명 대책 정책 토론회'에 참석해서 '납북 5년째를 맞고 있는 김동식 목사에 대해 정부의 성의 있는 조치를 촉구한다!'라며 의견을 발표한 적은 있습니다."

"한나라당 당대표를 맡고 있던 시절이네요. 대통령이 된 뒤에는요?"

"어떤 조치도 없었던 것으로 알고 있습니다."

"보수·진보 대통령 모두 외면을 했군요."

"사실 보수 정치인들도 어떤 큰 정치적 필요성이 없으면 북한 인권 관련해서는 굳이 나서지 않는 게 일반적입니다."

"김동식 목사님 사건은 그 뒤로 어떻게 되었나요?"

"미국 상·하원의원 20명[3]과 이스라엘 인권 단체 슈랏 하딘Shurat HaDin이 나서주었습니다. 미국 상·하원의원들은 김동식 목사님이 미국의 흑인 인권 영웅 해리엇 터브먼Harriet Tubman, 스위스의 쉰들러 라울 발렌베리Raoul Wallenberg 같은 영웅적 활동을 했다고 칭송하면서 북한이 김동식 목사님의 납북과 사망에 관한 '완전한 설명'과 '성공적 해결'을 해야 미 국무부의 테러지원국 명단에서 해제될 수 있다는 내용이 담긴 서한을 보내서 북한 정권을 압박했습니다.[4] 이스라엘 인권 단체 슈랏 하딘은 김동식 목사님 유가족을 대신해서 미국 법원에 소송을 제기해서 '북한 정권은 김동식 목사 유가족에게 3억 3천만 달러를 배상하라.'는 판결을 받아냈습니다. 후일 오토 웜비어 부모님이 북한 정권을 상대로 소송할 때 이 판결을 참고했던 것으로 알고 있습니다."

"목사님, 이 질문에 대한 답은 저도 잘 알고 있지만 그래도 질문드리겠습니다. 한국 교회는 어땠나요?"

"김동식 목사님은 북한에서 얼마든지 영웅 대접을 받을 수 있었습니다. 당시에 북한 정권이 김동식 목사님에게 요구했던 한 가지만 받아들이면 되었죠. 그건 바로 예수가 하나님임을 부인하고,

김일성이 하나님임을 인정하라는 것이었습니다. 한마디로 기독교 신앙을 주체사상 신앙으로 바꾸라는 거였죠. 김동식 목사님은 그걸 거부하다가 순교하신 건데, 글쎄요, 지금 김동식 목사님의 이름이라도 알고 있는 한국 교회가 몇이나 있을지 모르겠습니다."

"절망스럽지만, 거의 없다고 봐야겠지요."

"김동식 목사님뿐만이 아닙니다. 중국 단둥에서 또는 북한으로 끌려가서 순교한 대한민국 국적의 목사님들과 선교사님들이 생각보다 많습니다. 저와 함께 일했던 목사님 두 분도, 한 분은 맥도날드에서 독이 든 콜라를 마시고 순교하셨고 다른 한 분은 자동차 안에서 목에 칼을 맞고 순교했습니다. 하지만 한국 교회는 이런 사실을 전혀 모르고 있다고 해도 과언이 아닐 것입니다."

"북한 선교를 한다는 명목으로 북한을 자유롭게 왔다 갔다 하는 목사들과 선교사들이 꽤 많던데 그들은 어떻게 된 건가요? 북한 선교를 정상적으로 한다면 그건 곧 김일성 우상 숭배를 반대하는 것이고, 북한 정권 입장에서는 반역자 중의 반역자인데, 그럼 김동식 목사님처럼 수용소로 끌려가서 고문당하고 순교해야 맞는 것 아닌가요? 하지만 그들은 북한 정권에게 해를 당하기는커녕 환영받는 것처럼 보입니다."

"저도 그게 늘 이해가 안 됩니다. 북한 선교를 한다는 사람들이 어떻게 북한 정권과 안전하게 지낼 수 있는지 말이지요."

"그런데 김동식 목사님 이야기는 왜 하신 건가요?"

"제가 몽골 감옥에 가게 된 것은 어쩌면 김동식 목사님 때문이었거든요."

"그건 또 무슨 말입니까?"

"제가 1990년대 후반에 탈북인들을 베트남 루트로 간접적으로 탈북시킨 일이 있었습니다. 그런데 이때만 해도 중국에서 탈북인들을 보호하고 섬기는 일을 했지, 탈북인들을 직접 인솔해서 중국 국경을 넘는 일은 하지 않았었습니다. 하지만 점점 그 일을 해야 할 시간이 다가오고 있었습니다. 중국에서 탈북인들이 사회문제로 떠오르기 시작했고, 공안이 탈북인 체포와 강제 북송을 체계적으로 하기 시작했거든요. 엎친 데 덮친 격으로 북한 보위부도 북한·중국 국경지대에서 무섭게 활동하기 시작했습니다. 탈북인들에게는 지옥이 시작된 셈이었지요. 상황이 이렇다 보니 탈북인들은 스스로 루트를 만들어서 중국을 탈출하기 시작했습니다. 물론 당시에 그들의 숫자는 매우 적었습니다. 잘해야 수십 명 수준이었으니까요. 그리고 당시 탈북인들의 중국 탈출은 허술하기 짝이 없었습니다. 정말이지 운運에 맡기는 수준이었다고나 할까요. 아무튼 그들에 대한 소문이 중국 내 탈북인 사회에 무슨 전설처럼 퍼지기 시작했는데, 당연히 제 귀에도 들어왔습니다. 제가 알아보니 그들은 중국 네이멍구자치구 국경을 넘어서 고비사막을 지나 외몽골로 가서 자유의 몸이 되었더라고요."

"당시에 외몽골에서는 지금 태국처럼 탈북인들을 받아주었군요."

"네, 맞습니다. 하지만 북한 정권의 강력한 개입으로 중국의 네이멍구 국경 감시가 삼엄해지고, 외몽골에 북한 대사관이 재설치되면서 몽골 루트는 사장死藏되다시피 했지요."

"김동식 목사님은 목사님의 몽골 루트 개척에 어떤 역할을 하셨습니까?"

"제게 몽골 루트가 가능하다고 귀띔해주었습니다.[5] 저는 그전까지는 탈북인들의 '누가누가 몽골로 탈출했다더라.'라는 식의 말만 들은 터라 몽골 루트 이야기를 100퍼센트 신뢰할 수 없었거든요. 하지만 김동식 목사님의 말이라면 믿을 수 있었습니다. 그래서 저는 무작정 중국 네이멍구자치구의 국경 도시 얼롄하오터二連浩特로 향했습니다. 그리고 그곳에 은신처로 쓸 집을 구해놓고 탈북인 구출 루트를 만들다가 중국 공안에게 꼬리를 밟혔고 결국 감옥에 가게 되었습니다."

"그 지독한 삿갓등 고문을 받으셨다는 감옥이죠?"

"네. 저는 중국 공안들에게 일주일 넘게 무서운 폭행을 당한 뒤 중국 네이멍구자치구 감옥으로 끌려갔는데, 그곳에서 중국 국가안전부 요원들에게 사흘 동안 고문을 당했습니다. 그들은 저를 빛한 줌 들어오지 않는 아주 좁은 밀실密室로 끌고 갔습니다. 그곳에는 앉으면 두 발이 허공에 붕 뜨는 높은 의자가 있었는데, 거기에 저를 앉히고 밧줄로 묶더니 제 얼굴 바로 앞에 삿갓등 하나를 놔두더군요. 처음에는 이게 뭐 하는 건가 싶었는데, 몇 시간 정도 지나니까 눈을 전혀 뜰 수 없었고 입술이 심하게 갈라지기 시작했습니다. 나중에는 얼굴 전체가 퉁퉁 부어오르면서 얼굴 피부가 다 찢어지는 것 같더군요. 갈라진 입술에서는 피가 철철 나기 시작했고요. 또 삿갓등 불빛 때문에 눈을 세게 감고 있을 수밖에 없었는데, 양쪽 눈알이 이루 말할 수 없이 아픈 것을 넘어서 점점 정신이 혼미해지더니 나중에는 환각이 보였습니다. 그런데 그때 가장 힘들었던 건 폭행도 삿갓등 고문도 아니었습니다."

"도대체 무엇이 가장 힘들었습니까?

"중국 국가안전부 요원들은 저를 사흘 동안 한숨도 못 자게 했는데, 그게 가장 고통스러웠습니다."

"중국 사람들은 도대체 왜 그렇게 심한 폭행과 고문을 목사님에게 한 건가요?"

"지금도 그렇지만 당시에도 중국은 북한 인권 문제를 중국 공산당 체제를 위협하는 가장 무서운 요인으로 판단하고 있었습니다. 그리고 미국 정부가 배후에서 북한 인권 운동가들을 지원하고 있다고 생각했습니다. 하지만 증거가 없었죠. 그래서 저 같은 사람들을 잡아다가 고문하면서 '저는 미국 인권 간첩입니다.'라는 자백(?)을 받아내고자 했던 것입니다."

"자백(?)을 하지 않은 대가로 재판에 넘겨졌는데, 형량은 얼마나 나왔나요?"

"징역 4년형을 받았습니다. 하지만 보석으로 두 달 만에 나왔습니다. 보석금은 프랑스 국경없는의사회와 일본인 북한 인권 운동가 가토 히로시 등이 내주었습니다."[6]

"이후 잠시 한국으로 오셔서 몸을 추스르셨는데, 느닷없이 임사체험을 하셨다고요."

"제가 감옥에서 나와서 몸무게를 재보니 무려 14킬로그램이 빠져 있더군요. 정말이지 보신補身이 필요했습니다. 당시에 한국에 제 집이 없어서 처갓집에서 건강을 회복하고 있었는데, 어느 날 밤, 잠을 자는데 제가 육체를 빠져나와 있는 겁니다. 그러더니 순식간에 중국 네이멍구자치구 얼렌하오터로 이동하더군요. 그때 저는 공중에서 네이멍구 국경지대를 손바닥 들여다보듯이 볼 수 있었습니다. 어느 곳의 철조망이 허술한지, 어느 곳에 철조망이 설치되어 있지 않은지 등을 한눈에 다 볼 수 있었죠. 그러고는 바로 잠에서 깼는데, 본능적으로 알 수 있었습니다. 하나님께서 제게 가장 안전한 구출 루트를 가르쳐주셨다는 것을요. 저는 즉시 일어나서 제가 공중에서 본 것들을 방에 걸려 있던 커다란 달력 뒷면에 그리기 시작했습니다."

"그 달력에 그려진 루트를 통해 1천 명 이상의 탈북인들이 자유를 찾게 되었는데, 당시 북한 인권·선교 단체들과 운동가들에게 왜 무상으로 뿌리셨던 건가요? 제가 알아보니까 다른 활동가나 단체에게 루트를 가르쳐줄 땐 큰돈을 받거나 구출 비용의 일부를 수수료로 받던데요."

"제가 네이멍구 감옥에 처음 수감되었을 때 무슨 짐승처럼 머리를 박박 깎였는데, 그때 저도 모르게 눈물이 났습니다. 몽골에서 이제 막 일을 제대로 해보려고 하는데 붙잡혀서요. 그래서 하나님께 기도했습니다. 여기서 나가게 되면 몽골 루트로 1천 명을 구출하게 해달라고요. 임사체험은 그 기도의 응답이었습니다. 하나님께서 알려주신 루트인데, 어떻게 장사를 할 수 있겠습니까? 저에게는 불가능한 일입니다. 참고로 여기 메콩강 루트도 제가 최초로 개척했는데, 이 루트 역시 제가 아는 모든 단체들과 운동가들에게 무상으로 뿌렸습니다. 만일 제가 어떤 목사들처럼 북한 선교를 사업화했다면 지금쯤 큰 부자가 되어 있겠지요. 이렇게 아무도 알아주지 않는 현장에 나와서 작가님과 구출 작업을 하지도 않을 거고요. 제가 25년 넘게 탈북인 구출 사역을 하면서 자신 있게 내세울 것이라고는 '가난' 말고는 없는 것 같습니다.(웃음)"

"그냥 가난이 아니지요. '처절한' 가난이지요."

도대체 왜 이 일을 하는가?

이후 수퍼맨은 중국 다롄 감옥과 태국 치앙마이 감옥에 갇혔던 이야기를 구구절절 풀었다. 솔직히 나는 그 이야기를 스무 번은 넘게 들었던 터라 시큰둥했다. 때마침 배도 고프기 시작해서 나는 수퍼맨에게 여기 라오스 골든트라이앵글에는 맛집이 없으니 태국 골든트라이앵글로 넘어가서 치앙라이로 이동하자고 했다. 라오스에서 배를 잠깐 타고 태국으로 건너가서 렌터카를 몰고 치앙라이에 도착하니 어느덧 밤이었다. 다행히 내가 아는 그 맛집은 영업을 하고 있었다. 그리고 유명 맛집답게 손님들로 가득했다. 우리는 테이블 다리가 부러질 정도로 많은 음식을 주문했고, 음식이 나오는 족족 맛있게 먹어치웠다. 그렇게 행복한 식사를 마치고 숙소로 돌아가는데 문득 궁금증이 일었다.

'도대체 수퍼맨은 왜 이런 위험들을 무릅쓰면서, 그러니까 가족과 생이별하고 감옥에 가고 칼에 찔리고 총에 맞으면서까지 탈북인들을 구출하는가?'

다음 날 오후, 나는 방콕으로 가는 비행기 안에서 수퍼맨에게 앞의 질문을 던졌다. 심히, 심히, 심히 진지한 얼굴로 말이다. 수퍼맨은 도리어 나에게 되물었다.

"작가님은 왜 저와 함께합니까?"

순간 나는 말문이 막혔다. 물론 나에게는 수퍼맨과 함께할 수밖에 없는 여러 이유가 있었다. 특히 예수 신앙의 영향이 절대적이었다. 하지만 그건 지극히 개인적인 이유였다. 수퍼맨은 뭔가 인류를 대표해서 이렇게 묻는 것 같았다.

"작가님은 대한민국이라는 한 국가를 대표하는 지식인 중 한 명입니다. 그런 사람이 왜 북한의 위협 때문에 자기 얼굴도 노출할 수 없는 무명의 목사와 함께하는 것입니까?"

나는 필살기를 시전할 수밖에 없다고 판단했다. 나는 미간을 잔뜩 좁히면서 수퍼맨의 두 눈을 강렬하게 응시했다. 수퍼맨이 그동안 이 필살기에 넘어간 많은 사람들처럼 '아, 지금 작가님은 말 대신 눈빛으로 답을 주고 계시는구나. 지식인인 내가 그것도 모르겠냐고, 꼭 말로 해야 알아듣겠냐며 이 어리석은 사람을 질책하고 계시는구나.' 이렇게 착각하기를 기대하면서 말이다. 하지만 수퍼맨은 역시 수퍼맨이었다. 내 사자 같은 눈빛에 사슴 같은 눈망울로 응대하면서 역시 사슴 같은 목소리로 "작가님, 얼른 대답해주세요. 제가 정말 궁금합니다."라고 재촉했기 때문이다. 나는 헛기침을 크게 한 번 한 뒤 이렇게 대답했다.

"목사님, 지금 그게 급한 게 아닙니다. 지금 급한 것은 방콕에 내리자마자 지하철을 타고 우리가 그토록 애정愛情하는 꽝씨푸드로 가는 것입니다."

순간 수퍼맨의 두 눈에 경탄이 일어나더니, 입술 위로 "아! 꽝씨푸드!"라는 말이 흘러넘쳤다. 나는 "꽝씨푸드 뿌빳퐁커리! 어쑤언! 똠얌꿍! 꿍옵운센! 텃만꿍! 이놈들 안 먹고 가면 태국 온 의미가 없죠!"라며 큰소리로 맞장구를 쳤다. 그렇게 우리는 잠시 방콕 맛집에 영혼을 팔았고, '우리는 왜 이 일을 하는가?'라는 위대한 질문에 대한 답을 찾는 것을 망각해버리고 말았다.

그로부터 약 세 시간 뒤 나는 꽝씨푸드에서 테이블 다리가 부러질 정도로 많은 음식을 시켰다. 그리고 수퍼맨과 정말이지 배가 터지도록 먹고 또 먹었다. 수퍼맨이 더 이상 못 먹겠다며 손사래를 칠 때마다 "목사님, 이 녀석들을 다시 먹으려면 따로 시간을 내서 비행기를 타고 와야 합니다. 지금 이 순간은 우리 인생에 극히 드물게 찾아오는 기회라는 의미입니다. 목사님, 지금 목사님이 한계라고 느끼시는 것은 사실 목사님의 생각 속에나 존재하는 것이지 실재하는 게 아닙니다. 목사님, 지금이야말로 자기 자신을 뛰어넘으실 때입니다. 목사님, 힘을 내셔야 합니다. 목사님은 더 많이 드실 수 있습니다!" 이런 말 같지도 않은 말을 하면서 말이다.

다음 날 한국에 돌아온 나는 여독을 푼 뒤 공부를 하기 시작했다. "나는 도대체 왜 이 일을 하는가?"라는 질문에 온 인류가 공감할 만한 답을 찾고 싶었기 때문이다. 내가 찾은 답은 이렇다.

북한 정권은 탄생하자마자 대한민국 침략 전쟁을 준비했다. 그리고 탄생 2년 만인 1950년 6월 25일에 실제로 전쟁을 일으켰다. 이로 인해 무려 137만 4천 195명이 희생됐다. 6·25전쟁은 대한민국·미국·캐나다·호주·뉴질랜드·영국·프랑스·그리스·튀르키예·벨기에·네덜란드·룩셈부르크·태국·필리핀·남아프리카공화국·에티오피아·콜롬비아 연합군이 소련의 지원을 받은 북한군과 중국군을 상대로 치른, 핵무기 사용까지 검토되었던 사실상의 세계대전이었다. 휴전 이후 북한 정권은 전후 복구를 마치고 대내외적으로 안정을 찾자마자 중동과 아프리카 등에 군사지원단을 파견하고 각종 무기를 판매하고 미사일 기술 등을 전수해서 우리가 아는 테러 단체들과 테러 국가들이 나타나는 데 결정적인 영향을 끼쳤다. 그리고 이란 핵 개발을 적극적으로 도왔다.

이미 미국 본토를 핵미사일로 공격하는 가상 동영상을 공개한 바 있는 북한 정권은 최근에 김정은 유고有故 시時 핵미사일이 자동적으로 발사되도록 법제화한 '핵 무력 정책 법령'을 채택했다.[7]

세상 사람들은 북한 정권이 미국의 제재를 받아서 곧 무너진다고 생각하고 있지만 현실은 도리어 북한 정권이 미국을 위협하고 있다. 세계 최강 대국 미국한테도 이럴진대 다른 나라들은 오죽할까. 이제는 전 인류가 북한 핵 아래 놓이게 된 것이다. 실제로 군사 전문가들은 북한 정권이 소형 핵무기를 중동이나 아프리카의 테러 단체들에게 비밀리에 판매하는 것을 심각하게 우려하고 있다. 만일 그런 일이 벌어지게 되면 인류는 어떻게 될까? 멸망의 길을 걷게 될 것이다. 이제 북한 문제는 한반도나 동북아시아의 문제가 아니라 전 세계의 문제가 된 것이다.

미국을 중심으로 한 자유 진영의 제재는 북한 정권에게 실질적인 타격을 주지 못하고 있다. 아니 도리어 북한은 제재를 받는 동안 핵보유국이 되었다. 북한 정권 뒤에 중국 공산당이 있기 때문에 가능한 일이다.

북한 정권은 러시아, 중국, 몽골, 동남아, 중동, 아프리카 등에 강제 파견한 노동자들을 통해 막대한 외화를 벌어들이고 있고, 세계 최고 수준의 해커 부대를 운용해서 전 세계 은행을 털고 있다. 덕분에 북한 체제 유지를 위한 자금만큼은 매년 넘치도록 쓰고 있다.

북한 주민 상당수는 엄마 배 속에서부터 세뇌를 받고 자라서 김일성을 하나님으로 믿고 있다. 실제로 많은 탈북인들이 북한을 탈출하고 나서야 김일성이 하나님이 아니라는 사실을 알게 되었는데, 그게 가장 큰 충격이었다고 말할 정도다.

이는 무슨 의미인가? 중국이 자유민주주의 국가가 되어야, 러시아와 중국 등이 북한 노동자를 일절 받지 않아야, 북한 해커 부대가 해체돼야, 북한 주민들이 주체사상, 즉 김일성 영생교에서 벗어나야 인류가 북한 핵으로 인한 제3차 세계대전의 위험에서 벗어날 수 있다는 것이다. 하지만 절망스럽게도 이는 현실적으로 거의 불가능하다. 국제 사회, 한국 정부, 한국 교회, NGO 등은 그동안 천문학적 규모의 자금을 북한에 지원했다. 평화와 인도주의라는 명분을 내걸고서 말이다. 하지만 그 자금은 대부분 김일성 3부자의 금고로 들어가서 북한체제 유지 자금으로 쓰였다. 그리고 핵 개발에 투입됐다.

탈북인들한국·중국은 매년 200억~300억 원에 달하는 돈을 북한에 있는 가족들과 친지들에게 송금하고 있다. 탈북인들이 보내는 돈은 여러 비밀 경로를 통해 북한 주민에게 직접 간다. 북한 주민들은 그 돈을 가지고 북한 전역에 '장마당', 즉 자본주의 경제체제를 만들었다. 이는 비유하면 대한민국 또는 미국 전역에 공산주의 경제 시스템이 생긴 것과 같다.

만일 한국으로 오는 탈북인들이 지금보다 10배, 30배, 100배 이상 많아지면 무슨 일이 벌어지게 될까? 북한 주민들에게 직접 가는 돈도 그만큼 많아지고, 장마당도 그만큼 성장한다. 북한 주민들은 한국 드라마 같은 외부 문물文物을 장마당을 통해서 접하고 있다. 그리고 외부 문물과 만나면서 태어날 때부터 받았던 북한식 세뇌에서 조금이나마 벗어나고 있다. 장마당이 많아질수록 북한체제의 실체를 깨닫고 김일성 영생교에서 빠져나오는 북한 주민들은 늘어날 수밖에 없다.

김정은도 이 사실을 잘 알고 있다. 그래서 진심으로 장마당을 없애고 싫어 한다. 하지만 김정은은 북한체제 유지에 필요한 약 300만 명의 생계를 책임질 수 있을 뿐 북한 주민 전체의 생계는 책임질 능력이 없다. 그리고 북한 주민들은 장마당을 통해 생존에 필요한 최소한의 식량을 조달하고 있다. 즉 김정은이 장마당을 없애버리면 당장은 속이 시원할 수 있겠지만 결국은 북한 주민 대다수가 굶어 죽는 일이 벌어지게 된다. 이는 북한 체제가 존립 자체가 불가능해진다는 의미다. 때문에 김정은은 한국 드라마가 담긴 USB를 중국에서 밀수입해 장마당에서 비밀리에 판매한 사람들을 처형하거나 이를 구매해서 몰래 시청한 사람들을 감옥에 보내는 등 장마당을 단속·통제·탄압하고는 있지만 전면적인 폐쇄는 엄두도 내지 못하고 있다.

중국은 1982년에 '난민 지위에 관한 협약' 및 '난민 지위에 관한 의정서'에 서명했다. 하지만 다음 두 이유 때문에 탈북인을 난민으로 인정하지 않고 있다.

첫째, 중국 공산당은 북한을 두고 순망치한脣亡齒寒 관계, 즉 입술북한이 없으면 이중국가 시리니, 중국의 이익을 위해서 북한체제를 유지시켜야 한다고 말하고 있고, 실제로 북한체제 유지에 결정적인 도움을 주고 있다. 그리고 그 대가로 북한에게 미국에 대한 핵공격 위협이라든가 동해상으로의 미사일 발사 등을 은밀히 요구하고 있다. 한마디로 중국은 북한을 통해 대한민국, 미국, 영국, 일본 등 자유 세계를 견제하고 있다. 만일 중국 공산당이 탈북인의 난민 지위를 인정하고, 강제북송을 중지하게 되면 어떻게 될까? 탈북 행위를 반역죄로 규정하고 있고 실제로 탈북인들을 반역죄로 처벌하고 있는 북한 정권을 공식적으로 부정하게 된다. 즉 북한과의 순망치한 관계가 그날로 파탄에 이르게 된다.

둘째, 중국 공산당이 약 10만 명에 달하는 중국 내 탈북인들에게 난민 지위를 인정한다는 것은 그들의 자유와 인권을 보장한다는 뜻이다. 이는 중국 공산당이 중국 인민들의 자유와 인권은 물론이고 티베트나 신장웨이우얼자치구 등의 자유와 인권을 보장해야 한다는 의미와도 같다. 탈북인들의 자유와 인권은 보장하면서 중국 인민들과 티베트, 신장웨이우얼자치구 등의 자유와 인권은 보장하지 않는다는 것은 말이 안 되기 때문이다. 중국 대륙에 자유와 인권의 물결이 넘치게 되면 어떻게 될까? 중국 공산당은 권력이 크게 약화될 수밖에 없고, 북한을 더 이상 도울 수 없게 된다.

만일 대한민국부터 시작해서 미국, 이스라엘, 유럽, 일본 등 전 세계에 북한 인권 열풍이 불면 어떻게 될까? 중국 공산당은 처음에는 격렬히 저항하겠지만 결국 그 열풍 앞에 무너져 두 손 들게 될 것이고, 탈북인들을 난민으로 인정하게 될 것이다. 바로 그때가 중국 내 탈북인들의 신분이 '짐승'에서 '인간'으로 바뀌는 날이고, 인류 역사에 자유와 인권의 새 기록이 쓰이는 날이다.

"하나님께서 세상의 미련한 것들을 택하사 지혜 있는 자들을 부끄럽게 하려 하시고 세상의 약한 것들을 택하사 강한 것들을 부끄럽게 하려 하시며 하나님께서 세상의 천한 것들과 멸시받는 것들과 없는 것들을 택하사 있는 것들을 폐하려 하시나니 이는 아무 육체라도 하나님 앞에서 자랑하지 못하게 하려 하심이라." 고린도전서 1장 27~29절

이 성경 말씀은 예수 그리스도의 복음에 관한 것이지만, 이를 인류 문제에 적용해본다면 하나님께서는 인류 사회에서 가장 미련하고 약하고 천하고 멸시받고 없는 존재인 탈북인들을 택하셔서 북한과 중국 대륙에 자유와 인권의 물결이 넘쳐흐르게 하시려는 것은 아닐까? 그리고 이를 중앙아시아와 중동, 아프리카 등 전 세계로 확장시키시려고 하시는 것은 아닐까?

북한 인권 운동가들은 탈북인들을 가리켜서 '미리 온 한반도 통일'이라고 한다. 하지만 내가 보기에 탈북인들은 '미리 온 인류 평화'다. 필히 핵전쟁으로 이어질 제3차 세계대전을 막고 온 인류에게 '북한 핵으로부터의 자유'를 선물하고 전 세계에 자유와 인권의 물결이 넘쳐흐르게 할 존재들이다.

찬바람이 몹시 불던 어느 날 나는 수퍼맨을 만나서 "목사님, 제가 드디어 답을 찾았습니다."라고 말하면서 위의 이야기를 들려주었다. 수퍼맨은 내 말을 다 듣더니 두 눈에 눈물을 가득 머금고는 이렇게 말했다.

"정말 대단합니다. 탈북인이 '미리 온 인류 평화'라니, 이는 지금껏 그 누구도 도달하지 못한 결론입니다. 역시 작가님은 하나님께서 보내주신 사람입니다. 작가님과 함께라면 무슨 일이든 해낼 수 있을 것 같습니다."

그러고는 이렇게 덧붙였다.

"이제 작가님은 현장에 더 열심히 나가셔야겠습니다. 그래야 탈북인 사역에 대해 더 깊이 아시게 될 테고, 자유와 인권의 역사에 새 기록을 쓰는 위대한 일을 해내시게 될 테니까요. 안 그래도 제가 이번엔 큰 프로젝트를 기획했습니다. 베트남, 라오스, 태국 현장은 물론이고 미얀마, 캄보디아 현장까지 방문하는 프로젝트입니다. 미얀마 루트와 캄보디아 루트는 그동안 유명무실해졌는데, 이번 기회에 새로 만들어보고자 합니다. 작가님과 함께 이 일을 하려니 벌써부터 설레어서 잠이 안 올 지경입니다."

순간 나는 당황했다. 사실 나는 이제 북한 인권 사역의 깊은 의미를 깨달았으니 앞으로는 중국이나 동남아 현장보다는 한국에서 대학, 관공서, 교회 등을 돌면서 대중을 상대로 북한 인권 강의를 하겠다는, 그러니까 앞으로는 안전하게 활동하겠다는 말을 할 속셈이었기 때문이다. 하지만 어쩌겠는가. 수퍼맨이 현장을 가자는데 말이다.

나는 북한 해커 추적 세계 넘버 원인 문종현 이사의 걱정 가득한 얼굴과 "절대로 중국이나 동남아 현장을 가면 안 된다. 큰일 날 수 있다!"던 그의 절박한 경고가 떠올라서 잠시 두려운 마음이 들긴 했지만, 늘 그렇듯이 '에라, 모르겠다. 하나님께서 지켜주시겠지!' 이렇게 생각하면서, "알겠습니다!"라고 대답했다. 그러고는 집에 돌아와서 여행 준비를 했다. 그래봤자 작은 배낭 하나 꾸리는 것이었지만.

그렇게 여행 준비를 마치고, 책을 읽고 있는데 수퍼맨으로부터 문자가 왔다. 보름 뒤에 출발할 예정이고, 한 달 동안 동남아 현장을 돌면서 탈북인들을 구출하고 새로운 루트를 개척한다는 내용이었다. 나는 알았다고 답변하고 다시 책을 읽다가 잠들었다.

며칠 뒤 중국에서 전염병이 터졌다는 뉴스가 나왔다.

코로나였다.

9장

미래를 향한 도전, 다시 시작이다

원인 모를 열병의 기억

신혼 때 아내와 인도 뉴델리 빈민촌에 학교를 세우러 갔었다. 그때 잠시 원인 모를 병에 걸렸다. 고열과 오한에 이어 근육통이 나를 덮쳤을 때만 해도 '인도라서 그런지 독감도 참 세구나.' 이렇게 생각하고는 선교사님이 부리나케 사 온 감기약을 먹었을 뿐이다. 그런데 다음 날부터 온몸의 연골이 끊어질 것처럼 아팠다. 정말이지 이러다 죽겠다는 말이 절로 나왔다. 다행히 병은 나흘 만에 씻은 듯이 나았다. 하지만 인도에서의 그 나흘은 단순한 나흘이 아니었다. 마치 4년처럼 길었다.

첫째가 세 살일 때의 일이다. 한 방송국tvN에서 연락이 왔다. 내가 팬들과 라오스에 가서 학교 준공식을 하는 모습을 다큐멘터리로 제작하고 싶다는 거였다. 나는 흔쾌히 허락했다. 라오스에서 팬들과 학교 건축 마무리 공사를 열심히 하고 준공식을 준비하는데 몸에 탈이 났다. 나는 처음에는 과로해서 그런가 보다라고 생각했다. 그리하여 촬영을 하루 쉬고 게스트하우스에서 푹 잤다. 그런데 다음 날 고열, 오한, 근육통이 찾아왔다. 인도 뉴델리 때와 비슷한 느낌이었는데 열 배 정도 더 아팠다. 나중에는 다리까지 절뚝거렸다. 현지 가이드는 내가 뎅기열에 걸린 것 같다는 의견을 내놓았다. PD들은 엄청 미안해하면서 나를 방비엥 군립병원에 데리고 갔다. 나를 진찰한 의사는 바이러스성 질환 같다고 하면서 간호사에게 내 한쪽 엉덩이에 소염진통제를 주사하라는 처방을 내렸다. 그러고는 수도 비엔티안에서도 가장 크다는 국립병원을 소개해주면서 얼른 가서 제대로 된 진찰과 치료를 받으라고 강권했다. 나는 못다 한 촬영을 마친 뒤 선교사님 차를 차고 비엔티안으로 향했다.

아아, 참으로 괴로웠다, 그 병원은! 아파 죽겠다는 사람에게 노트 반 권 분량의 설문지를 건네면서 이걸 다 쓰지 않으면 의사를 만날 수 없다고 하질 않나, 오한과 고열로 손까지 떨면서 설문지를 작성해서 제출했더니 "당신과 같이 온 사람은 왜 설문지를 작성하지 않느냐?"라고 물어서 "이분은 환자가 아니다. 선교사다. 나를 방비엥에서 여기까지 데려다주신 거다."라고 대답하니까 심히 차가운 얼굴로 "같이 온 사람도 설문지를 작성해야 한다. 안 그러면 진찰을 받을 수 없다."라고 하지를 않나, 대기 환자가 많아서 한 시간 반 가까이 기다려서 겨우 진찰실로 들어갔더니 간호사가 "시력검사부터 해야 한다."고 하면서 나를 시력검사표 앞에 세우더니 녹슨 황금빛 숟가락을 쥐여주면서 얼른 왼쪽 눈에 갖다 대라고 하지를 않나, 내가 "지금 내 한쪽 눈이 새빨갛긴 하지만 굳이 시력검사를 받을 필요는 없을 것 같다."라고 하니까 매우 사무적인 태도로 "전 국민이 시력검사를 받고 있다."라고 하지를 않나, 내가 "나는 한국인이다."라고 하니까 "우리 병원에 왔으면 무조건 시력검사를 받아야 한다. 동행도 함께 받아야 한다."면서 선교사님을 내 뒤에 세우더니 역시 녹슨 황금빛 숟가락을 쥐여주지를 않나! 아무튼 시력검사를 잘(?) 마치고 의사를 만났는데 웬걸 방비엥 군립병원 의사하고 똑같은 말을 하는 거였다. 원인 모를 바이러스성 질환 같으니 얼른 한국에 가서 치료하라고 말이다. 나는 당황스러운 나머지 병원 바닥에 주저앉아서 소리라도 지르고 싶었지만, 봉사 활동을 하러 온 나라에서 차마 그럴 수 없어서 애써 아닌 척 병원을 나왔다.

나는 다음 날 바로 한국행 비행기를 탔고, 인천공항에 도착하자마자 대형 병원으로 향했다. 한국 의사는 역시 최고였다. 나를 잠깐 진찰하더니[1] 매일 30분씩 닷새 동안 링거 혈관 주사를 맞으면 되니 지금 즉시 주사실로 가서 주사를 맞고 귀가하라고 했다. 닷새 후 나는 완치되었다.

아내가 둘째를 막 임신했을 때 나는 아프리카 오지 마을에 있었다. 그곳에는 내가 설립한 교회와 유치원이 있었다. 그런데 선교관에 도착하자마자 바로 모기에 물렸다. 그것도 여러 번. 다음 날부터 고열과 오한이 시작되었다. 다행히 근육통은 없었다. 100년 전까지만 해도 다른 부족 사람들을 사냥해서 식인을 했던 그런 오지 마을 선교관 게스트룸의 작은 침대에 누워서 도둑과 강도를 막기 위한 쇠창살이 마구 쳐진 중간 크기의 창문 사이로 보이는 믿기 힘들 정도로 새파란 하늘을 종일 응시하면서 끙끙 앓고 있자니 '내가 이런 고생을 하자고 여기까지 왔단 말인가?' 하는 생각에 맥이 탁 풀렸다. 선교사님은 투병(?) 중인 나를 위해서 직접 밀가루를 반죽해서 짜장면을 해주셨다. 아프리카에서 짜장면이라니! 나는 미친 사람처럼 짜장면을 흡입했다. 그런데 짜장면을 다 먹고 나니 선교사님이 공포스러운 말을 하는 거였다.

"아무래도 작가님이 말라리아에 걸린 것 같습니다. 마침 우리 선교관에 검사 키트가 있습니다. 늦으면 곤란하니 지금 바로 검사하시죠!"

물론 나도 내가 말라리아에 걸린 게 아닐까 의심하고 있었다. 사실 나는 아프리카에 도착한 그날부터 거의 매일 모기에 물렸기 때문이다. 그런데 불과 며칠 전만 해도 가까운 지역에서 30대 초반의 한국인 여성 선교사 한 명이 말라리아에 걸려서 현지인 남편 사이에서 낳은 다섯 살짜리 아들을 남겨두고 세상을 떠났다. 그리고 나를 이곳으로 인도해준 또 다른 선교사는 말라리아가 뇌에 침투해서 6개월 넘게 의식불명 상태로 있었고 지금도 그 후유증으로 고생하고 있었다. 즉 나는 아프리카에 있는 내내 이런 사례를 계속 접했던지라 겁에 질린 나머지 말라리아 검사의 검 자도 못 꺼내고 있었다.

나는 선교사님에게 생각할 시간을 달라고 했다. 검사를 결정하기까지 한 시간이 걸렸다. 그런데 그 60분分은, 600분 아니 6천 분의 질량으로 나를 짓눌렀다. 나는 '내 다시는 아프리카에 오나 봐라!'라며 속으로 투덜투덜하면서 선교사님이 내민 서늘한 은빛 바늘 앞에 내 불쌍한 왼쪽 검지를 내밀었다. 검사 결과 다행히 말라리아는 아니었다. 나는 무슨 지하 감옥에 몇 달 정도 갇혔다가 해방된 듯한 기분을 느꼈으나 그렇다고 기분이 썩 좋지는 않았다. 마을에 모기는 여전히 공기처럼 많았고, 내가 언제 어떤 모기에 물려서 말라리아에 걸릴지 몰랐기 때문이다.

새로운 도전

중국 우한에서 코로나가 터졌다는 소식을 처음 접했을 때만 해도 불안하기는 했지만 별거 아니겠지, 곧 전염병이 통제되고 종식되겠지라고 생각했다. 그런데 점점 심각한 뉴스가 나왔다. 나는 겁이 덜컥 났다. 동남아 현장은 중국 바로 옆에 붙어 있고 아프리카 다음으로 원인 모를 질병이 많은 곳이다. 게다가 나는 이미 라오스에서 바이러스성 질환에 걸려서 죽을 뻔한 경험이 있다. 아무래도 이번에 동남아에 가면 꼭 신종 전염병에 걸릴 것만 같았다. 나는 수퍼맨에게 전화를 걸어서 이번 동남아 현장 출장은 연기해야 될 것 같다고 했다. 수퍼맨도 중국이 저 정도면 동남아도 이미 코로나가 다 퍼져 있다고 봐야 한다며 동의했다. 나는 이때만 해도 코로나가 석 달 정도면 잡힐 줄 알았다. 길어야 여섯 달이라고 생각했다. 내가 코로나 때문에 무려 3년 넘게 동남아 현장에 갈 수 없을 것이라곤 상상조차 못 했다.

코로나가 대확산 조짐을 보이면서 전 세계가 폐쇄 상태에 들어가고 국제 항공편들이 닫히기 시작하자, 나는 어차피 이렇게 된 이상 코로나가 끝날 때까지 사회적으로 폐쇄 상태에 들어가기로, 유튜브 멤버십 강의와 신작 집필에 몰두하기로 결정했다. '내 삶의 무게중심은 이미 북한 인권으로 기울어졌다. 코로나는 언젠가 끝나고 탈북인 구출 사역은 다시 시작된다. 만일 그때 내가 경제적으로 자유로운 상태가 아니라면 내 북한 사역은 많은 제한을 받게 된다. 실제로 해외 빈민촌 학교 건축 프로젝트 등도 경제적 자유를 달성하지 않은 상태에서 진행하다가 많은 고통을 겪지 않았던가. 어쩌면 지금이 마지막 기회일 수 있다. 과거 무명 작가 시절처럼 나를 한국 사회로부터 완벽하게 격리시킨 뒤 내 모든 에너지를 새로운 미래를 창조하는 데 쏟아부을 수 있는 기회 말이다. 이 기회를 목숨처럼 붙잡아야 한다. 경제적 자유를 달성하는 시스템을 만드는 데 몸과 마음은 물론이고 영혼까지 갈아 넣어야 한다.' 이런 판단을 내리고서 말이다. 수퍼맨은 이런 나를 존중해서 어쩌다 한 번씩 간단한 안부만을 물을 뿐 북한 사역에 대한 이야기는 일절 안 하고 있었다.

그렇게 1년 넘는 시간이 흘렀다. 나의 새로운 도전은 성공했다. 내 유튜브 경제 특강은 기본 조회 수가 10만에서 30만이 나왔고 어떤 영상들은 50만, 100만이 넘는 조회 수를 기록했다. 특별 강의 혜택 등을 제공하는 멤버십도 쑥쑥 성장했다. 여기에 더해 멤버십 회원들을 대상으로 진행한 미국 주식 특강을 묶은 책을 준비하고 있었는데, 출판사 대표는 종합 베스트셀러 1위가 될 수밖에 없다는 강한 확신을 가졌고, 실제로 이 책《미래의 부》은 출간되자마자 종합 베스트셀러 1위에 올랐다. 어찌 보면 희한한 일이었다. 한국 출판 역사상 자기계발, 인문학으로 정점을 찍은 작가가 경제, 그것도 주식 관련 책을 집필해서 종합 베스트셀러 1위를 차지한 사례는 없기 때문이다.

듣고 싶지 않았던 열 가지 재앙

코로나가 전 세계적으로 맹위를 떨치던 어느 봄날 나는 참으로 오랜만에 파주의 한 카페에서 수퍼맨을 만났다. 그리고 그동안 있었던 일들에 대해 들었다. 차라리 재앙이라는 표현이 어울릴 법한 소식들을 말이다.

첫째, 김정은 정권은 코로나 유입 방지를 핑계로 국경 전체를 폐쇄한 뒤 국경지대 전역에 감시 초소와 망루를 세우고는 최정예 특수부대로 알려진 폭풍군단11군단을 추가로 배치했다. 또 국경지대 전역에 2미터 높이의 장벽과 고압선3천 300볼트을 설치하는 공사를 대대적으로 시작했다.[2] 그리고 장마당을 전면 폐쇄했다.[3] 뭐랄까, 김정은 정권은 탈북인들에게 무언의 복수라도 하는 것 같은 느낌이었다. 알다시피 국경지대 장벽과 고압선은 새로운 탈북인이 생기는 걸 원천적으로 차단하는 게 목적이고, 장마당은 사실상 기존 탈북인들이 만든 것이기 때문이다. 하지만 북한은 역시 북한이었다. 국경지대 장벽은 시멘트가 부족해서 제대로 건설되지 못

하고 있고, 고압선은 글쎄다, 인터넷에서 '북한 야간 위성사진'을 검색해보면 알겠지만 일상생활에 필요한 전기조차 제대로 생산해내지 못하는 처지에 무슨 국경지대 전체에 고압선을 설치할 수 있다는 말인가, 그건 차라리 허풍이라고 보는 게 맞을 것이다.[4] 그리고 장마당 전면 폐쇄는 오래가지 못했고, 예전처럼 단속·통제·탄압으로 돌아갔다.

둘째, 중국 공산당은 무지막지한 코로나 통제 정책을 시행하고 있었는데, 탈북인들이 가장 큰 피해를 입고 있었다. 탈북인은 전자신분증이 없어서 백신접종도 PCR검사도 할 수 없다. 그런데 공안들은 아무 집이나 막 들이닥쳐서 백신접종증명서와 PCR검사 결과서를 요구했다. 이때 탈북인들이 무차별적으로 노출됐고, 다들 체포되어 감옥으로 끌려갔다. 불행 중 다행이라면 북한 정권이 탈북인을 받으면 코로나가 유입될 수 있다며 강제 북송을 거부했다는 것이다. 한편으로 중국 공산당은 코로나 방역을 명분으로 국경 전체를 폐쇄한 뒤 탈북인들의 주요 탈출 경로에 배치했던 임시 초소들을 모두 정식 초소로 바꾸고는 코로나 방역 초소들과 인민해방군 초소들을 추가로 설치했다. 그리고 중국·동남아 국경지대 전역에 감시 카메라·센서·조명등·철조망으로 무장한 높이 최대 3.6미터, 길이 4천 800킬로미터에 달하는 '남부 만리장성' 건설에 박차를 가했다. 여기에 더해 탈북인이 중국 국경을 넘을 경우

발포發砲가 가능한 '육지국경법'까지 발표했다. 그렇게 중국 공산당은 탈북인들의 자유와 인권을 향한 행진을 완벽에 가깝게 차단하는 시스템을 만들었다.[5]

셋째, 라오스, 미얀마, 캄보디아, 베트남, 태국도 국경 전체를 폐쇄하고 국경지대 전역에 감시 초소를 촘촘히 깔았다. 그리고 골든트라이앵글의 모든 배에 무기한 운항 금지 명령을 내렸다. 물론 동남아 국가들은 북한, 중국과 달리 순수하게 코로나 방역 차원에서 그렇게 했다. 하지만 알다시피 이 국가들의 국경과 골든트라이앵글이 폐쇄되면 탈북인들의 자유와 인권을 향한 행진은 그 순간부터 종말을 맞이한다. 실제로 코로나 기간 동안 종말이 찾아왔다.

넷째, 거의 대부분의 일꾼이 현장을 떠났다. 사실 이는 예견된 일이었다. 일꾼들은 탈북인들을 이동시키는 일로 생계를 유지했는데, 코로나로 인해 1년 넘게 일거리가 아예 없었고 앞으로도 일거리가 생길 거라는 보장 자체가 없었다. 그런데 어느 누가 계속 현장에 남아 있을 수 있단 말인가. 불행 중 다행으로 수퍼맨과 형제처럼 지내는 일꾼들은 다들 떠나지 않고 남아 있었는데, 이 또한 문제였다. 수퍼맨이 그들의 생계를 일정 부분 책임져야 했기 때문이다. 이는 큰 지출이 필요한 일이었지만 그렇다고 안 할 수는 없었다. 그들은 현장의 정점에 있는 존재들이기에 만일 그들마저 떠난다면 탈북인 구출 사역은 코로나가 끝나도 재개될 수 없기 때문이다.

다섯째, 공안들의 무차별적인 습격으로 수퍼맨이 비밀리에 운영 중이던 중국 내 비밀 쉼터들이 모두 발각되었다. 당연히 그곳에서 숨어 지내던 탈북 여성들과 그들을 섬기던 중국 내 협력자들은 전부 감옥으로 끌려갔다. 물론 수퍼맨은 오래지 않아서 그들 모두를 감옥에서 빼내서 자유의 몸이 되게 해주었다. 하지만 코로나 때문에 새로운 은신처를 만드는 것이 불가능해졌기 때문에 그 여성들을 인신매매시장에서 구매(?)해서 아내로 삼았던 중국 남자들에게 일일이 연락해서 다시 데려가도록 하는 수밖에 없었다. 물론 옛날 집으로 돌아가느니 차라리 자살하겠다는 의지를 밝힌 여성들은 한족 또는 조선족 협력자들의 집으로 피신시켰다. 하지만 코로나로 인해 중국 내 협력자 조직이 붕괴 상태에 이르렀기에, 일부만 피신시킬 수 있었다.

여섯째, 언젠가는 수퍼맨의 도움으로 한국으로 가서 자유의 몸이 될 수 있다는 희망 하나로 살아가던 탈북인들이 코로나로 인해 그 희망이 절망으로 바뀌자 자살을 선택하고 있었다. 물론 그 숫자가 아주 많은 것은 아니었다. 하지만 천하보다 귀한 생명[6]들이 그토록 허망하게 세상을 떠나고 있다는 사실을 접하는 것은 그 자체로 끔찍한 고통이었다.

일곱째, 수퍼맨은 코로나가 대확산되기 직전인 2020년 1월부터 2월까지 35명의 탈북인을 구출했다. 하지만 그걸로 끝이었다.

2020년 3월부터는 단 한 명도 구출하지 못하고 있었다. 물론 그렇다고 그 뒤로 아예 구출을 하지 못한 것은 아니다. 2022년 7월에 김정은의 자금을 관리하던 사람39호실 소속과 그의 가족 세 명을 북한에서 중국, 라오스를 거쳐서 태국으로 데려왔기 때문이다. 그런데 이 가족은 북한 여권은 물론이고 백신접종증명서와 PCR검사서도 가지고 있었다. 그리고 고위직 출신이라 돈이 많았다. 덕분에 단 일주일 만에 일사천리로 북한에서 태국까지 이동시킬 수 있었다.[7] 하지만 이런 식의 고급 탈북은 북한 주민들이나 중국 내 탈북인들은 꿈도 꿀 수 없는 일이기에 2020년 3월부터 현재까지2023년 1월 탈북인 구출은 사실상 '0'명이라고 보는 게 맞다.

여덟째, 홍콩 부자들과 범죄자들이 '홍콩 국가보안법' 시행을 계기로 중국~베트남·미얀마·캄보디아·라오스~태국 루트를 이용해서 중국을 탈출하는 통에 탈북인 구출 비용이 열 배 이상 치솟았다. 원래 동남아 탈북 루트는 고대부터 중국인들이 즐겨 사용하던 루트였다. 그러니까 중국인들은 중국에서 어떤 큰 변란이 발생하거나 정치적 또는 법적 이유로 중국을 떠나야 할 일이 생기면 이 루트를 통해 동남아로 피신했다. 참고로 중국에서 톈안먼 사태가 벌어졌을 때도 많은 중국인들이 이 루트로 중국을 탈출했다. 하여 이 루트는 꽤 오랫동안 톈안먼 루트라 불리기도 했다. 홍콩의 부자들과 범죄자들은 전자신분증·백신접종증명서·PCR검사서를 가지고 있었다. 그리고 결정적으로 돈이 참 많았다. 그리하여 그들은 중국인들을 대만이나 태국으로 넘겨주는 일을 전문적으로 하는 중국·동남아 조직들이 달라는 대로 돈을 주었다. 그들 입장에서는 돈이 문제가 아니라 한시라도 빨리 중국을 탈출해서 목숨과 재산을 보존하는 일이 중요했기 때문이다. 문제는 그들이 동남아 루트를 이용하는 값을 열 배 넘게 올려놓으니 탈북인 구출 비용도 덩달아 폭등했다는 것이다. 물론 탈북인들은 전자신분증·백신접종증명서·PCR검사서 자체를 구할 수 없고, 일꾼들도 대부분 현장을 떠나버렸기에 홍콩인들처럼 중국을 탈출해서 태국으로 간다는 것은 아예 불가능하다는 사실을 모두가 잘 알고 있었지만 그런 것은 전혀 문제가 되지 않았다. 탈북인 구출에 필요한 모든 비용이, 심지어 음료수 값조차도 중국인들에게 적용된 그 가격에 고정되어버렸다.

아홉째, 국제 NGO들과 일을 하다가 한 번씩 배낭을 메고 아프리카 등으로 훌쩍 떠나서 현장을 내 두 눈으로 직접 목격할 때마다, 그러니까 국제 NGO들이 세팅해놓은 현장이 아니라 날것 그대로의 현장을 마주할 때마다 '어쩌면 아프리카 아이들이 국제 NGO들을 구해주고 있는 게 아닐까?' 하는 생각이 들곤 했다. 북한 인권·선교 사역을 하는 단체들이나 기관들을 볼 때도 마찬가지였다. '어쩌면 북한 사람들이 이들을 구해주고 있는 게 아닐까?'

하는 의심을 지울 수 없었다. 코로나가 터지자 의심은 일정 부분 현실이 되었다. 적지 않은 북한 인권 운동가들과 단체들이 "다른 운동가들은, 다른 단체들은 구출이 불가능하지만 나만은, 우리 단체만은 하나님의 은혜로 가능하다."는 거짓 선전을 하면서 후원금을 모금했다. 그것도 구출 비용이 열 배 이상 올랐다며 1인 구출 비용으로 1천만 원 이상을 모금했다. 심지어는 중국 내 조선족들과 탈북인들에게 돈을 주고 만든 북한 지하 교회[8] 거짓 영상들을 후원자들에게 유포하기도 했다. 문제는 일부 운동가들과 단체들이 자신들의 거짓말을 어느 순간 사실로 믿게 되었다는 것이다. 그 결과 그들은 탈북인들을 중국·동남아 국경지대로 무리하게 이동시켰다. 그리고 중국 공안에게 전원 체포되게 만들었다. 코로나 기간 동안 이런 일이 수시로 벌어졌다. 문제는 그들이 탈북인들이 잡히면 또 잡혔다고 후원금을 모금하고, 감옥에 갇히면 또 감옥에서 빼내야 한다며 후원금을 모금했다는 것이다. 물론 그들이 실제로 탈북인들을 감옥에서 빼낼 수 있었다면 괜찮았을 것이다. 하지만 이는 처음부터 말도 안 되는 소리였다. 결국 그들은 수퍼맨을 찾아왔다. 그런데 다들 탈북인들의 실명조차 모르고 있었다. 그리고 결정적으로 너무 늦게 찾아왔다. 이는 수퍼맨이 탈북인들을 감옥에서 빼내는 작업을 시작하기조차 힘들다는 의미였다. 하지만 그럼에도 불구하고 수퍼맨은 거의 붕괴되다시피 한 중국 일꾼 조직들과 중국 고위층 협력자들 그리고 세계적인 인권단체들과 미국 정부와 UN의 도움에 힘입어서 중국 감옥에 갇힌 탈북인들에게 자유를 선물하려고 애쓰고 있었다.[9]

열째, 동남아 선교관이 모두 폐쇄되었다. 라오스 선교관은 선교사가 코로나 때문에 더 이상 선교관을 운영할 수 없다고 해서 문을 닫았고, 태국 선교관은 선교사가 원인 모를 불치병에 걸려서 한국으로 돌아오는 바람에 운영을 종료하게 되었다.

수퍼맨은 카페 주인이 야무지게 만든 아메리카노를 홀짝홀짝 마시면서 내가 북한 사역을 멀리했던 기간 동안에 있었던 열 가지 재앙을 차례대로 설명했다. 그러고는 이제 갓 북한을 탈출한 사람들이나 지을 법한 그런 표정으로 나를 지그시 쳐다봤다. 나는 그게 부담스러워서 스마트폰을 들고는 화면 잠금을 해제한 뒤 밀린 문자들을 보는 척했다. 수퍼맨은 그런 나를 보면서 헛기침을 크게 했다. 나는 반사적으로 고개를 들었다. 순간 내 시야에, 이제 막 중국 국경을 넘어서 태국으로 향하는 탈북인들이나 가질 법한 그런 눈빛으로 나를 바라보고 있는 수퍼맨이 들어왔다. 나는 마치 정물靜物처럼 얼어붙어버리고 말았다. 지금 내 앞에 있는, 북한에 미쳐 있는, 수퍼맨이라 불리는 이 남자는, 일개 작가에 불과한 나에게 도대체 왜 이렇게 큰 기대를 걸고 있는가 하는 생각에.

그렇게 내 머릿속에서 지진과 해일이 동시에 일어나서 내 온 존재가 마치 고장 난 시계처럼 정지해 있는 동안에도 일상은 평온하게 흘러가고 있었다. 나른한 재즈가 흐르는 카페 안은 나른한 공기와 나른한 햇살이 만들어내는 봄날 오후의 나른함으로 가득 차 있었고, 앤티크풍의 고급 탁자들은 맡기만 해도 기분이 좋아지는 진한 나무향을 쉴 새 없이 내뿜고 있었고, 하얀 도자기 잔들과 투명한 유리잔들에서는 온갖 종류의 커피향들이 동화처럼 흘러넘치고 있었고, 시원하게 열린 통유리창 밖에서는 꽃잎들이 봄바람을 타고서 꿈처럼 떨어지고 있었다. 그리고 세상 사람들은 북한이 존재하지 않는 것처럼 살아가고 있었다. 뭐랄까, 사람이든 사물이든 다들 나른하고 평화롭고 행복해 보였다.

나는 그런 풍경들을 보면서 속으로 고개를 세차게 저었다. '이 사람 눈빛에 지면 안 돼. 최소한 코로나 때만이라도 이 사람한테서 벗어나 있어야 해. 지금은 부富에 집중할 때지, 자유와 인권에 집중할 때가 아니야.'라고 생각하면서 말이다.

위대하고 놀라운 열 가지 회복 프로젝트

나는 심호흡을 크게 한 번 한 뒤 두 눈을 부릅떴다. 그리고 단호한 얼굴로 거절의 말을 꺼내려고 했는데……. 아아, 지금도 잊을 수 없다. 그때 수퍼맨이 지었던 그 신비로운 표정을 말이다. 그리고 또 아야, 지금도 잘 모르겠다. 그때 내가 수퍼맨 앞에서 한숨을 크게 내쉬면서 내 안의 어떤 것들을 내려놓았던 게 과연 잘한 일이었는지. 아무튼 나는 그날 북한 사역의 길로 다시 들어섰다. 사실 나는 수퍼맨을 만나지 않았던 기간에도 정회일과 함께 '수퍼맨 후원 조직 만들기'와 '탈북인 구출 자금 모금'은 열심히 하고 있었다. 하지만 이 두 프로젝트는 수퍼맨 사역과 달리 기쁨과 감동으로 가득한 것이었다. 그러니까 나는 이날 지상에서 가장 슬프고 가장 괴롭고 가장 위험한 길로 들어서는 것을 다시 선택한 것이다.

수퍼맨은 그날 이후로 지금2023년 1월까지 다음 열 가지 회복 프로젝트를 진행했다.

첫째, 붕괴된 북한 내부 조직을 재건했다. 수퍼맨은 북한 내부에 협력자들을 가지고 있었다. 대부분 고위직이었다. 수퍼맨은 이들에게 받은 온갖 고급 정보를 20년 넘게 한국·미국·유럽 인권단체들과 UN에 제공했다. 그런데 2019년 말에 있었던 북한 해커부대의 해킹 사건으로 협력자들이 대부분 노출됐다. 그들 중 일부는 처형당했고 나머지는 정치범 수용소로 끌려갔다. 수퍼맨은 이때 노출되지 않은 협력자들을 기반으로 새로운 협력자들을 만들어서 조직을 복구했다. 어떤 사람들은 이 사실을 믿기 힘들 것이다. 하지만 2020년 5월에 김정은 사망설이 전 세계를 강타했을 때 수퍼맨은 김정은이 멀쩡히 살아 있다고 했다. 이때 수퍼맨은 김정은

이 아들과 어디서 어떻게 놀아주고 있는지까지 소상하게 밝혔다. 북한 내부에 고위직 협력자들을 가지고 있지 않다면 불가능한 일이다. 참고로 수퍼맨은 문재인 정권의 탈북 어부 강제 북송 사건에 대해서는 이렇게 밝혔다.

"두 어부는 보위부 폭행 사건으로 탈북했고, 그 누구도 살해한 적이 없으며, 개천수용소[10]에 수감되어 있다."

둘째, 북한의 고아원들과 양로원들 그리고 꽃제비들에게 식량과 생필품 등을 제공하는 프로젝트를 시작했다.서류 및 영상 증거들이 완벽하게 갖추어져 있다. 이 프로젝트는 북한에 자유와 인권의 바람이 불 때까지 계속될 것이다.

셋째, 중국 일꾼 조직을 복구했다.

넷째, 중국 공안의 첨단 감시 기법에 절대 노출되지 않는 기상천외한 탈북인 수송 작전을 기획해서 중국 일꾼 조직을 훈련시켰다.

다섯째, 중국 내 협력자 조직을 복구했다. 이로써 탈북 여성들이 안전하게 숨어 지낼 수 있는 비밀 처소들이 만들어졌다. 물론 이는 코로나 이전의 비밀 쉼터들과는 전혀 다른 개념이다. 그냥 평범한 가정집이기 때문이다. 앞으로 탈북 여성들은 중국 내 협력자들의 가족으로 살아가다가 때가 되면 자유의 행진을 시작하게 될 것이다.

여섯째, 중국·라오스 국경지대 일꾼 조직을 복구했다.

일곱째, 메콩강 일꾼 조직을 복구했다.

여덟째, 태국에 새로운 선교사들과 선교관들을 세웠다.

아홉째, 미얀마와 베트남 구출 루트를 복구했다.

열째, 러시아 구출 루트를 만들고, 선교사들과 선교관들을 세웠다.

나는 이 위대하고 놀라운 열 가지 프로젝트에 직접 참여하지는 못했다. 아니 직접 참여할 능력 자체가 없다는 표현이 맞을 것이다. 냉정히 말해서 나는 북한 사역에 있어서는 이제 갓 알을 깨고 나온 병아리 수준이기 때문이다. 나는 다만 한국 사회에 수퍼맨의 사역을 적극적으로 알리고, 후원 조직을 열정적으로 만들고, 모금을 격정적으로 했을 뿐이다. 그리고 조직의 모든 역량을 수퍼맨의 열 가지 회복 프로젝트를 지원하는 일에 쏟아부었을 뿐이다.

한국에서 수퍼맨과 함께 일하는 시간이 많아지면서 자연스럽게 수퍼맨이라는 이름 뒤에 숨겨진 인물의 진면목을 보게 되었다. 그리고 북한 정권이 왜 그를 오랜 기간 수배 1순위에 올려놓았고 왜 암살조를 파견했는지 알게 되었다. 그는 단순한 북한 인권 운동가가 아니었다. 단순한 북한 선교사도 아니었다.[11] 그는 북한 내부에 여러 반체제 조직을 만들고 운영해온 인물이었다. 그것도 1990년대 말부터 지금까지 말이다. 그중 가장 대표적인 조직이 2004년 11월에 함경북도 회령시에서 "우리는 언제까지 어째서

굶고 헐벗으며 죽어야 하는가……. 인민들이여 싸워서 자유 민주 되찾자." "김정일은 누구냐 너는 독재자이다. ……우리는 자유와 민주를 요구한다." "김정일 타도하라! 인민들이여! 모두 일어서 독재자를 몰아내자."라는 내용이 담긴 격문檄文을 부착하고, 김정일 초상화를 배경으로 "전국의 인민들에게 다음과 같이 호소한다."로 시작하는 반 김정일 성명을 발표해서 세상에 널리 알려진 '자유청년동지회'다.[12] 나는 이 사실을 알고 경악했다. 솔직히 '아니 ISIS보다 더 위험한 북한 정권을 상대로 반체제 운동을 하다니, 이건 뭐 자살하자는 것도 아니고…….' 이런 생각이 들었다. 나는 수퍼맨의 북한 반체제 조직들에 대해 좀 더 알아봤다. 충격의 연속이었다. 그들은 정치범 수용소, 노동 단련대 등을 최초로 촬영했는가 하면 주민 공개 처형 장면 등도 최초로 촬영했고, 핵 시설과 주요 군사 시설들의 동향을 지속적으로 촬영했다. 그리고 김일성, 김정일 사진에 불을 지르는 영상을 제작했고, 김일성 동상 폭파와 김정일 암살을 모의했다.[13] 이뿐만이 아니었다. 그들은 북한 정권이 미제국주의의 가장 위험한 침략 무기로 규정한 '성경책'을 몰래 들여와서 비밀리에 배포하는 일을 10년 넘게 했고, 성경 말씀, 찬양, 설교 등 기독교 내용이 담긴 파일들과 대한민국이나 미국 같은 자유 세계 국가들의 국민들이 누리는 일상과 자유와 인권에 관한 내용이 담긴 파일들로 가득한 CD와 USB를 북한 전역에 무작위로 뿌리는 일을 10년 넘게 했다.

수퍼맨은 북한 반체제 조직들이 목숨 걸고 촬영한 영상들과 그들의 활동상이 담긴 자료들을 한국의 북한 인권 단체 관계자들을 통해 한국, 미국, 일본, 유럽의 주요 언론사로 보내서 전 세계에 보도되게 했는데, 그때마다 북한 인권 운동의 새로운 역사가 쓰여졌다. 대표적으로 2003년에 도희윤 피랍탈북인권연대 대표를 통해 일본 언론에 공개한 정치범 수용소 영상[14]은 한국, 미국, 일본, 유럽에서 북한 인권 운동이 본격적으로 시작되고, 미국과 일본에서 북한인권법이 통과되는 데 큰 영향을 미쳤다. 하지만 수퍼맨은 이 모든 과정에서 자신의 존재를 철저하게 감췄다. 나는 또 이게 이해가 안 돼서 이렇게 물었다.

"아니, 목사님, 북한 정권의 살해 위협 때문에 실명이야 당연히 넣을 수 없으셨겠지만 '수퍼맨'이라는 별칭 정도는 넣으셨어야 했던 것 아닌가요?"

수퍼맨은 슬픈 목소리로 이렇게 대답했다.

"작가님, 저는 북한 내부에 반체제 조직을 만들고자 한 적이 단 한 번도 없습니다. 저는 그저 중국으로 도망쳐 나온 탈북인들에게 성경이 말씀하시는 하나님과 자유민주주의에 대해서 가르쳐 주었을 뿐입니다. 그런데 그들 중 일부가 다시 북한으로 들어가서 반체제 활동을 하겠다고 하는 거였습니다. 저는 극구 반대했습니다. 제아무리 날고 긴다 한들 언젠가는 붙잡혀서 죽을 수밖에 없으니까요. 하지만 무조건 다시 들어가겠다는 걸 어떻게 막겠습니까? 그래서 저는 그들의 영적, 정신적 지도자가 되기로 했습니다. 그리고 북한 내부의 협력자들을 총동원하고, 활동 자금을 지속적으로 보내서 조직들이 안정적으로 운영될 수 있도록 도왔습니다. 물론 지금 같은 시대라면 절대 불가능한 일이지요. 하지만 그때는 '고난의 행군'이 있었던 90년대 말이었기에 가능했습니다. 제가 당시에 그들을 지도하고 지원했던 것은 세상이 감당할 수 없는 그들의 신념과 용기에 전염되었기 때문입니다. 참으로 그들은 자기 목숨을 버려서 북한을 구하고자 했습니다. 그리고 실제로 자신들이 북한을 바꿀 수 있다고 믿었습니다. 저는 말이 지도자였지, 사실은 그들의 믿음에 전염돼서 정신없이 이끌려간 사람에 불과했습니다. 저는 그들이 가졌던 위대한 믿음을 단 한 번도 가져본 적이 없으니까요. 그런데요, 작가님. 저는 그들을 막지 못했던 것을 후회합니다. 그들을 지도하고 지원했던 것도요. 그들 중 지금까지 살아 있는 사람은 거의 없으니까요. 다들 붙잡혀서 잔혹한 고문을 받은 뒤에 참혹하게 죽었으니까요. 물론 그들이 뿌린 씨앗들이 남아 있어서 반체제 조직들은 지금까지 비밀리에 유지는 되고 있습니다. 하지만 저는 생명을 살리는 일을 사명으로 받은 사람입니다. 그런데 북한 선교사 파송과 북한 반체제 조직 관리는 사람의 생명을 버리는 일입니다. 때문에 제가 자랑할 것이 하나도 없습니다. 저는 이 두 사역에 관해서만큼은 죄인의 위치에 있는 사람입니다. 그래서 저는 '수퍼맨'이라는 별칭조차 드러낼 수 없었습니다."

새로운 미래를 위하여

코로나 기간 동안 수퍼맨은 참으로 많은 일을 했고, 나는 그런 수퍼맨을 열심히 도왔다. 그리고 매순간 하나님의 특별한 은혜를 경험했다. 하지만 산이 높으면 골이 깊듯이 은혜가 충만하면 악한 영들의 훼방도 거센 법이다. 코로나 기간 동안 수퍼맨에게 이런 일들이 있었다.

첫째, 수퍼맨의 첫 번째 왼팔이 덤프트럭에 차가 깔리는 교통사고로 사망했다. 그런데 석연치 않은 점이 한두 가지가 아니었다. 뭔가 타살이 아닐까 하는 의심을 지울 수가 없었다. 하지만 구체적인 물증이 없었다. 그의 장례식이 있고 약 2주 정도가 지났을 때다. 이번에는 덤프트럭이 수퍼맨의 차를 덮쳤다. 다행히 간발의 차로 피해서 무사할 수 있었다. 물론 이는 도로상에서 얼마든지 일어날 수 있는 일이다. 하지만 우연이라고 치부하기엔 뭔가 섬뜩했다.

둘째, 수퍼맨의 두 번째 오른팔의 여권이 정지됐다. 재작년[15] 10월 말의 일이다. 당시에 수퍼맨은 중국, 동남아 구출 루트 및 일꾼 조직 복구를 본격적으로 시작하고 있었다. 하지만 제대로 복구하려면 당연히 현장에 나가야 했다. 수퍼맨은 첫 번째 오른팔과 두 번째 오른팔을 동남아와 중국으로 보내고, 자신도 직접 동남아 현장으로 출동하기로 했다. 나는 이 작업에 드는 비용 지출을 기쁜 맘으로 결정했다. 그런데 공항에서 문제가 생겼다. 두 번째 오른팔이 출국 금지를 당한 것이다. 알고 보니 문재인 정부가 그의 중국 감옥 수감 경력을 문제 삼아서 여권을 정지시켜놓은 것이었다. 이유는 '외국에서 위법한 행위를 해서 국위를 크게 손상시켰다.'는 것이었다. 참으로 기가 막힐 노릇이었다. 그가 중국 감옥에 갔던 것은 헌법상 대한민국 국민인 탈북인 네 명을 탈출시키려다가 공안에게 붙잡혔기 때문이다. 즉 그는 대한민국 국민을 구한 공로로 정부로부터 훈장과 상금을 받아도 부족할 사람이다. 중국 사역에 있어서 최고 전문가인 그가 출국하지 못하게 되면서 전체 구출 루트 및 일꾼 조직 복구 작업은 심히 지체되었다. 그리고 그를 믿고 중국인 남편에게서 도망쳐서 라오스로 향하려고 대기 중이었던 탈북 여성 여섯 명이 체포되어 중국 감옥으로 끌려갔다. 물론 얼마 뒤에 수퍼맨이 전원 감옥에서 빼내기는 했지만, 그녀들은 모든 희망이 무너진 채 눈물을 뚝뚝 흘리면서 중국인 남편이 있는 옛집으로 돌아갈 수밖에 없었다.[16]

문재인 정부 시절 이런 일이 일상적으로 일어났다. 내가 문재인 정부와 격렬하게 싸웠던 가장 큰 이유다.

셋째, 수퍼맨이 백신 부작용 증세를 앓기 시작했다. 동남아 현장에 가겠다며 백신을 접종한 게 화근이었다. 수퍼맨은 눈과 심장에 문제가 생겼는데, 지금까지도 전혀 나아지지 않고 있다.

넷째, 수퍼맨이 코로나에 걸렸다. 그런데 후유증이 심각했다. 이러다가 세상을 떠날 수도 있겠다는 순간이 여러 번 있었다. 비슷한 시기에 나도 코로나에 걸렸다. 나도 후유증이 만만치 않았다. 두 사람 모두 완전히 회복하기까지 6개월 넘게 걸렸지만, 이때도 북한 사역만큼은 최우선 순위에 두고 온 힘을 다했다. 지금 생각하면 그 에너지는 하늘에서 왔던 게 아닐까 싶다.

다섯째, 윤석열 정권[17]이 시작되면서 북한 사역에도 어느 정도 여유가 생겼다. 뭐랄까, 정부의 추악한 규제, 감시, 방해 등을 받지 않게 되었다고나 할까. 하지만 부작용도 있었다. 대북 기관들이 정상적으로 가동되기 시작하면서 그쪽 사람들이 수퍼맨을 찾아와서 진심으로 걱정해주기 시작했다. 지금 수퍼맨이 얼마나 위험한 상황에 처해 있는지를 친절하게 알려주었다는 의미다. 물론 그들은 나름 수퍼맨을 존경하고 사랑해서 그렇게 한 것이었지만 사실 이는 수퍼맨에게 큰 스트레스로 작용했다. 수퍼맨이 안전해질 수 있는 길은 단 하나, 지금 당장 미국으로 떠나는 것이기 때문이다. 하지만 이는 수퍼맨더러 죽으라는 것이나 마찬가지다. 수퍼맨에게는 북한 사역이 목숨보다 귀한 것인데, 한국을 떠난다는 것은 곧 북한 사역을 떠난다는 의미이기 때문이다.

나에게도 공중 권세 잡은 자[18]의 방해가 있었다.[19] 내가 잠시 한국을 강타한 그 두 사건을 두고 이렇게 표현하는 것은 그때가 이 책의 핵심이라고 할 수 있는 북한 선교사 순교 이야기를 한창 쓰고 있을 때였기 때문이다. 그리고 한국 언론을 꽉 쥐고 있는 종북從北 세력의 공격이 절정에 달했던 바로 그날, 내가 중국 단동에서 만났던 그 할머니의 북한 선교사 파송 예배가 있었기 때문이다. 물론 우연의 일치일 수도 있다. 하지만 그 두 사건 이후로 무려 두 달 넘게 내가 원고를 좀 쓰려고 할 때마다 경찰서와 법원에서 출석하라는 연락이 오고, 변호사와 만날 일이 생겼다. 나는 민형사 소송에 집중하느라 집필을 할 겨를이 없었다. 신기한 사실은 내가 이러다가는 이 원고를 절대로 못 끝내겠다는 판단을 내리고 죽기 살기로 북한 선교사 이야기를 끝내자, 그때부터 법적으로 내가 신경 써야 할 일들이 현저하게 줄어들었다는 것이다. 그래서 나는 내심 우연의 일치가 아니었다고 생각하고 있다.

2022년 8월, 새 정부 출범을 계기로 열린 '국민의힘' 연찬회는 대통령 취임식에 탈북 국군포로 세 명을 최초로 초대하고 북한 인권을 반대하는 주체사상파와의 전쟁을 공식적으로 선포한[20] 윤석열 대통령과 여당 '국민의힘' 소속 국회의원 115명 전원, 장관 17명, 차관 25명, 외청장 20명이 참석하는 자리였다. 나는 특강 강사로 초청받았다. 나는 내 대표작 중 하나인 《에이트》를 주제로 강의해달라는 요청을 받았지만, 수퍼맨과 함께하는 북한 인권 사역에 대해 더 많은 이야기를 했고, 많은 박수를 받았다. 그런데 한국의 대표 종북 언론 매체들은 권성동 '국민의힘' 원내대표가 질의응답 시간에 분위기를 띄우려고 한 농담에 역시 화답 형식으로 한 내 농담을 걸고 넘어졌다. 내가 '아름답다', '젊다'라는 단어를 쓴 걸 외모 차별이니 성 차별이니 하는 식으로 몰아간 것이다. 이후 전국적으로 난리가 났다. 나는 내가 무슨 나라라도 팔아먹은 줄 알았다. 아무튼 북한을 추종하는 언론 매체들의 맹활약 덕분에 내가 연찬회에서 그토록 강조했던 북한 인권 메시지는 발기발기 찢기고 말았다.

연찬회 사건이 가라앉을 무렵, 또 다른 사건이 터졌다. YTN 이준엽 기자가 내가 살고 있는 아파트 입주민동대표의 말만 듣고는 터무니없는 기사를 썼다. 하지만 반응이 없자 좀 더 자극적인 제목으로 바꿔서 새로운 기사인 양 뉴스망에 또 올렸다. 이준엽 기자는 하루에 무려 네 번이나 이렇게 했다. 그리고 결국 성공(?)했다. 한국의 거의 모든 언론이 이준엽 기자의 기사들을 받아 적었다. 좌파 유튜브의 끝을 달린다는 평가를 받고 있는 '더탐사'는 한 술 더

떴다. 우리 집 문 앞까지 찾아와서 오직 '더탐사'만이 할 수 있는 행위들을 했다. 하지만 언론은 내가 이 사건 관련 행정·민사·형사 소송에서 모두 완벽하게 승리했다는 사실 등은 거의 보도하지 않았다.[21] 그렇게 나는 다시 한번 마녀사냥을 당했고, 한국 사회를 향한 내 북한 인권 메시지는 아예 가루가 되어 사라지고 말았다.

그런데 사실 이는 어느 정도 예상한 일이었다. 내가 '국민의힘' 연찬회에서 북한 인권 이야기를 꺼내겠다고 했을 때, 북한을 추종하는 세력이 장악하다시피 하고 있는 한국 언론계의 현실을 잘 알고 있는 사람들은 다들 종북 언론 세력의 무시무시한 보복을 받게 될 테니 북한 인권 이야기만큼은 절대 하지 말라고, 무엇보다 일단 사회적으로 살아남아야 이지성 작가가 하고 싶은 일들을 계속할 수 있지 않겠느냐며, 강력하게 말렸기 때문이다.

하지만 나는 그 잔을 마실 수밖에 없었다. 우리가 양심에 화인을 맞은 사람들이 된 것은, 우리 형제자매들이 나치 수용소보다 더 끔찍하고 더 사악한 일들이 일상적으로 벌어지고 있는 북한 땅에서 70년 넘게 고통받고 있다는 사실을 전혀 몰라도 되는, 아니 알고 깨닫고 말하면 오히려 평화(?)를 해치는 전쟁광(?)이라는 낙인이 찍히는 사회를 만들게 된 것은, 우리가 특히 지식인들이 지난 수십 년 동안 '북한 인권'이라는 쓴잔을 마시는 게 두려워서 다들 도망쳤기 때문이다. 그런데 수퍼맨과 함께하는 나마저 줄행랑을

친다면 이 나라는, 이 민족은 어떻게 되겠는가! 한편으로 나에게는 믿음이 있었다. 설령 내가 이번에 종북 언론 세력에 의해 사회적 살해를 당하더라도 하나님께서 때가 되면 사회적으로 부활시켜주실 거라는 믿음 말이다.

내가 쓴잔의 독기에 취해서 비틀거리고 있을 때, 노벨상 수상자를 15명이나 배출한 히브리대학교의 니심Nissim Otmazgin 학장님과 이라Ira Lyon 교수가 히브리대학교 학생들을 데리고 내가 사는 동네로 찾아오셨다. 그러고는 히브리대학교에서 한국 근현대사와 북한 인권을 주제로 특강을 해달라는 요청을 해주셨다. 하이파대학교와 텔아비브대학교에서도 같은 주제로 특강 요청이 왔다. FSIFreedom Speakers International 케이시 라티그 주니어Casey Lartigue Jr 이사장과 이은구 대표는 하버드대학교와 MIT대학교 등에서 한국 근현대사와 북한 인권을 주제로 지속적으로 특강 등을 하면 어떻겠냐는 제안을 해주었다. 유럽과 일본에서도 비슷한 요청이 왔다. 나는 이스라엘, 미국, 유럽, 일본에서 먼저 활동해야겠다는 결심을 하게 되었다. 그리고 때가 되면 그 열기를 한국으로 가져와서 한국을 깨워야겠다는 생각을 하게 되었다.

새로운 미래가 열리고 있었다.

에필로그

1만 킬로미터가 0킬로미터가 되는 그날까지

작년 12월 20일이었을 거다. 내가 이 책의 본문을 완성한 때가. 하지만 그건 또 다른 시작에 불과했다. 이후 두 달 동안 나는 지옥 같은 본문 퇴고를 열 차례 넘게 했고, 다시 한 달 동안 교정지 퇴고와 부록 작업을 했다. 그렇게 정신없는 와중에도 나는 수퍼맨을 따라 태국, 라오스, 베트남 현장에 가서 수퍼맨이 코로나 기간 동안 새롭게 만든 구출 루트들을 열심히 살폈다. 그리고 수퍼맨이 새 선교관들을 방문해서 새 선교사들과 아름답게 교제하는 장면을 지켜봤다.

지금 나는 수퍼맨이 코로나 기간에 새로 설립한 태국의 한 비밀 선교관에서 북한 자매들과 점심 식사를 하고 있다. 아니 방금 점심을 먹고 일 층의 빈 방으로 자리를 옮겨서 이 글을 쓰고 있다. 식탁이 있는 거실은 선교사님들과 수퍼맨과 북한 자매들의 웃음소리로 가득하다. 하지만 잠시 후 거실은 울음소리로 가득해질 것이다. 자매들은 북한에서 살면서 겪었던 일들과 북한을 탈출할 때 겪었던 일들 그리고 중국에 팔려 가서 겪었던 일들을 쏟아놓으면서 '사람이 이렇게까지 울 수도 있구나!' 하는 정도로 통곡할 것이고, 수퍼맨과 선교사님들은 자매들 옆에서 잃어버린 새끼를 찾은 어미 사슴처럼 꺼이꺼이 목 놓아 울 것이다.

나도 그렇게 울었던 적이 있다. 하지만 한바탕 울고 나니 내 두 눈만 아팠다. 가족들과 지인들은 내 퉁퉁 부은 얼굴을 보면서 크게 걱정했고, 한편으로 북한 자매들을 위해 실컷 울고 나니 내가 그녀들을 위해 뭔가를 크게 해준 것 같은 기분마저 들었다. 하여 며칠 동안 북한 자매들을 위한 실질적인 일을 전혀 하지 않게 되었다. 뭐랄까, 눈물을 흘리는 걸 선택한 결과 잠시 앞을 보지 못하게 되었다고나 할까. 아무튼 그때 이후로 나는 탈북인들의 슬픈 사연을 듣는 것을 되도록 피하고 있다. 대신 '탈북인들을 위해서 무엇을 할 것인가?'를 치열하게 고민하고 있다.

사실 이번 구출 작전도 내가 코로나 기간 동안 급격하게 변해가는 현장 상황을 보면서 여기에 맞게 후원 조직을 강화하고 자본을 열심히 모았기에 가능했다고 할 수 있다. 만일 내가 코로나 기간 동안 수퍼맨을 통해 들려오는 중국 내 탈북인들과 북한 주민들의 사연을 접하면서 그저 눈물만 펑펑 흘렸다면, 그저 발만 동동 굴렀다면, 그저 교회에서 기도만 했다면 수퍼맨이 중국과 동남아에서 새로운 구출 루트들과 새로운 일꾼 조직들을 만들고 새로운 선교사들과 새로운 선교관들을 세우는 일은 쉽지 않았을 것이다. 그리고 1인 구출 비용이 극단적으로 치솟은 지금, 북한 자매들을 무려 네 차례에 걸쳐서 여덟 명이나 구출한 이런 기적은 일어나기 힘들었을 것이다.[1]

아무튼 나는 지금 태국의 한 비밀 선교관에 와 있다. 거실은 울음바다로 변한 지 오래다. 사실 내 두 눈에서도 눈물이 쏟아지려고 하고 있다. 하지만 감정을 애써 차단하고 냉정한 얼굴로 미래를 생각해본다. 수퍼맨은 이번 태국행 비행기 안에서 나에게 이런 말을 했었다.

“지난 몇 달 동안 여러 북한 인권·선교 단체들이 중국의 국경 감시가 조금 느슨해진 틈을 타서 탈북인 구출 작전을 벌였는데, 전부 공안에게 체포되었습니다. 무려 81명입니다. 코로나 이후 현장 상황이 완전히 달라졌는데, 한국에서 그저 책상에 앉아서 과거 코로나 이전만 생각하고 일을 벌인 결과입니다. 작가님이 지난 라오스, 베트남, 태국 현장 점검 때 보셨듯이 지금 현장은 코로나 이전에는 없었던 철책鐵柵들과 감시 카메라들로 가득합니다. 북한과 중국의 내부 상황은 이보다 더 나빠질 수 없는 단계까지 왔고요. 한편으로 코로나 기간 동안 탈북인들이 2천 명 넘게 중국 공안에게 체포되어 강제 북송 대기 중인 사실과 최근 81명의 탈북인들이 체포된 사실 그리고 북한, 중국, 동남아의 국경 경비가 극단적으로 강화된 사실과 문재인 정부가 탈북 어부 두 명을 강제 북송시킨 사실 등은 중국의 탈북인 사회는 물론이고 북한 내부까지 깊숙이 퍼져 있는 상태입니다. 지금 북한 사람들은 탈북하면 무조건 잡히고 강제 북송된다고 알고 있습니다. 설령 탈북에 성공해서 대한민국에 도착한다고 해도 한국 정부에 의해 강제 북송된다고 믿고 있지요. 코로나 이후 지금까지 북한 사역은 외적으로든 내적으로든 오직 절망만이 가득한 상황입니다. 이번에 우리가 네 차례에 걸쳐서 북한 자매 여덟 명을 안전하게 구출한 일은 머지않아 중국은 물론이고 북한 내부 깊숙한 곳까지 은밀하게 전해질 것입니다. 게다가 다행스럽게도 지금 정부가 북한 인권에 적극적인 윤석열 정부여서, 이번에 우리가 구출한 여덟 자매는 몇 달 안에 대한민국에 도착해서 자유와 인권을 되찾을 것입니다. 그리고 이 소식은 중국의 탈북인 사회와 북한 주민들에게 널리 퍼져나가게 될 것입니다. 저는 하나님께서 북한 사람들에게 희망을 주시려고 이번 구출 작전들을 성공시켜주셨다고 확신합니다. 하나님께서는 앞으로도 우리 구출 사역에 큰 은혜를 베풀어주실 것입니다. 하지만 현장 상황은 예전 같지 않습니다. 우리가 과거에 1년에 300명을 구출했다면 앞으로는 잘해야 1년에 10~50명을 구출하게 될 것입니다. 지난 30년 동안 북한 인권·선교 사역은 탈북인 구출이 핵심이었습니다. 하지만 앞으로는 그럴 수 없게 되었습니다. 무엇보다 구출 비용이 극단적으로 치솟았고, 현장 상황이 심각해졌기 때문입니다. 물론 구출 비용은 제가 점차 조정해나갈 것입니다만 현장 상황은 앞으로 더 악화되었으면 되었지 완화되기는 힘들 것입니다. 이제 북한 인권·선교 사역이 근본적으로 변화되어야 할 시점에 도달한 것입니다. 하지만 안타깝게도 북한 인권·선교 단체들은 이 사실을 인지조차 못 하고 있습니다. 지금 이 사실을 제대로 알고 있는 사람은 저와 작가님뿐입니다. 그런데 저는 공개적으로 활동할 수 없습니다. 앞으로는 작가님이 새로운 시대정신이 되셔야 합니다. 오직 이론과 추측이 난무한 북한 인권·선교계에 혁신을 일으키셔야 합니다. 아니 작가님은 이미 혁신 그 자체이시니 앞으로 전 세계적으로 활동하시면서 무수히 많은 사람들을 깨우셔야 합니다."

나는 수퍼맨의 이런 말을 지난 몇 달 동안 귀에 딱지가 내려앉을 정도로 들었던 터라 건성으로 "네."라고 대답한 뒤 석식 메뉴판을 펴 들고는 깊은 고민에 빠졌었다. 중식을 선택하는 게 좋을지 아니면 양식을 선택하는 게 좋을지 판단이 잘 안 돼서 말이다.

다시 아무튼, 나는 통곡 소리 가득한 태국 선교관에서 수퍼맨이 방콕행 비행기에서 나에게 했던 말을 곰곰이 되새기면서 다음 달에 참석하게 될, 하버드 크림슨 행사[2]에서 케이시 라티그 주니어 FSI 이사장과 함께 하버드 출신 언론인들을 상대로 무슨 이야기를 할지, 이후 며칠 동안 계속될 하버드 관계자들과의 여러 미팅에서 이은구 FSI 대표와 함께 하버드대학교에 어떤 제안을 할지, 다다음 달에 진행되는 박윤수 선교사가 기획한 이스라엘 히브리 · 하이파 · 텔아비브대학교 특강 행사에서 무슨 내용으로 강의할지, 앞으로 유대인들과 한반도 프로젝트를 어떻게 해나갈지 등에 대해서 깊이 생각해본다. 이어서 한국 사회에 올바른 북한 인권 및 대한민국 근현대사 열풍을 어떻게 만들어낼지 등에 대해서도 뜨겁게 고심苦心해본다.

내가 이 글을 쓰고 있는 동안 다행스럽게도 북한 자매들의 통곡 소리는 그쳤다. 사실 북한 자매들은 아까부터 깔깔대며 웃고 있다. 한 자매는 아예 바닥을 데굴데굴 구를 기세다. 수퍼맨의 북한식 유머가 시작되었기 때문이다. 나는 뿌듯한 얼굴로 그 광경을 지켜보다가 선교관 마당에 있는 망고나무 아래로 가서 성경을 읽는다. 다음 두 말씀이 내 마음을 사로잡는다.

"그리스도께서 우리로 자유케 하려고 자유를 주셨으니 그러므로 굳

세게 서서 다시는 종의 멍에를 메지 말라."

- 갈라디아서 5장 1절

"주는 영이시니 주의 영이 계신 곳에는 자유함이 있느니라."

- 고린도후서 3장 17절

나는 '하나님께서 이 두 구절을 통해 나에게 어떤 말씀을 하고자 하시는가?'를 놓고 깊이 묵상한다. 하나님께서는 나에게 이렇게 말씀하시는 것 같다.

"오직 복음으로, 1만 킬로미터가 0킬로미터가 되게 하라!"

나는 탈북인들의 1만 킬로미터가 0킬로미터가 되는 그날까지 달려볼 생각이다. 당신도 나와 함께했으면 좋겠다.

2023년 3월 20일

태국의 한 비밀 선교관에서, 이지성.

감사의 말

한국에서는 이런 책을 쓰는 일 자체가 한국 사회를 점령하다시피 하고 있는 주체사상파 세력과 이 세력의 배후에 있는 북한 정권에 정면으로 도전하는 일이다. 사회적 생명은 물론이고 육체적 생명마저 얼마든지 위험에 처할 수 있는 일인 것이다. 수퍼맨을 만나고 북한 사역에 뛰어든 그날부터 나는 맹수들로 가득한 어떤 깊은 산을 밤에 홀로 넘는…… 그런 기분을 느끼고 있다. 그것도 매일. 솔직히 무서워 죽겠다. 당장이라도 그만두고 싶다.

이런 가여운(?) 삶을 살고 있는 나에게 정신적으로, 영적으로 힘이 되어주고 싶다며 모인 사람들이 있다. 이지성 유튜브 '무조건 후원자를 위하여5단계' 멤버십 회원님들이다. 이분들의 절대적인 성원과 지지가 없었다면, 나는 이 책의 집필을 시작조차 못 했을 거다. 아니 중간에 포기하고 말았을 거다. 북한 인권·선교 프로젝트와 한반도 프로젝트 또한 마찬가지다.

이지성 유튜브 1, 2, 3, 4단계 멤버십 회원님들과 구독자님들께도 감사의 말씀을 전한다. 북한 사역에 어려움이 있을 때마다 그리고 집필이 힘들 때마다 나는 유튜브를 켜고서 온갖 하소연을 했다. 그때마다 멤버십 회원님들과 구독자님들은 넓은 마음으로 내 하소연을 들어주셨다. 지금 와서 생각해보니 이 책은 이지성 유튜브를 사랑해주시는 분들과 함께 쓴 것 같다.

모든 것, 모든 것이 감사하다.

Soli Deo Gloria!

2023년 4월 3일

서울 강남 자택 집필실에서, 이지성.

부록 1

수퍼맨 목사가 본 이지성 작가

탈북인을 구하는 일을 하면서 정말 많은 사람들을 만났다. 고마운 분들도 많았지만 뒷맛이 씁쓸한 이들이 훨씬 많았다. 처음 이지성 작가님과 만났을 때만 해도 이렇게까지 관계가 오래갈지는 몰랐다. 솔직히 말하면 기대가 거의 없었다. 인생의 터닝 포인트가 되었을 만큼 벼락같은 만남이었는데도 그때는 앞으로 무슨 일이 벌어질지 까맣게 모르고 있었던 셈이다.

나는 사람에 대해 기대하지 않는 측면이 강하게 훈련된 사람이다. 사람을 못 믿거나 나쁘게 봐서가 아니라 어려운 일들을 많이 겪다 보니 생각의 기본 값이 언젠가부터 그렇게 설정된 것 같다. 내가 하는 일이 워낙 위험하고 고단한 데다 누가 알아주는 것도 아니고, 도움을 준 사람들에게 배신을 당하는 일도 숱하게 겪었기 때문일 것이다. 처음엔 다들 엄청난 일을 함께한다는 듯 다가오지만, 시간이 지나면 못 버티고 떠나갔다. 나 자신에게는 내가 하는 일이 의미 있고 값진 일이지만, 다른 사람들에게도 똑같이 그 무게를 느끼라고 강요할 수는 없다. 그러나 수천 번을 이렇게 다짐해도 나도 사람인지라, 지독한 번 아웃을 겪었고, 작가님을 만나기 직전엔 그야말로 한계에 부딪친 상황이었다. 엎친 데 덮친 격으로 내가 적극적으로 도와주고 있었던 한 선교 단체와 브로커들의 배신으로 몸도 마음도 심하게 아픈 상태였다. 살면서 가장 지쳤던 때인 듯하다. 소명처럼 여기던 일을 모두 그만두고 북한과 관련된 고통스러운 관계로부터 떠나기로 결심할 정도였으니까 말이다. 매일 매일 무릎 꿇고 하나님께 간곡하게 기도드렸다.

"이제는 저를 놓아주세요!"

그때 탈북 청년 J의 소개로 이지성 작가님을 만나게 된 것이다. J에게 듣기론 500만 부 넘게 책이 팔린 초대형 베스트셀러 작가라고 했다. 그런데 그 돈으로 자기 배를 불리기보다 세계 여러 곳에 학교를 짓는 등 기부를 많이 한다는 것이었다. 진실한 분이니 그분을 통해 재정적 도움을 받으면 어떻겠냐는 것이었다. 나는 거절했다. 작가님의 책을 읽어본 적도 없는데, 만나자마자 돈 이야기를 꺼낸다는 게 꺼림칙했다. 아무리 급하게 도와야 할 탈북인들이 있다고 해도 말이다.

그래서였는지 첫 만남은 어색했다. '이지성'이라는 사람이 어떤 사람인지 알 수도 없었고, 북한 인권에 진정성을 갖고 있는지, 호기심에 나를 만나는 것인지 구분하기도 어려웠다. 게다가 당시 작가님은 북한 인권에 대해서는 신문에 실리는 상식 정도만을 소유하고 있었기에 함께 일하기엔 어렵다고 느꼈다. 적어도 나한테 만큼은 낙제점인 사람이었다. 그런데도 무슨 생각에서였는지 내 입에서 이런 말이 툭 나왔다.

"단둥에 한번 가보실래요?"

지금 다시 생각해봐도 도대체 그때 왜 그런 제안을 했었는지는 정말 모르겠다. 나는 원래 그런 사람이 절대 아니기 때문이다. 거절받아도 당연하다는 마음으로 물어봤는데 작가님은 알겠다고 했다. 원하는 대답을 들었는데도 놀라움이 더 컸다. 오히려 '이 사람 도대체 뭐지?'라는 생각이 들었다. 그때만은 '지성'이라는 이름과 다르게 그곳이 얼마나 위험한 곳인지 모른 채 '비지성적'으로 결정하는 바보 같은 모습을 봤다고나 할까. 그런데 제아무리 오랫동안 해외의 위험한 지역을 돌면서 봉사활동을 했다고는 하지만 탈북인 구출 현장, 특히 북한 바로 옆에 위치한 단둥에 가는 건 전혀 다른 문제였다.

단둥은 위험성만으로도 다른 지역을 완전히 압도하는 곳이다.

북한 간첩들과 보위부원들이 우글거리고 중국 공안의 눈초리가 집중되어 있다. 이런 장소로 탈북인을 구출하러 간다는 건 '북한으로의 납치'나 '죽음'을 예약하고 간다는 의미다.

그런데 솔직히 이때만 해도 작가님이 진짜 단둥에 갈 줄은 몰랐다. 내일이면 자연스럽게 잊어버릴 것이라고 생각했던 것이다. 작가님도 나를 잊고, 나도 작가님을 잊고, 두 번 만날 일은 없을 줄 알았다. 그러다 내 생각에 균열이 생기는 일이 발생했다. 작가님에게 받은 책들을 우리 교회에 다니는 탈북 청년들에게 나누어주었더니, 존경하는 눈빛으로 이렇게 묻는 것이 아닌가.

"목사님! 어떻게 이지성 작가님을 아세요?"

"어어? 그냥 만날 일이 있었어."

"와아아아! 바로 이분이! 제 인생을 바꾼 분이세요!!!"

"인생을 바꿨다고?"

"네! 이분의 책을 읽고 제가 인생을 새로 살게 되었거든요!!!"

열띤 얼굴로 나를 바라보는 청년을 보며 그제야 비로소 '이지성'이라는 사람에게 궁금증이 생겼다. 도대체 어떤 사람이기에 누군가의 삶을 바꿀 수 있는지 놀라웠다. 게다가 이런 일은 한 번으로 끝나지 않았다. 청년들과 이야기를 나눌 기회가 생길 때마다 작가님에 대한 이야기만 나오면, 하나같이 눈을 빛내며 '인생을 바꾼 사람'이라고 말하는 게 아닌가. 내가 정말 큰 선입견을 갖고 있었다는 생각이 들었고, 청년들 덕분에 작가님에 대한 선입견이 조금씩 녹기 시작했다. 그가 어떤 사람인지 관심이 가기 시작했다.

조금씩 작가님에 대한 생각이 바뀌어갔지만, 별도의 만남을 요청할 만한 여유는 없었다. 정신없이 밀려드는 탈북인들의 "살려달라!"는 구출 요청에 필요한 재정이 부족해서 어려움을 겪고 있었던 데다 한국에서 나에게 "김일성 동상을 폭파하자."며 접근했던 탈북인 한 명이 간첩으로 체포되어 경찰 조사까지 받고 있던 민감한 상태였기 때문에 사람들을 만나는 것조차 조심하던 때였다.

그때 작가님과 두 번째 만남의 기회가 생겼다. 나는 북한 선교의 진실과 탈북인들의 고통에 대해 이야기했고, 작가님은 시종일관 진지하게 들었다. 신중한 태도를 지키면서도 쉽게 동요하지 않는 모습이었다. 그런데 한 번씩 굉장히 냉담한 태도를 취하는 것이었다. 그게 마음에 걸렸지만 모른 체할 수밖에 없었다. 이야기 끝에 첫 만남 때와 마찬가지로 단둥에 가는 일이 화제에 올랐다. 이번에도 나는 '설마 진짜 가겠나? 그저 작가의 호기심 같은 거겠지.'라고 생각하면서 건성으로 이야기를 했다. 그런데 작가님은 "제가 이번에 아프리카 오지 마을에 시각장애 아동들을 위한 특수학교를 세우러 가는데, 그곳에 다녀온 뒤 바로 단둥을 가지요."라고 하는 것이었다.

나중에 작가님에게 들은 바로는, 두 번째 만남에서 나를 완전히 사기꾼으로 생각했다고 한다. 그래서 냉담한 태도를 보였다는 것이다. 그런데 왜 선뜻 단둥에 가겠다는 말을 또 했냐고 물었더니 그땐 자기가 뭘 너무 몰라서 탈북인 구출을 해외봉사활동처럼 생각했다는 것이다. 일단 단둥엔 가겠노라 말했으니 약속은 지키되, 그 이후엔 더 이상 나와 만나지 않겠다는 생각도 했다고 했다.

작가님은 아프리카에서 귀국하자마자 진짜로 연락을 해왔고, 세 번째 만남에 나는 단둥 방문 일정을 짜서 드렸다.

드디어 작가님이 떠나는 날이 왔다. 우리는 떠나는 날부터 약속한 음어들로 통화했다. 즉 아침은 저녁으로, 자동차는 기차로, 선양은 큰집, 단둥은 삼촌집, 탈북자 부부는 가방 두 개로, 날짜는 현재 날짜에 한 달을 더해서, 전화번호 변경은 다섯 번째 숫자에 허수 하나를 더 넣을 것 등 내겐 익숙한 것들이었지만 작가님에게는 모든 게 다 낯선 것이었을 터다. 그런데 작가님은 음어 통화를 마치 오래 사용했던 간첩같이 너무나 자연스럽게 했다. 잘 훈련받은 첩보원 수준이었다. 지금 생각해보면 작가님 자신도 모르게 탈북인 구출 작전의 특수 임무를 수행하는 훈련을 하고 있었던 게 아닐까? "중국 공안들이나 북한 보위부원들에게 잡히면 어떻게 하지?"라는 걱정에 초긴장 상태로 4일을 보냈다. 다행스럽게도 무사히 한국으로 돌아왔지만 말할 수 없을 만큼 강도 높은 긴장감 속에서 지내다 온 작가님에게 아무 말도 듣지 못했다. 내심 이런 생각도 했었다.

'이게 보통 일이 아니지. 막상 가서 보니 어려운 일이라고 포기했겠지?'

며칠 후 만나자는 전화가 왔다. 담담하게 자리에 나갔다. 작가님이 못 하겠다는 말을 하더라도 어쩔 수 없다고, 담백하게 받아들일 준비를 했다. 그런데 작가님은 또 한 번 예상을 완전히 빗나가는 대답을 내놓았다.

"결심했습니다! 돈을 모아보겠습니다!"

사실, 이런 말을 하진 않았다. 다만, 말과 눈빛이 점점 더 달라져가고 있음을 느낄 수 있었다. 그날 이후 비로소 그를 위해 진지하게 기도하기 시작했다. 이후로 내 삶의 간절한 기도 가운데 날마다 빠짐없이 넣는 관계가 되었다.

"주님, 저 아들의 발걸음에 동행하소서!"

이때의 경험이 작가님 인생의 향방을 크게 바꾼 거라고 생각한다. 평생 한 번도 일어나지 않을 일, '하나님께 멱살 잡힌 인생'이라고 표현할 수밖에 없는 일이 일어난 것이다. 함께 한 곳을 바라보는 시간이 이어질 무렵, 태국 메콩강 구출 현장에 함께 나가게 되었다.

솔직하게 말하자면, 나는 현장에서 일할 때 주변 존재들을 불편하게 느낀다. 사는 동안 한 번도 안 다투어본 사랑하는 아내의 전화까지도 불편할 정도로 예민해진다. 여러 명의 삶과 죽음을 책임져야 하는 전쟁터 같은 곳이기 때문이다. 그렇기에 태국까지 동반해도 '현장'까지 갈 것이라고는 생각하지 않았다. 구출하러 가기 전날 밤, 늦게까지 내일 작전을 구상하며 기도를 마치고 누우려는 시간에 불쑥 작가님이 방으로 찾아왔다. 몇 분 이야기를 나누다 끝나겠지 하는 생각을 언제 했나 싶게 길어진 이야기는, 동이 밝아오는 새벽 4시 반까지 이어졌다. 남자 둘이 무슨 할 이야기가 그렇게 많았는지, 눈물과 웃음과 진지함과 거룩함과 책임과 어설픈 농담과 비장함과 삶의 의미가 기름처럼 부어지는 시간이었다.

이른 아침, 현장으로 떠나야 할 시간이 되어 잠깐 눈을 붙이러 간 그를 깨우러 갔다. 작가님은 벌써 일어나 있었다. 전쟁터에 나가려는 준비된 군사 같은 모습이었다. 위험한 장소로 함께 간다는 것이 부담이 아니라 기쁨이 되는 순간이었다. 전쟁터에서 생사를 함께할 믿음직스러운 동료를 얻은 마음이었다고나 할까.

차오르는 벅찬 마음속에서 한 시간 반을 달려 도착한 메콩강은 열대 기후의 습기로 숨이 막힐 지경이었다. 성인 남성 키보다 크게 자란, 날카롭고 빼곡한 풀줄기 사이로 금방이라도 뱀들이 튀어나올 듯했다. 그런데 그 속으로 작가님은 두려움 없이 달려 나가는 것이 아닌가! 숨이 턱까지 차오르고 온몸에 땀을 뻘뻘 흘리며 탈북인을 찾기 위해 잠시도 멈추지 않고 여기에서 저기로 분주하게 오갔다. 대한민국 최고 작가라는 자존심과 럭셔리한 삶을 살던 모습은 볼 수 없고 물에 빠진 자녀를 구출하러 달려가는 아비의 모습이 오버랩되며 스쳐갔다. 잠시 후 강가에서, 목숨 건 자유의 여정에 지쳐 마지막 발걸음이 버거워지는 탈북자들의 손을 잡고 나오며, 나보다 더 기뻐하는 모습이었다.

'이분이 진짜로 이제는 돌아갈 수 없는 길을 걷게 되었구나.'

미래를 직감하는 순간이었다. 구출 작전을 마치고 돌아오는 길에 깊은 생각에 빠져 있는 작가님을 보며 미안한 마음마저 들었다. 이제는 이전 삶으로 돌아가기 어렵다는 것을 알고 있었기에 묵묵히 침묵을 지켰다. 어떤 말도 필요하지 않았다.

메콩강에서 돌아온 이후 작가님이 변하니 많은 것이 변하기 시작했다.

"목사님, 해봅시다!"

세상 그 어떤 말보다 든든한 말이었다. 작가님은 자기 재정으로 후원하는 것은 물론 적극적으로 모금하여 나에게 보내기 시작했다. 나보다 더 적극적이었다.

"목사님, 중국과 북한에서 고통받고 있는 사람들을 우리가 다 데려옵시다. 돈은 제가 어떻게든 만들 테니 목사님께서 앞장서 세요!"

작가님과 굳게 약속한 후부터 심신이 지쳐서 하던 일을 포기하려던 옛날의 내가 아니었다. "돈벌이 하는 거냐?"는 오해 속에서 "한 사람의 생명만 살리면 된다."는 신념으로 모든 자존심을 버리고 구출자금을 구하러 다녔던 생활에서도 벗어나게 되었다. 이제는 공사 현장에도 가지 않고, 대리운전도 하지 않으며, 빚을 내지도 않는다. "선교해야 되니 재정을 도와달라."는 모습에서 "선교를 올바로 하면 재정은 걱정 안 해도 된다."는 말을 하며 다니는 삶으로 바뀌게 된 것이다. 사역의 열매도 넘쳐나기 시작했다. 작가님이 합류하고 고작 2년 만에 765명의 생명을 구출하게 된 것이다.

사역을 함께하면서 작가님과 만나는 날들이 점점 늘어났다. 단둥과 메콩강 일까지 경험했으니 나와 내 이야기를 다 믿을 거라고 생각했다. 그런데 더욱더 철저하게 검증을 받는 기분이 들었다. 그런 검증이 기분 나빴냐고 묻는다면, 전혀 아니다. 오히려 검증 과정을 통해 나에 대해 신뢰하는 것이 느껴졌다. 작가님과 교류를 하면서 크게 배운 점들이 많다. 작가님은 무섭게 파고들며 공부하는 사람이다. 핵심을 파악하는 능력도 남다르다. 세세한 줄기야 내가 경험에서 배운 것이 훨씬 더 많지만, 핵심이 되는 기둥을 바로 파헤친다고나 할까. 지금은 그 누구와 비교해도 북한 관련 분야의 최고의 실력자라고 생각한다.

메콩강에 다녀온 후 작가님은 나에게 세 가지 약속을 했다.

첫째는 후원 조직을 만들겠다는 것이었고, 둘째는 나에 대한 이야기를 책으로 쓰겠다는 것이었고, 셋째는 자유와 인권이 중심이 되는 한반도 평화 통일 프로젝트를 전 세계적으로 추진하겠다는 것이었다.

첫 번째 약속은 이미 훌륭하게 지켰다. 늘 재정 문제가 발목을 잡았는데, 이제는 전혀 걱정하지 않을 정도다. 앞에서도 썼지만 돈이 없어서 할 일을 못 하게 되는 일은 없다. 이건 정말 기적 같은 일이다. 자기 주머니에서 돈을 꺼내는 일이 어디 쉬운 일이던가. 그런데 유튜브를 통해 북한 인권에 대한 작가님의 진정성 있는 목소리를 내기 시작하자 여기저기에서 후원 조직이 생기고 후원금이 물밀듯 밀려오는 것을 경험하며 '선한 영향력'을 미친다는 것은 이런 것이로구나, 절실하게 느꼈다.

두 번째 약속을 처음 들었을 때 걱정이 앞섰다. 이렇게 어마어마한 것을 과연 쓸 수 있을까 염려가 되었다. 기존에 쓴 책들과는 전혀 다른 내용이었으니까. 그래도 작가님은 한 번 한 말은 지키는 사람이니까 지켜봤다. 몇 달 쓰다가는 "이건 미친 짓 같아요."라고 중단하고, 그러다 또 쓰고, 그러다가 또 힘들어하고, 그럼에도 포기하지 않고 다시 쓰는 모습을 고스란히 옆에서 지켜보았다. 그 과정은 지켜보는 내가 다 힘들 정도로 고통스럽기 짝이 없었다. 하지만 작가님은 5년 가까이 원고를 붙잡고 씨름한 끝에 마침내 완성을 했다. 한국 최고의 작가라는 타이틀은 이렇게 만들어진 것이었구나를 깨달을 수 있었고, 평소에도 이런 삶을 사는 사람이니까 북한 사역도 완벽하게 해내려고 몸부림치는구나를 느낄 수 있었다.

세 번째 약속도 작가님은 신실하게 지키고 있다. 이 약속은 단기간에 해낼 수 있는 일이 아니라는 것을 나도 잘 안다. 혼자 할 수 없는 일이기도 하다. 책이 출간되면 상황이 많이 달라질 것이라고 기대하던 중, 정말 사람 일이라는 게 '마음먹은 대로 움직이는' 것인지, 최근 작가님의 행보를 보면 놀랍기만 하다. 내가 먼저 구체적인 내용을 입 밖으로 낼 수는 없지만, 우리나라 북한 인권과 선교 사역에 대해 축의 변화와 같이 거대한 흐름이 새롭게 생성되고 있는 것만은 확실한 것 같다.

특히 작가님이 구상하는, 북한 인권에 기초한 한반도 평화 통일 프로젝트는 생각만으로도 가슴이 뛴다. 현재 우리나라에는 북한 인권에 대해 잘못된 시각들이 굉장히 많다. 사실 대부분의 사람들은 북한 인권이 뭔지 전혀 알지 못한다. 이것은 한국만의 문제가 아니다. 이스라엘, 미국, 일본, 유럽 등 거의 전 세계에서 북한에 대한 정보가 왜곡되어 있고 진실이 가려져 있다. 이지성 작가의 한반도 프로젝트는 이런 현실을 바꾸게 될 것이다.

한 가지 약속도 지키기 힘든데 무려 세 가지를 말하고 그것을 순정하게 지켜준 작가님을 보며 내 안에 거대하게 자리 잡고 있던 불신이라는 얼음덩어리가 녹고 있는 것을 느낀다. 하나도 지키기 힘든 약속을 무려 세 가지나 지킨 힘은 어디에서 온 것일까? 나와 한 약속, 자신과 한 약속을 넘어 하나님과 한 약속이어서가 아닐까? 그리고 개인의 성공과 성취를 넘어 거대한 시대정신을 가슴에 품었기 때문이 아닐까? 이지성의 한반도 프로젝트는 너무나 거대한 구상이기에 아직 갈 길이 먼 것도 사실이지만, 이상적인 꿈에 취한 말이 아니다. 명확한 시대정신과 구체적인 방법론을 가지고 움직이기 때문이다.

코로나가 본격적으로 풀리기 시작한 작년 말부터 작가님은 나와 함께 태국, 라오스, 베트남 현장을 돌면서 새로운 루트들을 개척하고 새로운 일꾼 조직들을 만들고 새로운 선교사들과 새로운 선교관들을 세우는 일을 하고 있다. 허리 디스크가 도져서 잘 걷기도 힘들 때에도 위험한 메콩강 현장으로 달려가고, 태국 국경을 육로로 넘어서 라오스·중국 국경지대로 가는 강행군을 매일 하면서 새로 만들어진 루트들을 꼼꼼히 점검하고, 하노이에서 차로 예닐곱 시간씩 걸리는 베트남 북부 산악지대를 다니다가 호흡기 질환에 걸려서 지금껏 고생하면서도, 이지성 작가는 불평하기는커녕 낮에도 호랑이가 출몰하는 러시아 산악지대 루트를 북한의 방해로 직접 가서 개척하지 못했음을 아쉬워하고 있다. 그리고 지금 이 순간에도 나와 함께 베트남·캄보디아 루트를 새로 개척하고 비상시에 쓸 수 있는 라오스·태국 루트를 만드는 일에 집중하고 있다. 이 모든 일을 작가님은 사비를 털어서 하고 있다. 참고로 북한 인권 운동가들 중에 자신의 사비를 털어서 온갖 프로젝트를 진행하고 위험한 구출 현장까지 가는 사람을 나는 지금껏 본 적이 없다.

작가님은 늘 자신은 초보자에 불과하다고 말하지만 내가 보기에는 이미 북한 인권에 관해서는 세계적인 전문가의 경지에 올라 있다. 그런데 이론뿐인 다른 전문가들과 달리 작가님은 북한 인권 현장까지 직접 챙기고 있다. 나는 이런 북한 인권 운동가는 작가님이 세계 최초라고 감히 단언한다. 그는 나를 만난 덕분에 이 분야에 눈뜨게 되었다고 하지만, 내 입장에서 보면 작가님이 오히려 내가 할 수 없는 일을 해내고 있다.

유명 작가로 살던 사람이 왜 지금 이 시점에 북한 사역에 관심을 갖게 되었는지, 또한 그 과정에서 어떻게 나와 만나게 되었는지 여전히 신비롭다. 내가 비전을 통해 움직였듯, 작가님 또한 그러지 않았을까? 눈에 보이는 세상이 아니라 눈에 보이지 않는 영원한 세계를 보는 사람이 가지 못할 길이 없고, 하지 못할 일이 없을 것이라고 나는 믿는다.

앞으로 세상 사람들은 작가님에 대해 다양한 이야기를 할 것이다. 영광스러운 말도 있고, 욕된 이야기도 있을 것이다. 그러나 작가님이 어떤 사람인지는 세상 사람들의 입이 아니라, 그가 걸어왔고 걸어갈 그의 행보에 담겨 있다. 우리나라가 자유와 인권에 기초한 평화 통일을 이루고 국제사회에서 최고의 국가로 자리매김하는 날까지 작가님의 행보는 멈추지 않을 것이다. 그는 말보다 행동으로 보여주는 사람이다. 단언컨대, 그는 사람을 살리고 미래를 만드는 사람이다. 앞으로 작가님이 걸어갈 길을 통해 북한과 중국에서 고통받고 있는 많은 사람들이 살아나게 될 것이다. 그리고 한반도와 전 세계에 자유와 인권의 물결이 넘쳐흐르게 될 것이다. 하나님이 주관하시는 이 위대한 프로젝트에 함께할 수 있어서 영광이다.

수퍼맨의 편지 (2018~2023)

수퍼맨이 이지성 작가를 통해 후원자들에게 보낸 메모 형식의 보고서 중 일부를 편지 형태로 재구성했습니다.

오늘도 두 자매가 태국에 무사히 도착했습니다. 이렇게 또 한 해가 갑니다. 돌아보면 참으로 기적 같은 시간들이었습니다. 엘리야가 왜 나 혼자냐고 기도할 때 아직 바알에게 무릎 꿇지 않은 남겨둔 7천 명이 있다고 대답하셨던 주님께서 이지성 작가를 통해 남겨진 그루터기 같은 여러분들을 만나게 하셨고, 여러분들의 눈물의 기도와 물질의 헌신을 통해 올 한 해에만 360명의 탈북인이 자유와 인권을 되찾았습니다. 이 모든 영광을 주님께 올려드립니다.

이제 한 해의 끝자락에 지난주에 북한 평양에서 중국으로 출장 나온 형제와 중국 오지로 팔려가서 스마트폰도 사용할 줄 모르는 자매 등 총 여섯 명이 다시 거룩한 출애굽의 행진을 시작합니다.

어제 중국 일꾼들로부터 문재인의 중국 방문으로 인해 중국의 도로 경비가 강화되어 구출 작업이 어려워졌다는 말을 들었습니다만, 모세가 홍해 앞에서 기도할 때 홍해가 갈라져서 길이 났던 것처럼 여러분이 기도하실 때 올해의 지난 구출 작업들처럼 홍해가 열리고 그 길이 평탄해질 것을 믿습니다.

◆◆◆

오늘 새벽에 또 한 자매가 라오스에 무사히 도착했습니다. 안타깝게도 중국인 남편에게 폭행을 하도 많이 당해서 정신 상태가 좋지 못합니다. 당분간 선교관에 머물면서 몸과 마음을 회복하는 시간을 가져야 할 것 같습니다. 그리고 때가 되면 메콩강을 넘어서 태국으로 갈 것입니다.

현재 중국 상황이 여의치 않습니다. 여러분의 기도가 많이 필요한 상황입니다. 베트남도 마찬가지입니다. 공안들이 탈북인 검거에 열을 올리고 있습니다. 현장 일꾼들이 구출 작업을 잠시 중단해야 한다고 이야기를 하고 있을 정도입니다. 하지만 자유의 행진을 멈출 수 없기에 중국은 물론이고 베트남도 다른 루트를 열었습니다. 지금 세 명의 자매가 그 다른 루트로 자유를 찾아 떠났습니다. 기도의 손을 높이 들어주시길 부탁드립니다. 〈시편〉 말씀으로 인사를 대신합니다.

"보라 형제가 연합하여 동거함이 어찌 그리 선하고 아름다운고." 시편 133장 1절

◆◆◆

저는 오래전 두 아이를 미국으로 보내고 지금껏 한 번도 만나지 못했습니다. 그런데 이번에 둘째가 미국에서 결혼을 했습니다. 축하해주신 모든 분들께 깊은 감사의 마음을 전합니다.

사실 저는 중국에서 두 아들과 같이 살았던 동안에도 함께한 시간이 거의 없습니다. 언제나 가족보다는 탈북인을 구하는 일이 우선이었기 때문입니다. 제 기억 속에 남아 있는 두 아이의 모습은 아빠와 비밀스러운 만남을 잠시 갖고 헤어질 때마다 "아빠! 가지 마세요! 또 언제 보나요!"라면서 울며 매달리던 게 전부입니다.

비록 둘째의 결혼식에 참석은 못 했지만 19년 전에 마지막으로 찍은 가족사진을 보면서, 지난 세월 동안 주님께서 자녀도 내 것이 아니고 주님 것임을 깨닫게 하셨음에 감사를 드렸습니다. 그리고 제 기억 속에 늘 어린아이로 남아 있던 둘째가 주님의 일을 더 생각하는 어른이 된 것에 또 감사드렸습니다.

이제 두 아이도 어른이 되었으니, 저는 편안한 마음으로 이 길을 더 열심히 가려고 합니다. 앞으로 어떤 고난이 있더라도 이 길이 옳은 길이라는 것에 대한 믿음을 더욱 강하게 가지려고 합니다.

저는 지금 이름을 밝힐 수 없는 어느 국가의 국경지대로 향하는 버스 안에 있습니다. 둘째의 결혼식이 진행되는 날에도 말로 형언할 수 없는 엄청난 일들이 이 국가에서 있었습니다. 모두 주님의 은혜 안에서 선한 결과를 맞이했습니다. 여러분의 기도 덕분입니다. 감사합니다.

◆◆◆

오늘 저는 가슴이 찢어지는 일이 있었습니다. 두 자매 때문이었습니다.

한 자매는 어렸을 때부터 친아버지의 사랑을 듬뿍 받으면서 자랐는데, 친아버지가 세상을 떠나고 새아버지가 들어오면서 열여섯 살 때부터 새아버지에게 성폭행을 당했습니다. 하지만 엄마가 믿어주지 않아 울면서 집을 나와 떠돌다가 먹을 것을 구하러 두만강을 넘었습니다. 그리고 강을 넘자마자 중국 인신매매 조직에 납치되었고 자신보다 스물네 살이나 많은 중국인 남자에게 팔려 갔습니다.

다른 자매는 북한에서 기차를 타고 가다가 도둑이 밀치는 바람에 기차에서 떨어져 발목이 잘렸습니다. 그리고 인신매매를 당해서 중국에 팔려 갔습니다.

오늘 두 자매와 통화하면서 눈물이 멈추질 않아서 기도도 제대로 못 해주었습니다. 몇 시간 뒤면 중국은 밤입니다. 두 자매와 열다섯 살짜리 남자아이가 속한 팀이 중국의 마지막 산을 넘습니다. 기도 부탁드립니다.

◆◆◆

발목이 잘린 자매를 들것에 싣고 미끄럽기 짝이 없는 중국의 마지막 산길을 걷고 걸어서 새벽에 라오스에 도착했습니다. 그리고 동이 트기 전 어두움을 이용해서 메콩강으로 향했고, 오후에 무사히 강을 넘어 태국에 도착했습니다. 힘든 일정에 눈물의 기도로 함께해주신 모든 분께 감사드립니다.

함께 올려드린 사진에서 보시듯이 현재 중국은 코로나19 확산과 구정 명절 인구 이동으로 구출 작업에 큰 어려움을 겪고 있습니다. 일단 일꾼들을 현장에서 철수시켰습니다. 빠른 시일 안에 전처럼 구출 루트가 열리기를 기도 부탁드립니다.

◆◆◆

중국 현장이 코로나19로 폐쇄 상태에 들어갔습니다. 베트남, 라오스, 태국도 마찬가지입니다. 모든 길이 막혔습니다. 현재 300명 넘는 탈북인들이 제게 매일 전화와 문자로 "살려달라!"며 울부짖고 있습니다. 하지만 도무지 현장이 열리지 않아서 이젠 "조금만 더 기다려달라!"는 답장도 할 수 없음에 가슴이 조여옵니다.

이뿐만이 아닙니다. 비밀 처소에 숨겨놓은 많은 자매들과 그들을 보호하는 일꾼들의 신변에도 큰 위험이 다가오고 있어서 매일 잠을 이룰 수 없을 정도로 고통스럽습니다.

북한에서도 코로나19로 국경이 폐쇄되다 보니 쌀값이 두 배로 오르고 물자가 부족하여 앞으로 과연 목숨을 부지할 수 있을지 모르겠다는 통곡 섞인 소리가 들려오고 있습니다.

이 밀려오는 암흑 속에서 여러분들의 기도가 모여지기를 소원합니다.

◆◆◆

중국의 코로나19로 인한 이동 통제와 공안의 탈북인 검거 활동과 갑자기 쏟아진 폭우 등으로 탈북인 자매들을 참으로 힘들게 보호하면서 긴 시간을 준비했습니다. 기다림에 지쳐서 비밀 처소를 떠나 중국인 남편이 있는 집으로 다시 돌아간 자매도 있었고, 중국인 남편이 공안과 함께 비밀 처소를 추적해서 자매를 잡으러 온 적도 있었습니다. 하지만 다행히도 사전에 알게 돼서 비밀 처소를 잘 옮겼고 무사할 수 있었습니다.

이번 주부터 구출 작업을 새로 시작합니다. 심장병으로 고생하는 자매와 두 살 아가를 포함해 총 일곱 명이 내일 새벽에 떠납니다. 코로나19 이전과는 상황이 많이 다릅니다. 그리고 심히 위험합니다. 기도로 함께해주시기를 간절히 부탁드립니다.

◆◆◆

폭우가 계속되고 있습니다. 일곱 명의 탈북인들이 자유를 찾아 떠나는 길이 지체되고 있습니다. 그래도 이 행진을 멈출 수 없습니다. 내일 늦은 밤 또는 모레 아침에 윈난성에 도착 예정입니다. 거기서부터 중국·라오스 국경까지는 또 하루를 가야 합니다. 뜨거운 기도 부탁드립니다.

◆◆◆

긴급하게 기도 요청을 드립니다. 중국·라오스 국경으로 갈 수 있는 중국의 마지막 성으로 들어가는 길이 세 개 있는데, 모두 경비가 크게 강화되어 성으로 들어가지 못하고 자동차를 급히 산속으로 몰았습니다. 현재 산속에 숨어 있습니다. 앞에 거대한 홍해가 있는 느낌입니다. 부디 이 홍해가 열릴 수 있도록 기도 부탁드립니다.

◆◆◆

할렐루야! 지금 일곱 명 모두 인민해방군 초소를 무사히 빠져나왔습니다. 한 명씩 승용차 트렁크에 태워서 통과했습니다. 주님께서 하셨습니다. 여러분의 간절한 기도에 응답하신 주님을 찬양합니다.

탈북인들은 여기서 다시 아홉 시간을 멈추지 않고 갈 것입니다. 그리고 중국·라오스 국경에 도착할 것입니다. 이 내용은 절대로 외부에 알리시면 안 됩니다. 감사합니다.

◆◆◆

기쁜 소식을 전합니다. 일곱 명의 탈북인들이 모두 제3국의 선교관에 잘 도착했습니다. 이번 여정은 특별히 길고 험했습니다. 이틀 동안 초소만 무려 다섯 곳을 거치기도 했습니다. 오늘 다시 다른 팀이 중국의 이름을 밝힐 수 없는 어느 도시에 도착합니다. 총 다섯 명입니다. 기도로 함께해주세요.

◆◆◆

강도 만난 자의 이웃이 되어주시는 여러분! 오전에 중국에 있는 한 자매로부터 급히 연락이 왔었습니다. 저희 사역에 큰 도움을 주고 있는 자매입니다. 중국인 남편에게 아무 이유도 없이 폭행을 당했는데 앞니 몇 개가 부러지고 얼굴뼈와 갈비뼈가 골절되어, 저희와 비밀리에 협력하고 있는 병원으로 급히 이송 중이라고 했습니다. 두 살 아가가 혹시라도 잘못될까 두려워서 얼굴에서 피가 철철 흘러 앞이 보이지 않는 상황에도 땅바닥을 기어 옆집으로 가서 아가를 몰래 맡기고 병원으로 가고 있다는 내용이었습니다.

현재 자매는 얼굴이 25센티미터나 찢어져서 급히 봉합을 했고, 얼마나 심하게 폭행을 당했던지 눈이 잘 보이지 않는 상태라고 합니다. 그나마 다행인 것은 지금 병원에서 안정을 취하고 있다고 합니다. 급히 치료비를 보내주고 기도해주었습니다.

속히 예전처럼 중국 국경이 열릴 수 있게 기도해주세요. 자매의 사진과 영상은 절대 외부로 유출하시면 안 됩니다. 감사합니다.

◆◆◆

지난번에 마지막 구출 작업을 끝내고 하나님께 기도하는 중에 "멈추라!"는 마음을 주셔서 중국 일꾼들과 한족 협력자들에게 모든 활동을 중지한다고 통보하고도, 그래도 살기 위해 도망쳐 나온 여인들을 다시 돌려보낼 수 없다는 마음에 칭다오에 비밀 쉼터를 만들고 그곳에서 여인들을 보호하고 있었습니다.

비밀 쉼터 주변에서 코로나가 크게 발생해서 비밀리에 이사도 여러 번 했습니다. 그런데 한 자매가 한족 협력자가 없는 틈을 타서 몰래 쉼터를 빠져나와 공중전화로 한국대사관에 "구해달라!"며 전화를 한 것이 화근이 되었습니다. 중국 공안이 그 통화를 도청하고 있었던 것입니다. 얼마 뒤 공안이 비밀 쉼터 두 곳을 급습했고, 14명의 자매들과 한족 협력자들과 중국 일꾼들이 전부 체포되었습니다. 저에게는 또 온몸에서 통증이 느껴지는 고통이 시작되었습니다.

중국에서 오는 소식에 따르면 지금 강제 북송되면 바로 총살이라고 했습니다. 모세가 백성들을 용서해주지 않으면 자기를 생명책에서 지워달라고 했던 그 마음으로 하나님께 매달리고 매달렸습니다. 만일 이 여인들이 북한으로 끌려가서 생명을 잃게 되면 나는 남은 평생 동안 그 아픔을 어떻게 안고 살 수 있겠냐며, 이 여인들을 감옥에서 빼내주지 않으신다면 저는 옛날에 잠시 그랬던 것처럼 북한 사역을 포기하겠다며 눈물로 기도하고 또 기도했습니다.

그때는 먹는 것과 자는 것은 물론이고 잠시 쉬는 것조차도 저에게는 사치처럼 느껴졌습니다. 참으로 고통스럽고 슬픈 시간이었습니다. 잠시라도 그 여인들을 잊고 나도 모르게 웃는 순간이라도 있으면 내가 가짜 사역자인 것 같은 마음이 들어 괴롭고 또 괴로웠습니다.

하지만 그런 시간들이 있었기에 더욱 진실된 기도를 할 수 있었고, 하나님께서는 그 기도에 응답하셨습니다. 중국과 미국과 유럽의 많은 사람들을 통해 일하시면서 〈시편〉 40편 7절의 "너희는 가만히 있어 내가 하나님 됨을 알지어다."라는 마음을 주셨습니다. 저는 아내와 이지성 작가에게 그들이 모두 자유롭게 될 거라고 선포하면서 이 부분에 있어서 제가 해야 하는 일들을 묵묵히 했습니다. 그리고 마침내 오늘 14명의 자매들이 모두 감옥에서 나오게 되었습니다.

놀라운 일은 이 자매들을 구하기 위해 백방으로 노력하던 중 칭다오 감옥에 같이 간혀서 강제 북송 대기 중이던 다른 10명의 탈북인들도 알게 되어 이들도 같이 감옥에서 나올 수 있게 되었다는 것입니다.

방금 자매들과 감동적인 통화를 했습니다. 저는 자매들에게 미안한 마음에 눈물이 앞을 가려서 말을 잇지 못하다가 겨우 입을 열었습니다. "얼마나 고생했어요? 미안해요 고생시켜서!" 제 말이 끝나기도 전에 "목사님! 힘드셨죠! 저희는 날마다 감옥에서 간절히 하나님께 기도하며 예배드렸어요. 누구도 탓하지 않고 목사님께서 보내주신 음성 파일로 배운 대로 예배하고 기도하고 찬송 많이많이 했어요." "목사님, 우릴 꼭 데려가실 거죠? 우리는 목사님이 얘기해주신 하나님을 감옥에서 알게 됐어요. 기도하며 기다릴게요." 그렇게 자매들과 나눈 긴 대화는 모두 살아계신 하나님에 관한 대화였습니다.

저는 이번 사건으로 또다시 깨달았습니다. 북한 사역은 전적으로 하나님께서 하신다는 것을요. 함께 기도해주신 모든 분께 감사드리며, 이번에 풀려난 자매들이 언젠가 한국 땅에서 여러분을 만나는 그날이 속히 오기를 소망해봅니다.

◆◆◆

북한과 중국에서 하루도 빠짐없이 "살려달라!"는 목소리가 전해져옵니다. 현재 모든 구출 루트가 막혀 있는 상황입니다. 그러나 기존 루트가 다시 열리기를 언제까지 마냥 기다릴 수만은 없습니다. 이들의 아픔을 더 이상 간과할 수 없기에 새로운 루트를 열려고 합니다.

중국 네이멍구자치구 감옥에 있다가 나왔을 때 힘없이 주저앉아 있는 저에게 "태국도 문을 열라!"는 사명을 강하게 주셨던 순간이 있었습니다. 그때 무작정 태국 골든트라이앵글로 향했던 저에게 성령께서 함께하셔서 여러 사람을 붙이셨습니다. 그리고 메콩강 루트 시대가 시작되는 기적을 만나게 하셨습니다.

현재 모두가 탈북인 구출이 불가능하다고 말하고 있습니다. 그러나 에스더에게 들려주셨던 "이때를 위함이 아니겠느냐!"를 말씀으로 받으면서 다시 생명의 길을 놓으려 이달 18일에 제3국으로 일꾼들을 파견합니다. 새로운 루트들을 개척하는 작업을 하고, 만일 적절한 상황이 된다면 중국에서 통곡하고 있는 일곱 명의 자매들을 태국으로 인도한 뒤 돌아올 예정입니다. 한 달 일정입니다.

이 일에 성령이 함께하시기를, 기도 부탁드립니다.

◆◆◆

중국 루트와 동남아 루트 작업에 앞서 사전 조사 차 중국과 동남아 현장에 보냈던 일꾼들이 다행히도 좋은 소식을 전해왔습니다. 코로나19 사태 이후 막혔던 길들이 중국 정부의 육로 통행 허락 후 조금씩 열리고 있다는 소식입니다. 하지만 아직 현장의 상황은 구출 작업이 불가능한 상태입니다. 임시 검문소들에 이어 군대의 정식 초소들이 설치되었고, 고속도로 톨게이트에서 신분증 검사 등은 물론이고 개인 신상을 엄격하게 체크하고 있습니다.

동남아 현장은 기존 루트가 모두 막혀 있습니다. 하지만 새로운 루트를 개척해서 만일 중국 국경을 넘을 수 있다면 구출 작업이 바로 가능하다는 보고가 왔습니다.

다음 주에 다시 현장 상황을 종합해서 보고 구출 작업을 시작하려고 합니다.

이 사역은 생명을 다루는 일입니다. 제가 이 일을 함에 있어서 오직 주님이 주시는 지혜와 능력을 의지하게 해달라고, 북한 자매들에게 모든 일정 가운데 담대함을 주시라고, 주님의 은혜가 모든 일정에 임하게 해달라고, 기도 부탁드립니다.

◆◆◆

중국과 동남아 현장으로 파견된 일꾼들의 작업이 시작부터 여러 어려움을 겪고 있습니다. 현장 상황이 한국에서 전화 통화로 전해 들었던 것보다 훨씬 어렵고 위험하다고 합니다. 하지만 중국 땅에서 슬피 울고 있는 자매들을 외면할 수 없어서 일꾼들에게 더 어렵고 더 위험한 지역으로 들어가라는 지시를 내렸습니다.

저도 가만히 있을 수 없어서 출국을 준비하고 있습니다. 저는 며칠 뒤에 일꾼들과 합류할 예정입니다. 다시 출발하는 전쟁 같은 행진에 함께 기도해주시는 여러분들이 계셔서, 여러분의 기도를 의지하여 떠납니다.

◆◆◆

지금은 북한자유주간이라고 합니다. 많은 인권 운동가들과 북한과 관계된 북한 관련 단체장들이 모여서 여러 행사를 진행하며 모금에 열을 올리고 있습니다. 마치 '누가 누가 잘하나' 대회가 열린 듯합니다. 마땅히 모여야 될 자리이겠지만 왠지 제게는 불편함으로 다가옵니다.

문재인 정부 출범과 코로나19로 인해 북한과의 휴민트Humint는 거의 단절되었습니다. 김정은 체제는 이제 어디로 갈지 모르는 상황이 되어버렸습니다. 급격하게 변화되고 있는 북한의 현 상황에 대해 제대로 알지 못하는 한국인들과 외국인들 그리고 탈북한 지 10년 또는 수십 년이 넘어서 과거의 북한만 알고 있는 사람들이 북한에 대해서 이야기하고 있습니다. 지난 30년 동안 끝없이 반복한 철 지난 북한 이야기와 실천이라고는 전혀 없는 허울뿐인 인권 이야기가 난무하고 있습니다.

저는 북한과 중국에서 고통받고 있는 우리 동포들과 현재 중국에서 강제 북송 대기 중인 2천여 명의 인권과 생명을 이야기하는 사람이 없음을 안타까워합니다.

오늘도 열여섯 살에 북한에서 중국으로 팔려 가서 중국인 남편에게 배에 칼을 맞고 목까지 잘릴 뻔한 상황에서 극적으로 탈출했으나 다시 잡혀서 이번에는 중국인 남편이 펄펄 끓는 물을 온몸에 부어서 얼굴은 물론이고 온몸에 큰 화상을 입은 자매의 간곡한 구조 요청이 있었습니다. 급히 일꾼 한 명과 돈을 보냈고, 현재 저희가 보호 중에 있습니다.

이렇게 고통스러운 사연이 넘쳐나고 있는 곳이 중국이고 북한입니다. 이런 사연을 매일 접하는 저는 북한 인권 단체들이 이야기하는 '인권'이 때론 사치처럼 느껴집니다.

이제는 북한 인권과 북한 선교의 패러다임이 바뀌어야 합니다.

정직한 사람들이 일어나야 합니다. 하나님께서 이지성 작가와 여러분을 통해 새롭게 시작하실 것입니다. 감사합니다.

◆◆◆

오늘은 제가 너무나 슬퍼서 눈물로 하루를 보내고 있습니다. 중국에는 저희가 운영하는 탈북 여성들을 위한 성경 공부 모임들이 있습니다. 지하교회라고도 하지요. 이 중 한 곳에서 열심히 활동하던 자매가 있었습니다. 자매는 작년에 자신이 암에 걸렸음을 알았습니다. 하지만 저에게 최근에야 그 사실을 알려왔습니다.

열흘 전 전화 통화에서 자매는 목사님 부담스러우실까 봐 말씀드릴 수 없었다며 이제는 복수가 차서 얼마 못 살 것 같다고 울먹였습니다. 저는 자매에게 미안한 마음에 쥐구멍에라도 숨고 싶었습니다. 목사로서 기도해주고 위로해주는 것조차도 고통 중에 있는 자매에게는 사치처럼 느껴질 것 같아서 어린 딸에게 그동안 사주고 싶었던 것 사주고, 병원에 가서 복수를 빼고 진통제라도 맞으라고 200만 원을 보내주었습니다.

사흘 전, 자매에게 들릴 듯 말 듯한 목소리로 전화가 왔습니다. 그동안 너무 고마웠다고 했습니다. 저는 자매가 곧 하늘나라로 가겠다고 직감했습니다.

자매는 중국 오지 마을로 팔려 가서 어렵게 농사를 지으면서 살았습니다. 그러다가 중국인 남편이 뇌졸중으로 쓰러져서 의식불명 상태가 되었습니다. 자매는 병든 남편과 어린 딸을 돌보는 중에도 입술에 늘 찬양이 흘러 넘쳤습니다. 그런 자매를 이렇게 데려가시는 하나님께 저는 원망스러운 마음이 일었습니다. 그런데 이런 제 마음을 알아챘는지 자매가 이렇게 말하는 것이었습니다.

"목사님, 저는 하나님도 사람도 원망하지 않아요. 저는 목사님이 예수님을 전해줘서 복음을 만나고, 예수님 이름을 부르면서 살았던 게 신기하고 행복하기만 했어요. 목사님, 저는 걱정 마세요. 저는 이렇게 하나님 안에서 죽는 것이 감사해요."

오늘 아침 자매한테서 전화가 오면 임종 기도를 해줘야겠다고 준비하고 있었는데, 현장 관련 급한 일을 처리하느라 잠시 전화기를 못 본 사이 자매로부터 부재중 전화가 와 있는 것을 확인했습니다.

자매에게 바로 전화를 했지만 받지 않았습니다. 저는 급히 다른 지역 성경 공부 모임의 리더를 자매에게 보냈습니다. 얼마 뒤 평안히 잠든 자매의 사진과 영상이 도착했습니다. 저는 통곡했습니다.

자매가 이 땅에 남기고 간 것은 낡은 성경책과 기도문뿐입니다. 자매는 그렇게 세상을 떠나는 그 순간까지 오직 믿음으로 살았습니다. 저와의 마지막 전화 통화 때, 들릴 듯 말 듯한 소리로 하나님이 계셔서 죽는 것도 감사하다고 몇 번을 말하던 자매의 고백이 제 마음을 울립니다. 여러분도 하나님께서 여러분을 부르신 이유와 우리 인생의 끝을 깊게 묵상하시는 하루가 되기를 바랍니다.

◆◆◆

봄이 오는 소리가 들리는 것 같은 날입니다. 모두 평안하심을 믿습니다. 저는 지난 몇 달 동안 거의 날마다 들려오는 "살려달라!"는 자매들의 소리에 몸과 마음이 지칠 대로 지친 시간을 보냈습니다. 특히 지난 2주 동안은 심히 무겁고 고통스러운 마음으로 보냈습니다.

중국의 코로나19 방역 해제 이후 육로 이동이 조금 자유로워지자 돈벌이와 자기 이름 내기에 혈안이 된 일부 인권 단체, 선교 단체들과 브로커들이 탈북 여성들을 무책임하게 이동시키다가 공안에 무려 50명 넘게 체포되게 만들었습니다.

어떤 한국 교회는 브로커들에게 탈북 여성 1인당 3천만 원을 줄 테니 무조건 데리고 나오라고 했다고 합니다. 구출 사역에 이런 식으로 접근하면, 돈에 눈이 먼 브로커들이 판을 치게 됩니다. 그리고 반드시 사고가 터집니다. 한편으로 구출 비용이 이렇게 터무니없이 올라가게 되면 결국 재정의 한계에 부딪히게 되고, 더 이상 재정을 댈 수 없는 단체들은 구출 사역을 포기할 수밖에 없게 됩니다. 한마디로 물질 위주의 접근은 구출 사역 자체를 망가뜨리는 결과를 가져오게 될 것입니다.

중국 협력자들에게 어렵게 부탁해서 체포된 사람들의 신상정보와 사진을 받았습니다. 사진 속에는 어린 자매들이 있었습니다. 너무나 안타깝고 막막한 마음에 기도조차 하기 힘들었습니다. 하지만 저는 다시 힘을 낼 것이고, 눈물로 기도할 것입니다. 그리고 자매들을 모두 빼내기 위해 모든 노력을 다할 것입니다.

비록 중국 상황이 나아졌다고는 하나 아직도 구출 작업은 거의 불가능한 상황입니다. 그러나 이지성 작가의 유튜브 채널에서 보셨듯이 이번에 원고를 마친 이지성 작가와 함께 새로운 루트들과 새로운 일꾼 조직들을 만들고 새로운 선교사들과 새로운 선교관들을 세우기 위해 수고했던 결과가 오늘 있었습니다. 한 자매가 새 루트와 새 일꾼 조직을 통해 오늘 태국의 새 비밀 선교관에 무사히 도착했습니다. 인간의 힘으로는 절대 불가능한 일입니다. 주님께서 하셨습니다. 주님을 찬양합니다. 이제 자매는 선교관에서 안전하게 지내면서 주님을 알아가는 시간을 갖게 될 것이고, 몸과 마음을 치유하는 시간을 갖게 될 것입니다.

다음 주에 새로운 자매들이 또 자유의 행진을 시작합니다. 알다시피 어렵고 힘들기 짝이 없는 일정입니다. 부디 기도로 함께해주시기를 부탁드립니다. 이제 곧 봄이 절정에 이르면 이지성 작가와 함께 태국 선교관을 방문해서 이미 도착한 자매와 이번에 새롭게 도착하게 될 자매들을 만나서 하나님께 새 노래로 찬양드리는 시간을 가지려고 합니다.

지난주에 중국에서 온 300여 명의 자매들이 함께 부른 노래 파일을 첨부합니다. 이 노래를 듣는 모든 분께 주님의 은혜가 깊이 임하기를 소망합니다.

부록 3

탈북인들이 말하는 수퍼맨

은주의 꿈

최은주(27세, 함경북도 무산시)

저는 코로나19로 탈북 루트가 막히기 전에 라오스와 태국을 거쳐 한국에 들어온 마지막 사람입니다.

저는 고난의 행군이 절정일 때 함경북도 무산에서 태어났어요. 아빠는 마약 중독으로 폐인이 되셨고, 엄마가 장마당에서 국수를 팔며 생계를 이어나갔습니다. 하지만 장사는 쉽지 않았고, 엄마는 한국에서 탈북자들이 보내온 돈을 전달하는 위험한 일을 시작하셨어요. 그러다가 안전부에 걸려 5년간 수용소에 가게 되었고, 저는 친척 집을 떠돌아야 했습니다. 열세 살의 나이에 수없이 죽고 싶다는 생각을 했지만 엄마를 떠올리면 그럴 수가 없었습니다. 저는 작은 토굴 안에서 먹고 자며 맨손으로 금을 캐는 일을 했지요. 엄마를 다시 볼 수 있는 날을 기다리며, 일주일에 한 번만 밖으로 나와 태양을 보는 삶을 3년간 살았습니다.

마침내 엄마가 수용소 생활을 끝내고 나왔을 때, 우리는 한국행을 꿈꾸며 중국으로 탈출했습니다. 그러나 바로 인신매매단에 잡혔고 저는 농촌에 팔려 갔어요. 정말 너무 큰 고통의 나날이었지요. 그러다가 수퍼맨 목사님을 알게 되었습니다. 처음에는 '목사'가 어떤 일을 하는 분인지 몰라서 내 생명을 맡긴다는 것이 무서웠습니다. 하지만 제가 선택할 수 있는 길은 이것뿐이었어요. 코로나19가 시작되어 검문이 심했지만 우리는 산을 여섯 개 넘어 라오스에 도착했습니다.

라오스에서 만난 새로운 브로커는 코로나19로 이동이 불가능하다면서 태국까지 가려면 돈을 더 내야 한다고 했습니다. 게다가 돈을 더 주지 않으면 우리를 팔아넘기겠다고 협박까지 했지요. 그렇게 밀림의 산속에서 비를 맞으며 하룻밤을 보냈습니다. 브로커는 우리가 산속에서 비 맞는 모습을 영상 통화로 목사님에게 보여주었어요. 그러자 한 번도 뵌 적이 없는 목사님은 우리를 보며 울었습니다. 그리고 우리를 위해 다시 나서주셨습니다. 덕분에 우리는 태국에 안전하게 도착하여 2020년 10월에 한국으로 입국했습니다.

한국에서 만난 목사님은 제게 "은주야! 다시 꿈꾸자!"라고 하셨습니다. 저는 난생처음 꿈을 꾸게 되었어요. 간호사가 되는 꿈이었지요. 그 꿈을 이루기 위해 공부에 매진했고 2년 만에 간호학과에 합격했습니다. 이제는 간호사가 되는 것보다 더 큰 비전을 품게 되었어요. 간호사가 되어 동남아 의료선교를 하고 싶다는 생각, 또 북한에 가서 병든 사람들을 돌보고 사랑을 나누고 싶다는 생각. 저는 꼭 그 비전을 이루고 싶습니다.

아이를 등에 업고 국경을 넘다

김연희(44세, 평안남도 정주시)

저는 2011년 7월에 중국 선양을 방문했습니다. 출국 이유에는 친척을 만나기 위해서라고 했지만 사실은 조선[북한]보다 발전한 중국에서 돈을 벌고자 했지요. 선양에 있는 동안 저는 주위 사람들에게 한국이 놀랄 만큼 발전했다는 이야기를 들었고, 탈북인을 돕는 수퍼맨 목사님도 알게 되었습니다. 방문 기한이 끝나고 북한에 돌아왔지만, 한국에 대한 생각이 끊이질 않았어요. 비록 저는 죽과 통강냉이를 먹으며 자랐지만 제 아이에게는 밥과 찬을 먹이고 싶었기 때문입니다. 결국 2013년 1월에 평안북도 정주시에 있는 집을 떠나기로 결심했습니다. 30개월 된 딸을 업고 손에는 북한 돈 10만 원을 주고 어렵게 구한 여행증을 들고요.

버스를 타고 평성역에 도착한 저는 기차로 며칠 만에야 청진에 도착했습니다. 청진에서 중국과의 국경지대인 온성으로 가려 했지만 갑자기 딸이 병이 나는 바람에 발이 묶이고 말았지요. 그런데 그때 기적 같은 일이 벌어졌습니다. 기차가 사고가 나서 며칠 동안 움직이지 못하고 기다려야 한다는 것이었어요. 덕분에 딸의 병을 치료하고, 청진을 떠나 온성으로 향할 수 있었습니다.

마침내 도착한 온성. 저는 경비대에 걸릴 것이 두려워서 등에 업힌 아이에게 수면제를 먹였습니다. 그리고 10시간 동안 꽁꽁 얼어붙은 두만강영하 20도을 걸어서 건넜고, 기어이 국경의 철조망을 기어올라 넘었습니다.

그렇게 힘겹게 중국에 도착하여 친척 고모를 찾아갔습니다. 하지만 고모는 인민폐 100원을 주고는 집에 들어오면 북한대사관에 신고하겠다고 했어요. 어쩔 수 없이 딸과 민박집에 피신해 설거지와 청소를 해주면서 살았지요. 혹시나 한국대사관의 도움을 받을 수 있을까 해서 전화를 걸었지만, 다음 날 중국 공안이 몰려왔어요. 중국 공안이 한국대사관 전화를 도청했던 것입니다. 중국에는 어디에도 안전한 곳이 없었어요.

혹시나 목사님을 만날 수 있을까 해서 주일에는 서탑교회 건너편에서 몇 달간 서성이며 기도를 했어요. "딸과 조국에 남겨진 가족을 살려야 합니다. 죽을 수도 있지만 그래도 한국행을 선택하려 합니다. 하나님 도와주세요!"

그러던 어느 날 민박집으로 전화가 걸려왔습니다. 목사님이었습니다. 그때의 기쁨은 지금 생각해도 소름이 돋을 지경이에요. 이후 중국을 탈출하기 위해 길을 나섰습니다. 100시간 정도 차를 타고 달렸고, 도착한 곳에서 다시 산을 넘는 험하고 힘든 길이었어요. 우리 일행은 산모기 떼에 물린 아이를 함께 달래기도 하며 마침내 한국에 도착했습니다.

저에게 한국 생활은 희망이라고 말하고 싶습니다. 지난 과거의 고된 일들에 대한 보상이라 할 수 있을까요. 지금은 평양냉면집을 운영하면서 기쁘게 세금도 내고, 조선에 남은 가족도 돕고 있어요. 정말 감사한 일입니다.

두 번의 체포 그리고 긴박한 탈출

김철(41세, 함경북도 어랑군)

열네 살의 어린 나이에 두만강 물살에 둥둥 떠내려가며 중국에 넘어왔습니다. 이곳에서 돈을 번 후에 북에 있는 엄마와 어린 동생을 살리고 싶었거든요. 구걸한 돈으로 구두약과 구두솔을 샀고, 큰 도시를 떠돌며 구두닦이 일을 했습니다. 그러다가 수퍼맨 목사님을 만나서 함께 살았어요. 목사님께 성경도 배우고 컴퓨터도 배웠습니다. 특히 2주에 한 번씩은 허름한 목욕탕에 가서 등을 밀어주셨어요. 아버지 같다는 생각이 들어서 정말 좋았습니다.

그러던 어느 날, 공안의 급습으로 체포되었습니다. 조선에 있는 단련대에 보내졌지요. 잡혀가기 전에 저에게 생활비를 주셨는데, 저는 돈을 비닐에 싸서 항문에 숨겨두었습니다. 단련대에 있는 두 달 동안 돈은 나오지 않다가 집에 돌아와 대변을 볼 때 나왔습니다. 그 돈으로 토끼를 사 먹고 다시 강을 건너 한 달 만에 목사님을 찾아갔어요.

1년의 시간이 흐른 어느 날, 목사님 집에 북한의 중요한 인물이 머물게 되었습니다. 그런데 그 가족이 북한의 납치조에 잡혔고, 이 과정에서 저는 또 공안에 체포되었어요. 저와 친구는 7층 방에 감금되었고, 새벽에 낡은 배수관을 타고 내려와 도망쳤습니다. 함께 잡혀간 다른 사람들은 목사님이 돈을 주고 구출했고요. 목사님은 더 이상 중국에 머물 수 없다는 결론을 내리셨고 당시 중국 여러 곳에 데리고 있던 100여 명의 탈북자들 중에 우리만 먼저 한국으로 보내기로 했어요.

우리는 어두운 밤에 무너진 담을 넘어 역으로 들어갔고, 밤기차를 타고 베이징으로 갔습니다. 거기서 다시 버스를 탔지요. 그때는 아직 어리고 철이 없어서 그런지, 그 길이 그렇게 위험한 줄도 모르고 소풍이라도 가는 것처럼 웃고 떠들었습니다. 그러나 목사님의 표정은 족제비 앞에서 새끼병아리를 품은 듯 비장했지요. 작은 국경 마을에 도착했지만 경비가 무척 삼엄했습니다. 아지트를 나갔던 탈북자 형과 안내자가 체포되었습니다. 그날 밤 목사님과 우리는 뜬눈으로 밤을 새웠어요. 그리고 다음 날 목사님이 체포되었습니다. 체포 직전에 목사님은 우리에게 전화로 긴급하게 말했어요. "빨리 도망쳐!"

우리가 도망쳐 나올 때 공안이 그 집을 향해 가는 것을 목격하고는 다리가 후들거려 걸을 수 없을 정도였습니다. 우리는 국경으로 향했습니다. 보름달이 떠 있어서 탈출에는 불리한 날이었어요. 그런데 국경의 철조망을 넘을 때쯤 구름이 보름달을 가려주었습니다. 우리는 구름에 달이 가린 어둠을 틈타서 4미터 높이의 철조망을 함께 들어올리고 그 밑을 기어서 지긋지긋했던 중국을 탈출했어요. 그러나 기뻐할 수만은 없었지요. 체포된 목사님과 형을 걱정하느라 우리는 웃을 수가 없었습니다.

넉 달 후 한국에 도착하여 조사기관에서 예배를 드리는데 뒤에서 나를 부르는 익숙한 목소리가 들렸어요. 목사님이었습니다. 감옥에서 고생하느라 머리는 짧고 얼굴은 말라서 다른 사람이 되어 있었습니다. 너무나 미안하고 반가워서 우리는 눈물을 흘리며 서로 얼싸안았어요. 함께 잡혔던 형은 북송되었지만 목사님이 곧 빼내어 한국에 데려올 거라는 이야기도 해주었습니다. 우리는 환호성을 질렀어요. 실제로 그해 겨울에 형을 다시 한국에서 만났습니다. 지금 그 형은 한국에서 큰 식당을 운영하고 있어요. 저는 명문 대학교와 대학원을 마친 후에 국가 공무원이 되었습니다. 한국을 위해, 또 내 아이들과 아내를 위해 열심히 일하고 있어요.

세상에 있어서는 안 될 이야기

한영숙(43세, 함경북도 청진시)

방학 때 국경에 있는 친구 집에 놀러 갔습니다. 당시 친구 엄마가 '밀수 물건을 들어달라'는 부탁을 했고, 저는 무심코 협조했다가 인생이 송두리째 바뀌었습니다. 밀수 물건은 거짓이었습니다. 친구 엄마는 그 핑계를 대고 저를 국경까지 데려가, 기다리고 있던 인신매매 조직에 팔아넘겼어요. 중국에 팔려 온 저는 그 후 극적으로 탈출해서 여기저기를 떠돌다가 목사님을 만났습니다. 당시 우리는 목사님을 '삼촌'이라고 불렀어요. 삼촌은 한국으로 가라는 제안을 주셨지만, 저는 많이 망설였습니다. 저희 집안에는 보위부 출신의 분들이 있어서 만약 제가 한국에 간 것이 알려진다면 북에 남아 있는 분들이 화를 입을 듯했거든요. 그렇게 두 달 동안 많은 고민을 하다가 한국행을 선택했습니다. 하지만 중국 국경에서 체포되어 도문감옥으로 보내졌습니다. 그 감옥에는 120명 정도가 수감되어 있었고, 조선으로 가기 위해 대기 중이었습니다. 매주 10~15명이 포승줄에 길게 묶여 북송되었어요. 창밖으로 북한이 보일 듯 말 듯했는데, 그곳을 보며 이런 생각을 했습니다. '조국을 배신한 나 때문에 우리 가족은 어떻게 될까?'

제가 북송될 차례가 되었을 즈음 간수가 울고 있는 저를 몰래 불렀습니다. 그러고는 쪽지를 던져주었어요. 화장실에서 종이를 펴 보았습니다. "영숙아, 삼촌이야. 내일 저녁 식사 전에 배가 아프다고 소리치며 뒹굴어라. 꼭 그래야 한다." 밤새 고민했습니다. 진짜 삼촌이 쓴 글일까? 만약에 장난이라면?

저는 쪽지 내용대로 그다음 날 저녁에 소리를 지르며 바닥을 굴렀어요. 간수 둘이 저를 차에 실어 병원에 데려갔습니다. 병원 입구에 내리자, 간수 한 분이 운전석의 간수가 나오기 전에 저쪽 골목으로 도망치라고 했습니다. 제가 멍하니 서 있자 그는 나를 밀쳤습니다. 떠밀리듯 도망친 골목 끝에서 삼촌이 택시를 잡고 저를 기다리고 있었어요.

그렇게 저는 무사히 한국에 왔습니다. 지금은 결혼도 하고 전라도 ○○시에서 슈퍼를 하고 있어요. 사랑스러운 두 아이를 키우면서 가끔 이런 생각을 해봅니다. '세상에 있어서는 안 될 엄마의 이야기를 이 애들이 커서 듣게 된다면, 과연 이해할 수 있을까?' 제 이야기는 세상에 다시는 없어야 할 이야기입니다.

북으로 택배 상자를 배달하는 날을 꿈꿉니다

김혁(28세, 강원도 원산시)

사람의 목숨이란 참으로 신기합니다. 제가 경험한 이야기를 한번 해볼게요. 제가 한 살 때인데, 그때는 남과 북의 '이산가족'이 서로 찾고 만나는 일들이 있었습니다. 이때 아버지는 남한 가족이 보내온 돈을 북한 가족에게 전달하는 일을 몰래 해오셨습니다. 그러다가 발각이 되어 13년형을 선고받고 1년 만에 감옥에서 돌아가셨습니다. 엄마는 아이 셋과 함께 도시에서 산골로 추방되었고, 친척의 도움도 받고 구걸도 하면서 살았습니다.

아버지가 반동이어서 저는 군대도 못 가고 열여덟 살 때부터 중국에서 돈을 벌었어요. 열아홉 살 때부터 중국에서 벌목공으로 2년간 일했는데 돈을 못 받게 되자, 함께 있던 형이 한국에 가자고 했습니다. 총 10명이 중국 옌지에서 기차를 타고 3일간 남쪽으로 향했어요. 그렇게 우리는 베트남에 도착했고 이어 라오스 국경으로 향하다가 경찰특공대에 체포되어 중국으로 넘겨졌습니다.

중국 감옥에 있는 한 달 반 동안 저는 한국으로 가자고 제가 설득했던 친구에게 미안해서 "○○야 미안해!"를 입에 달고 살았어요. 친구는 그때마다 "조금 일찍 죽는 건데 괜찮아!"라며 저를 위로했지요. 우리는 하루가 지나면 "또 하루 살았다. 내일은 조선에 가겠지!"를 반복하며 심장 조이는 나날을 지냈습니다. 그러던 어느 날 새벽 우리는 발에 족쇄가 채워지고 머리에는 검은 봉지가 씌워진 채 기차를 탔습니다.

우리는 이틀가량 기차를 타고 장춘으로 갔어요. 모두들 죽을 날이 얼마 남지 않았다는 생각에 혼이 나갔습니다. 장춘에 도착한 12월, 밖에는 눈이 쌓였지만 여름옷을 입은 우리는 추위도 못 느꼈어요. 역에 내린 우리는 대기 중이던 버스를 타고 여덟 시간을 갔습니다. 그곳은 북한이 보이는 ○○감옥이었어요. 감옥에서 우리는 아침마다 마지막 인사를 나눴습니다.

우리와 같은 사람들이 수없이 거쳐간 감옥 벽에는 빼곡히 낙서가 있었어요. "죽어서라도 한국에 꼭 갈 거다!" "아! 살고 싶다." "내 아이를 한 번만 더 볼 수 있다면." 그중에서 "힘내자!"라는 글씨가 내 눈에 들어왔어요.

어느 날에는 함께하던 형이 화장실 쇠창살에 죄수복을 찢어서 만든 줄을 걸고 목을 맸습니다. 거의 죽음 직전에 줄이 끊어지면서 목숨을 건졌지요. 우리는 형의 일이 내 일인 것만 같아 형을 안고 울었어요.

피가 마르는 시간을 보내던 어느 날 어떤 공안이 와서 "너희는 한국에 간다."라고 말해줬습니다. 믿어지지 않았어요. 그리고 며칠 후 다시 검은 봉지가 얼굴에 씌워진 우리는 차에 태워졌습니다.

잠시 후 차가 멈추고 얼굴에서 봉지가 벗겨졌어요. 그곳은 공항이었지요. 우리는 그곳에서 한국행 비행기를 탔습니다.

한국에 와서 몇 가지를 알게 되었어요. ○○감옥에서 우리가 한국에 갈 거라고 알려준 공안은 목사님이 보낸 사람이었습니다. 또 목사님이 우리 소식을 듣고 중국 남방의 국경도시 감옥에서부터 우리를 추적한 것도 알게 되었어요. 목사님은 물론 우리를 도우신 분들과 한국 정부에도 감사드립니다.

저는 이제 한국에서 택배 일을 합니다. 차를 타고 대로를 달릴 때면 혼잣말로 간절한 소망을 말해봅니다. "하루빨리 북한에 자유가 찾아와서 북한까지 달릴 수 있으면 얼마나 좋을까!"

산속 움막집에서 탈북인을 돕습니다

이국철(46세, 평안남도 덕천시)

제가 나서 자라던 시기는 북한이 풍요로운 시대1977~1990였습니다. 고등중학교까지 마치고 사회에 진출했지만 고난의 행군이 시작되면서 저는 중국으로 탈출했습니다. 중국에서 7년간 벌목, 버섯재배, 방목, 도축 일 등을 하며 노예처럼 살았어요. 그렇게 소망 없이 살다가 목사님을 만나 중국에서 열차와 버스를 타고, 도보로 산을 넘고, 배로 메콩강을 건너 10일 만에 태국에 도착했습니다.

이후 한국에 들어와 좋은 직장에서 일하며 안정된 삶을 살았지만 중국의 탈북인들이 자꾸 생각났어요. 당시 목사님은 중국과 북한의 접경 산속에 여의도 면적보다 넓은 농장을 운영하며 국경을 오가는 북한 사람들을 돕고 있었습니다. 저는 좋은 직장을 그만두고 그곳으로 가기로 했어요. 고맙게도 아내가 흔쾌히 제 결심을 따라주었지요.

실제로 산속 작은 움막집에 가보니 겨울에도 뱀이 나오고 곰 같은 사나운 짐승들이 자주 출몰하는 곳이었어요. 겨울에 영하 35도까지 내려가는 그곳 산길에는 종종 얼어 죽은 탈북인의 시체도 발견되었습니다. 봄부터 시작되는 2만 평 규모의 콩 농사가 결실을 맺으려면 아침부터 저녁까지 쉴 틈 없이 일해야 했어요.

아무도 없는 산속에 둘이 살면 한밤중에 불쑥 나타나 문을 두드리며 '도와달라.'고 하는 탈북인들이 가끔 무섭기도 했지요. 그래도 그들을 위해 한밤중에 불을 지펴 따뜻한 밥을 해주는 것이 좋았어요. 눈이 쌓인 날에는 발자국을 따라가 숨어서 떨고 있는 탈북인을 데려오기도 했습니다.

그곳에서 3년간 살면서 좁은 움막에 국수와 설탕 그리고 우리가 농사지은 콩과 옷가지를 항상 쌓아두었다가 탈북인들에게 식량 보따리를 마련해주었어요. 때로는 병을 치료해주고 밥을 해주었지요. 소문을 듣고 찾아오는 탈북인들이 늘어나면서 북한 당국에까지 알려졌습니다.

더는 그곳에 있을 수 없어 한국에 돌아왔지만, 언젠가 아내와 그곳에 돌아가려 합니다. 그때를 위해 지금 침술을 배우고 있어요. 저만이 아니라 북한 사람들까지 잘살게 해서 안전한 통일을 이루는 일에 도움이 되기를 바라고 있습니다.

법을 공부하는 중입니다

김단(21살, 양강도 삼지연군)

저는 칼바람이 부는 백두산의 작고 가난한 농촌에서 살았습니다. 부모님은 자식들이 굶는 모습을 보며 서로를 원망하다 결국 이혼했습니다. 저는 어머니와 살았지요. 어머니는 중국 물건을 밀수하다가 감옥에 갔고, 저는 홀로 남겨져 역전을 떠돌았어요.

2년 만에 어머니가 감옥에서 나왔어도 상황은 변하지 않았습니다. 어머니는 돈을 벌어 온다며 탈북했고 저는 아버지를 찾아갔어요. 그러나 아버지도 주변에서 일어난 살인 사건으로 감옥에서 6개월간 취조받다가 풀려나와 영양실조로 자리에서 일어나지도 못했습니다.

저는 친구들과 함께 약초를 캐고 잣을 따며 국수 살 돈을 벌어 하루하루 살았어요. 그러다가 친구들과 함께 한국 노래를 듣게 되었고 보위부에 잡혀 갔습니다. 보름간 하루에 밥 한 숟가락과 물 한 모금을 먹으며 가혹한 고문을 받았어요. 무작정 때리는 매는 참아도 배고픔은 견디기 힘들었습니다. 좀 더 있으면 굶어 죽겠다는 생각에 탈출을 결심했어요.

제가 갇힌 방은 쇠창살이 얇아 쉽게 휘어졌습니다. 그래서 밤중에 쇠창살을 휘고 감옥을 빠져나와 어머니가 있는 중국으로 갔습니다. 5년 만에 만난 어머니는 인신매매로 팔려 간 집에서 아이를 낳고 살고 있었어요. 도저히 제가 함께 있을 형편이 못 되었습니다.

저는 식당에서 아침 8시부터 밤 11시까지 불을 피우고 설거지를 하고 청소하는 일을 했어요. 한 달에 한국 돈 3만 원을 준다는 말에 열심히 일했습니다. 조선족 사장은 자신의 통장에 제 월급을 차곡차곡 넣어놓았다가 나중에 주겠다고 했지요.

저는 200리터가 넘는 냉면 육수 통을 혼자 들어 옮기다가 미끄러지는 바람에 허리를 다쳤습니다. 사장에게 잠깐 쉬면서 지금까지 받은 월급으로 치료하겠다고 했더니, 월급을 주지 못하겠다며 공안에 신고하겠다고 했어요. 저는 밤에 울면서 그 집을 도망쳐 나왔지요.

그렇게 정처 없이 방황하다가 목사님을 만났고, 한국행을 결심했습니다. 그러나 기차역에서 가짜 신분증이 걸리는 바람에 공안에 붙잡혔어요. 이대로 북한으로 보내진다면 나이가 어려도 죽을 것이 분명했습니다. 죽는 것보다 북에서 받을 고문과 저의 가족에 대한 피해를 생각하니 세상의 모든 것이 원망스러웠어요.

그러다 문득 기도를 하라던 목사님의 말이 생각나서 무작정 "하나님 살려주세요. 그러면 평생 믿고 살겠습니다."라고 애원했습니다. 그렇게 기도를 하는데 공안이 돌아와 짐을 돌려주면서 빨리 나가라고 저를 내쫓았습니다. 꿈만 같았어요.

다시 목사님과 연결된 저는 다음 날 또 한 번 한국으로 출발했습니다. 이번에는 다섯 번의 검문에도 걸리지 않고 산을 많이 넘지도 않고서 무사히 베트남에 도착했어요. 이후 저는 목적지인 한국에 도착했고 제가 어떻게 공안에서 풀려났는지 알게 되었습니다. 목사님께서 인맥 있는 공안들에게 돈을 주고 저를 빼냈다는 것을요.

이제 사람들은 저에게 묻습니다. 꿈이 무엇이냐고, 뭘 하고 싶으냐고. 저는 대답합니다. "하나님이 시키시는 것이 곧 저의 꿈이고 비전입니다." 그 꿈을 위해 지금 법학을 공부하고 있어요. 졸업 후에는 미국 대학의 로스쿨에서 공부하고 국제인권변호사가 되어 북한 인권을 위해, 나아가 고통받는 전 세계 사람들을 위해 일하고 싶습니다.

사랑하는 동생아 꼭 구출해줄게!

김봄향(28세, 황해남도 해주시)

우리 가족은 가난했지만 다섯 식구가 강냉이 몇 개로 저녁을 먹어도 웃음꽃이 피었습니다. 그런데 제 동생이 학교에 입학하던 해에, 부모님이 새 신발을 사준다고 시장에 가시다가 교통사고로 돌아가셨습니다. 오빠는 정신적인 충격이 너무 커서 말을 못 하고 누워만 있었습니다. 시간이 지나 병세가 회복되자 오빠는 집을 나갔고, 저는 어린 동생과 구걸하며 살았습니다.

어느 날 오빠의 친구가 집에 와서는 오빠가 저를 중국에서 보자고 한다고 말했습니다. 저는 그분을 따라 중국에 왔지만 오빠를 만나지 못했습니다. 오빠가 한국에 갔다는 겁니다. 오빠의 친구는 열여덟 살인 저를 팔겠다며 이리저리 끌고 다녔습니다. 당시 저는 팔려 간다는 것이 무슨 말인지도 몰랐습니다.

그 후 옌지에서 삼촌[수퍼맨 목사님]을 만났습니다. 제 사연을 들은 삼촌은 조선에서 온 할머니 집에 저를 맡기셨습니다. 세 달이 흐른 후에 다시 삼촌이 오셨습니다. 제 한국 여권을 만들어 오셨습니다. 우리는 제 또래 남자아이와 함께 옌지를 떠나 라오스로 향했습니다. 7일 동안 이동하는 길은 두려움과 더위로 무척 힘들었습니다. 중국 국경을 넘을 때는 비가 왔는데, 지쳐 주저앉은 저를 삼촌이 직접 업고 걷기도 했습니다. 너무 고맙고 제 신세가 한심해서 삼촌의 등에서 얼굴에 빗물이 흐를 때 몰래 울었습니다. 우리는 중국 국경을 넘어 라오스 수도로 이동했습니다. 먼지가 풀풀 날리는 29시간을 돌고 도는 산길 도로였습니다. 삼촌은 침대버스의 좋은 자리를 우리에게 양보하고 맨 뒷자리 위 칸에 누웠습니다. 그런데 버스가 크게 덜컹거리면서 머리를 부딪치셔서 피가 흘렀습니다. 그 와중에도 우리에게 "난 괜찮아."라고 하시며 손사래를 치던 모습이 지금도 선합니다. 삼촌은 우리를 한국대사관까지 데려다주셨습니다. 대사관을 나가시는 뒷모습이 장마 때 어린 딸을 학교에 데려다주고 돌아가시던 우리 부모님 같았습니다.

몇 달 후 한국에 입국했습니다. 저는 먼저 해야 할 일이 있었습니다. 북한에 남아 있는 동생을 데려오는 일이었습니다. 삼촌과 연락이 닿지 않아 D신문사 기자에게 동생을 구하면 브로커 비용을 주기로 하고 구출을 부탁했습니다. 그러나 동생을 구하지 못했습니다. 그 후 삼촌을 어렵게 수소문해서 만났습니다. 만남의 기쁨을 나누기보다는 "제 동생 좀 살려달라."고 울며 부탁했습니다. 얼마 후 삼촌은 중국 공안을 통해 동생의 이야기를 들었고, 그 소식은 저를 실신하게 만들었습니다. 중국에서 17명이 체포되었는데 그중에 동생이 있다는 것입니다. 이미 한국 언론에 보도되면서 조선 외교부가 개입해 구출이 어렵다고 했습니다. 결국 두 달 만에 동생은 북으로 보내졌습니다. 강냉이라도 하나 생기면 반을 잘라 "누나 먼저 먹으라!"며 나눠주던 동생인데, 저 때문에 죽게 되었으니 살 수가 없었습니다. 감옥에서 혼자 울며 떨고 있을 동생이 떠올라서 정신이 정상이 아니었습니다. 그때 삼촌이 찾아와서 동생이 강동교화소에 있다며 "희망을 잃지 말라."고 했습니다.

희망의 끈을 붙잡고 저는 제가 할 일을 해야 했습니다. 돈을 많이 벌 수 있는 직업을 가지기 위해 공부를 시작했습니다. 스무 살에 한국의 고등학교에 입학했고, 오직 동생을 구하기 위해 공부만 했습니다. 초기에 영어 공부가 너무나 어려웠지만, 결국 영국에 있는 대학교의 약학대에서 공부를 마쳤고 지금은 그곳에서 약사로 일하고 있습니다.

2022년 여름, 오랜만에 귀국해서 삼촌을 만났습니다. 이젠 많이 늙으신 삼촌의 모습에 마음이 아팠습니다. 하지만 30년 가까이 탈북인 구출을 하시는 삼촌을 보면서 제 삶을 돌아보게 되었습니다. 삼촌과 헤어질 때 언제 또다시 삼촌을 만날지 모른다는 생각이 들었습니다. 그래서 저는 엘리베이터 앞에서 "건강하셔야 해요! 정말 감사해요!" 하면서 삼촌을 안아드렸습니다. 오래 숨겨왔던 감사와 미안함을 영국식으로 표현했습니다. 쑥스러워하시는 삼촌의 눈에는 눈물이 고였습니다. 엘리베이터 문이 닫힐 때 "딸! 다시 꿈을 가져야 해!"라고 하셨습니다.

저는 다시 영국으로 돌아와 의대 공부를 시작했습니다. 국제연합UN에 들어가서 북한의 환자들을 치료하는 의사나 국제의료 행정가로 북한에 갈 생각입니다. 북한에 가서 정치범수용소에서 고통받는 내 동생을 구하고 미안한 마음을 전하고 싶습니다. 그리고 죽어가는 또 다른 북한의 어린 동생들을 살리고 싶습니다. "사랑하는 나의 동생아, 꼭 기다려!" 제 동생이 살아 있기만을 간절히 기도하며 공부할 것입니다.

추천사1

케이시 라티그 주니어

FSI 공동 설립자 겸 공동 대표, 하버드 교육대학원HGSE 친선대사

하버드대학교에서 나는 수많은 지식을 배웠다. 하지만 내게 '자유'를 가르쳐준 것은 어린 시절 읽었던 프레더릭 더글러스의 자서전이었다.

더글러스는 1818년에 노예로 태어났다. 그는 스무 살에 자유를 찾아 탈주했고 나중에는 노예해방을 위해 헌신했다. 이동의 권리, 개인의 존엄, 교육에 대해 그가 남긴 말들은 지금도 내 심금을 울

린다. 그가 사람들을 구하는 장면을 읽을 때마다 나는 자유의 소중함에 대해 생각했다.

그렇다고 내가 누군가의 자유를 위해 실천하는 삶을 살았던 것은 아니다. 탈북인을 만나기 전까지는. 나는 그들을 만나면서 많은 것을 느꼈다. 특히나 그때까지 내가 하던 일은 칵테일 파티에서 자유를 위해 건배하는 것에 지나지 않았다는 것을 알게 되었다.

그러다 누군가가 탈북인을 구출하고 있다는 소식을 듣게 되었다. 정말 올바른 일을 하고 있다고 생각했다. 나도 힘을 보태고 싶었다. 하지만 미국인인 내가 중국에 가는 것은 좋은 선택이 아니었다. 그래서 직접 구출하기보다는 자유를 찾아 도망 나온 탈북인이 한국에서 잘 적응하며, 그들의 이야기를 들려줄 수 있도록 도왔다. 지난 10년간 약 500명의 탈북인이 FSI내가 이은구 대표와 공동으로 설립한 NGO다에서 영어, 연설, 진로 개발을 공부했다. 우리와 공부한 몇몇 탈북인은 책을 내고 전 세계에서 연설을 하면서 인간으로서의 자존감을 얻었다.

나는 탈북인을 돕는 일에 점점 사명감을 느꼈다. 그리고 몇 년 전에 '수퍼맨 목사'에 대해 듣게 되었다. 북한 인권과 관련된 많은 사람들을 만났지만 수퍼맨은 현실이라기보다는 신화 같았다. 한 사람이 4천 명 이상의 북한 사람들을 구해주었다고? 처음에는 내 귀를 의심했지만, 탈북인을 더 많이 만날수록 수퍼맨은 신화가 아닌 현실이 되어갔다. 그는 정말 진짜였다.

그러다 나는 이지성 작가를 만났다. 그는 수퍼맨과 함께 탈북인을 구출하는 삶을 살고 있었다. 최근에 그는 '북한의 쉰들러'라 불리는 수퍼맨과 함께한 5년 동안의 기록을 《이지성의 1만 킬로미터》라는 책으로 완성했다. 나는 이 원고를 보고 크게 감동한 나머지 즉시 영어 번역 작업에 착수했다. 그리고 하버드로 날아가서 하버드에 이지성 작가와 이 책을 소개했다. 지금 하버드대 교수들과 학생들은 이 책을 읽고 있다. 물론 아직은 소수다. 하지만 오래지 않아서 모든 하버드 사람들이 이 책을 읽게 될 것이다. 그리고 이지성 작가와 수퍼맨 목사를 만나게 될 것이다. 내가 이사장으로 있는 FSI는 이지성 작가와 함께 한국은 물론 미국, 유럽에서 올바른 북한 인권을 알리는 활동을 열심히 할 예정이다. 이지성 작가와 수퍼맨의 자유의 행진에 함께할 수 있어서 영광이다.

추천사2

김권능

인천 한나라은혜교회 담임 목사, 전 북한기독교총연합회 회장

2001년 3월경, 중국 옌지시의 한 안가에서 수퍼맨 목사님을 처

음 만났다. 그곳에서는 여러 명의 탈북인이 한국으로 갈 준비를 하고 있었다. 수퍼맨 목사님은 탈북인에게 중국 국경을 넘는 방법과 가장 안전한 탈출 방향을 가르쳐주었다. 1년 후에 옌지시에서 수퍼맨 목사님을 다시 만났다. 그때 목사님은 나를 한국으로 데려가고 싶어 하셨다. 수퍼맨 목사님은 검은 배낭에 야구모자와 청바지를 착용하고 일행 없이 늘 혼자 다니셨다. 휴대전화는 두 대가 있었지만, 나와는 항상 공중전화로 통화했다. 보안에 철저한 목사님을 보면서 그가 혹시 안기부 요원은 아닐까 생각하기도 했다. 특히 북한과 탈북인의 생각을 너무 잘 알고 계신 것이 놀라웠다. 몸과 마음이 지친 탈북인을 찾아다니며 돕는 목사님에게 경외감이 들기도 했다.

그 후에 중국 공안 당국의 단속과 감시가 강화되면서 나는 체포되어 감옥에 갔다. 감옥에 있는 동안 목사님을 따라나서지 않았던 것을 후회했다. 당시 공안에서 조사를 받을 때, 나는 그들이 목사님을 체포하려 한다는 사실을 알게 되었다. 난 목사님이 체포되어 나의 옆방으로 오시게 되지는 않을지 걱정하면서 부디 안전하게 사역을 이어가시기를 기도했다.

그리고 20년이 지난 2021년 4월에 수퍼맨 목사님을 다시 만났다. 우리 교회로 찾아오신 목사님은 20년 전에 함께 찍은 사진을 보여주셨다. 그때 비로소 모자를 벗은 목사님의 얼굴을 보았다.

목사님은 중국 공안에 여덟 번 체포되고 감옥에 세 번이나 다녀오셨다. 물론 고문도 당하셨다. 이 과정에서 4천 명이 넘는 탈북인을 구출하셨고, 현재도 그 일을 하고 계신다.

목사님이 그동안 하신 놀라운 일들을 담은 이지성 작가의 책이 나오게 되어 너무 반갑다. 이 책에서 이지성 작가는 탈북인의 인권도 새롭고 정확한 시선으로 풀어내고 있다. 내가 탈북을 하고 여러 해가 흘렀지만 여전히 탈북인의 인권은 열악하다. 이들의 힘든 상황을 기록하고 보존하는 것은 우리에게 큰 자산이 될 것이다. 이 책 덕분에 탈북인들의 인권이 조금 더 나아지기를 바라며 책을 읽은 다음 세대가 통일의 꿈을 안고 하늘을 나는 영화 속 슈퍼맨으로 성장하기를 바란다.

추천사3

강철환

사단법인 북한전략센터 대표

우리 민족과 형제들이 고통스럽고 힘들 때 말없이 그들을 지켜준 영웅들이 있었다. 북한 사람들은 '고난의 행군'으로 수백만 명이 굶주리게 되자 살기 위해 탈북을 했고, 영웅들은 그 탈북인들을 구출하는 '사역'을 담당했다.

나는 북한에서 악명이 높은 요덕수용소에 10년간 정치범으로 수감되었다. 그 이후 북한의 조선중앙방송을 통해 공식 살해 대상으로 선정될 정도로 북한 인권 운동을 치열하게 하면서 많은 분들을 알게 되었다. 우리가 알고 있는 북한의 본질은 너무나 명백한데 다른 방식으로 북한을 돕는 어리석은 사람들, 심지어 그 북한 정권을 비호하는 세력을 볼 때면 억장이 무너지고 희망이 사라지는 듯했다.

하지만 모진 환경 속에서도 목숨을 걸고 생명을 구하는 영웅들을 보면서 '아, 이런 분들이 있어서 세상의 빛과 소금이 되고 희망을 얻는다.'라고 생각했다. 그 영웅들 중에 대표적인 분이 수퍼맨 목사님이다.

목사님은 2001년에 탈북인들을 돕다가 체포되어 중국 감옥에서 모진 고난을 당했다. 그러나 출소한 후 허술한 배낭 차림으로 다시 목숨 걸고 탈북 현장으로 떠나신 분이다. 나는 그분을 접하면서 처음으로 나 자신이 부끄럽다는 생각을 하게 되었다. 그날 이후 20년 넘게 목사님과 형님, 동생으로 지내면서 북한 인권 사역을 함께해오고 있다.

세상에는 극한 직업이라는 것이 있는데 북한 보위부와 중국 공안의 추격을 피해가면서 탈북인을 구출하는 사역만큼 힘들고 위험한 일은 없다고 생각한다. 그런데 목사님은 30년 가까이 그 사역을 하면서 우리 형제 4천여 명을 구하셨다. 이 사실은 우리 민족사에 기록되어야 할 한반도판 '쉰들러 리스트'라고 생각한다. 목사님을 생각하면 존경의 감정이 먼저 떠오르는 이유다.

남북한 통일은 거창한 '쇼'가 아니라 바로 이런 진정성 있는 영웅들의 노력과 헌신에 의해 일어날 것이라고 확신한다. 이런 영화 같은 이야기를 책으로 만들어준 이지성 작가의 글을 읽으면서 많은 감동을 했다. 대한민국 국민이라면 무조건 꼭 읽고 함께했으면 하는 바람이다.

이 책이 북한에서 아직도 고통받고 있는 우리 형제들을 위로하고, 우리사회의 정의를 바로 세우는 계기가 되기를 기도한다.

추천사4

도희윤

피랍탈북인권연대 대표

내가 북한 인권과 통일에 대한 신념을 실천하고자 현장으로 달려갔을 때, 이미 자신의 삶을 전부 내던지고 헌신하시는 분이 있었다. 수퍼맨 목사님이었다. 그분은 고통받는 탈북인 모두에게 희망이었다. 목사님은 북한 정권의 살해 위협과 개인적인 어려움 속에서도 지난 30년 동안 신앙심 하나로 한반도 평화를 위한 삶을 묵묵히 살아왔다.

나는 2006년에 북한 조선중앙방송에 의해 공식 살해 대상자로 선정되었다. 하지만 북한 정권이 실제로 가장 죽이고 싶어 하는 사람은 내가 아니라 수퍼맨 목사님이다. 그분은 북한 정권이 반역자로 규정하고 있는 탈북인을 무려 4천 명 넘게 구했고, 북한 내부에 반체제 조직을 만들고 운영해왔기 때문이다. 나는 수퍼맨 목사님의 이 모든 활동을 오랫동안 곁에서 지켜봤다.

현재 한국은 종북 주사파들로 인하여 북한 인권과 민족 통일에 대한 시대정신이 흐려지고, 일부 보수 세력의 편향적인 북한 인식으로 인하여 남북통일이 가로막히는 상황에 이르렀다. 이런 상황에서 이지성 작가의 예리한 통찰력과 함께 북한 인권에 대한 새로운 흐름을 일으킬 수 있는 좋은 책이 출간되어서 책을 읽는 동안 기쁜 마음을 감출 수 없었다. 특히 거짓과 과장이 넘쳐나는 탈북 이야기들과 다르게 한 줄 한 줄 검증된 사실만 기록한《이지성의 1만 킬로미터》는 나에게 선한 영향력을 주기에 충분했다.

부디 이 책이 수많은 독자에게 읽혀서 전 세계에 선한 영향력이 파도처럼 퍼져나가기를, 다시 시작되려는 냉전시대가 이 책을 계기로 따뜻한 생명의 이야기로 바뀌기를 바란다.

주

1 I believe that the conditions in the North Korean prison camps are as terrible, or even worse, than those I saw and experienced in my youth in these Nazi camps[Auschwitz and Sachsenhausen].

–Thomas Buergenthal, former judge of the ICJ[International Court of Justice]

프롤로그

1 2019년 7월 12일, 북한 인민보안부 구류장을 지키던 특무상사 ○○○은 여죄수 ○○○을 데리고 탈북했다. 그는 권총을 소지하고 있었다. 현역 군인이 권총을 들고 탈북한 일은 북한 역사상 처음 있는 일이었다. 그를 잡으러 북한 보위부가 대거 중국으로 들어갔고 중국 공안에도 1급 비상이 걸렸다.

수퍼맨은 두 탈북인을 중국 안가에 숨겨놓고 있었는데 1급 비상을 풀어야 일을 진행할 수 있다는 판단을 내리고, 여러 비밀 경로를 통해 중국 공안 지도부와 연락을 취했다. 중국 공안은 권총만 회수할 수 있다면 1급 비상을 풀 수 있다는 답변을 보내왔다. 수퍼맨은 팀원들에게 권총을 특정 장소에 숨겨놓으라는 지시를 내렸다. 얼마 뒤 권총은 중국 공안에 발견(?)되었고, 1급 비상이 풀렸다.

하지만 북한 보위부는 그를 포기하지 않았다. 오히려 더 강력한 추적조를 편성해서 중국 전역을 이 잡듯이 뒤졌다. 수퍼맨은 두 탈북인을 중국 비밀 처소에 몇 달 동안 잘 숨겨두었다. 그리고 북한 보위부의 추적이 느슨해지자 라오스로 이동시킨 뒤 대한민국으로 데려왔다.

〈조선일보〉 최보식 기자는 2019년 10월에 수퍼맨을 따라 라오스로 가서 두 탈북인을 만나 인터뷰를 진행했다. 그리고 2019년 11월 11일에 "[최보식이 만난 사람] '인민 군대, 武力통일 지침 바뀐 적 없어……' '남조선 적대국' 관점도 그대로"라는 제목으로 보도했다.

2 두 탈북 여성의 구출을 시도한 인권 단체가 이 소식을 수퍼맨에게 전했을 때 수퍼맨이 할 수 있는 일은 없었다. 강제 북송 직전이었기 때문이다. 만일 그 인권 단체가 며칠만 더 일찍 수퍼맨을 찾았다면 어떻게 되었을까? 두 탈북 여성은 북한으로 끌려가는 대신 대한민국에 오게 되었을 것이다.

3 조선족 목사는 재판을 받고 중국 감옥에 수감되었다.

4 두 탈북 여성은 즉시 구출되었고, 현재는 대한민국에서 대학생이 되어 새로운 미래를 꿈꾸고 있다.

5 이 여성은 비밀 쉼터에서 하루를 보낸 뒤 우리와 협력하고 있는 병원으로 비밀리에 이송되었고, 적절한 치료를 받았다. 이후 이 여성은 비밀 쉼터에서 한 달 정도 있다가 다른 탈북인들과 함께 중국과 라오스 국경을 넘어 태국에 도착했다. 현재는 대한민국 시민으로 살아가고 있다. 이 여성의 꿈은 돈을 많이 벌어서 북한에 있는 친정 가족들과 중국에 남겨진 아들을 한국으로 데려오는 것이다.

6 그녀와 그녀가 속한 팀은 무사히 태국에 입국했고, 지금은 대한민국에서 자유를 마음껏 누리며 살고 있다.

7 이 탈북인들은 중국 감옥에서 전부 풀려났고, 수퍼맨에게 인수되어 새롭게 탈북 루트를 밟았다. 그리고 모두 대한민국에 도착, 자유의 몸이 되었다.

8 중국 내 탈북인이 총 몇 명인지는 아무도 모른다. 수퍼맨은 지난 25년 동안 여러 경로를 통해 파악한 결과 약 10만 명에 달한다는 결과를 얻었다. 그런데 이 역시 추정일 뿐 정확한 숫자는 아니다.

9 이 프로젝트는 한 NGO와 진행했는데, 이명박 정부 시절 남북 관계가 경색되면서 중단되었다. 나중에 알고 보니 이는 다행스러운 일이었다. 북한에서 빵 공장 등이 제대로 지어진 적이 없기 때문이다.
NGO나 선교 단체가 북한에 빵 공장 등을 지을 수 있는 돈을 보내면 북한 정권이 다 가로채간다. 만일 빵을 만드는 기계 등을 보내면 어떻게 할까? 그냥 창고에 방치해둔다. 실제로 나진선봉 보세 창고에 제빵 기계들이 쌓여 있다는 증언은 넘치도록 많다. 그럼 국제 NGO나 북한 선교 단체의 홍보물에 나와 있는 빵 공장 등은 어떻게 된 것일까? 북한 정권이 선전용으로 만든 것이다.
한마디로 NGO나 선교 단체 등이 북한에 보내는 쌀, 빵, 구호물자 등도 김정은의 권력을 떠받치고 있는 계급에게나 뿌려지지 정작 일반 주민들에게는 돌아가지 않는다. 북한은 그런 곳이다.

10 나는 북한 아동 10여 명을 몇 년 동안 후원했는데, 나중에 알고 보니 북한은 그런 아동 후원이 불가능한 곳이었다. 물론 북한 내부에 협력 조직을 가지고 있으면 가능할 수 있다. 하지만 NGO나 선교 단체가 어떻게 그런 조직을 가질 수 있겠는가? 또 NGO들과 선교 단체들의 북한 아동 일대일 후원 프로그램은 만천하에 공개되어 있기에 북한 내부 협력 조직을 갖기란 애초에 불가능하다. 그 조직은 만들어지자마자 북한 보위부에 의해 분쇄될 것이고, 조직원들은 전부 처형되거나 정치범수용소로 끌려가게 될 것이기 때문이다.

1장 나는 거절하지만 내 몸은 이미 메콩강을 향한다

1 그 경찰은 우리가 무슨 일을 하고 있는지 잘 알았지만 모른 체해주었다.

2 수퍼맨 이전에도 메콩강을 넘어서 태국으로 들어온 탈북인들이 있었다. 하지만 그들의 숫자는 미미했다.

3 2020년 기준이다.

4 2002년 무렵의 일이다. 수퍼맨은 수감된 지 두 달 만에 보석으로 풀려났다.

5 문종현 센터장은 2019년 12월 초에 나를 ESRC 센터가 있는 서울 강남 '알약' 본사로 불러서 수퍼맨은 북한 해커 서열 1위, 나는 서열 3위에게 감시당하고 있다고 알려주었다. 그런데 내가 이 책의 본문 퇴고를 하고 있던 2023년 1월에 문종현 센터장에게 전화를 걸어서 여기에 대해 다시 확인하자, 자신은 "최상위층 해커"라고 했지 "서열 1위라든가 서열 3위 같은 말을 한 기억은 없다"고 밝혔다. 내가 그때 ESRC 센터가 있는 '알약' 본사에서 문 센터장님께 북한 해커 관련 교육을 받았을 때 문 센터장님께 직접 들은 이야기이고 "수퍼맨도 동일한 내용을 들었다고 했다"라고 하자, "아마도 서열 1위나 서열 3위급에 해당할 정도의 최상위층 해커라고 이야기를 했었던 것 같다"고 다시 밝혔다.

6 2019년 12월 초의 일이다. 이때 나는 지난 몇 년 동안 열심히 전국 강의를 뛴 결과 빚을 다 갚은 상태였다. 그리고 신작 《에이트》가 종합 베스트셀러 1위에 올라서 다시 경제적 여유가 생기고 있었다.

7 2019년 12월

2장 모두가 안다고 말하지만 누구도 알 수 없는

1 2003년

2 나는 여러 NGO와 노숙인 단체 등에 수십억 원을 후원 및 모금해준 전력이 있다. 지금도 열심히 후원 및 모금하고 있고, 앞으로도 평생 그럴 것이다. 즉 나는 후원금이 절실한 단체나 개인이 볼 때는 걸어 다니는 금고일 수 있다. 실제로 지난 15년 동안 참으로 많은 단체들과 목사, 선교사 등이 나를 금고로 보고 접근했다. 그리고 나의 가장 약한 고리인 기독교 신앙을 자극해서 나를 무방비 상태로 만든 뒤에 자신들이 원하는 것을 얻어갔고, 더 이상 얻을 것이 없다고 판단되면 뒤도 안 돌아보고 떠나갔다. 결국 나는 아름다운(?) 일을 직업으로 삼은 사람들을 전혀 믿지 못하게 되었다.

3 저개발 국가에 학교, 도서관, 교회 등을 지어주는 비영리 단체다. 후원금을 100퍼센트 현

지로 보내기 때문에 운영비가 '0'원인 것으로 유명하다.

4 수퍼맨 부부는 2022년에 다시 다른 곳으로 이사했다.

3장 삶을 바꾼 만남

1 2017년 8월

2 대한민국에서 가장 유명한 진보 정치인 중 한 명인 임수경 전 국회의원이 북한 인권 운동을 하는 탈북인 백요셉과 국회의원 하태경에게 직접 한 말이다(전문全文은 아래와 같다). 이 발언이 기사화된 후 임수경은 공개 사과를 했고, 자신이 속한 정당에서 출당당했다.
"야, 너 아무것도 모르면서 까불지 마라. 어디 근본도 없는 탈북자 ××들이 굴러 와서 대한민국 국회의원한테 개겨? 너 그 하태경하고 북한 인권인지 하는 이상한 짓 하고 있다지? 하태경 그 변절자 ×× 내 손으로 죽여버릴 거야. 하태경 그 개××, 진짜 변절자 ××야. 개념 없는 탈북자 ××들이 어디 대한민국 국회의원한테 개기는 거야. 대한민국 왔으면 입 닥치고 조용히 살아. 이 변절자 ××들아. 너 몸 조심해."

3 내 기억에 따르면, 나는 수퍼맨과의 첫 만남이 있은 지 약 3개월 뒤에 중국 단둥 현장에 가서 탈북 노부부를 만났다. 수퍼맨과는 세 번째 만남을 가진 직후였다. 그런데 이때 나는 수퍼맨을 전혀 믿지 않고 있었고, 탈북인 구출 활동에도 큰 관심이 없었다. 그리고 수퍼맨과의 인연을 딱 중국 단둥까지만 가져가기로 마음먹고 있었다.

4 엄마 아빠와 두 아이가 해먹에서 취침했다.

5 북한 인구에 대해서는 2천 500만 명, 2천 200만 명, 2천만 명 등 다양한 의견이 있다. 수퍼맨은 북한 내부의 인구 자료 등을 오랜 시간 분석한 결과 현재 북한 전체 인구가 약 1천 800만 명이라는 결론을 내렸다. 여기서는 수퍼맨의 결론을 따르기로 한다.

6 많은 사람들이 북한을 3대 세습 독재 국가로 알고 있다. 하지만 사실 북한은 김일성을 신으로 섬기는 신정 국가다. 세계 종교 통계를 조사해서 발표하는 기관들은 '주체사상'을 세계 10대 종교에 포함시키고 있다.

7 대표적으로 평양 봉수교회 리성숙 목사는 외신과의 인터뷰에서 이렇게 말했다. "하나님은 곧 김일성 주석이다……. 예수가 죽은 지 사흘 만에 부활한 것을 믿지 않는다……. 과학의 시대에 사람이 죽었다 다시 살아난다는 것을 믿을 사람이 없지요." 리성숙의 이 발언은 1995년에 미국 거주 한인 북한방문단의 일원으로 북한을 방문한 《이것이 미국 영어다》의 저자 조화유 씨가 봉수교회에서 우연히 캠코더로 촬영했는데, 이 영상이 LA한인TV를

통해 방영되면서 세상에 알려졌다. 참고로 이 영상은 유튜브에서 볼 수 있다.
조화유 씨에 따르면 리성숙은 평양에서 이 발언을 하고 약 50일 뒤에 미국 LA의 한 한인 교회에 나타나서 "예수님이 이 세상을 끝없이 사랑하셔서 자기 몸을 십자가에 희생시키시고 3일 만에 부활함으로써, 이 땅의 평화는 오직 (예수가 흘린) 피의 대가로 이루어졌고 또 그 피의 대가로 영생한다는 진리를 믿게 되었다."는 거짓 간증을 했다고 한다.
여기에 대해 조화유 씨는 이렇게 평했다. "그녀가 50여 일 전 평양에서 외국 기자들한테 한 말을 들어보지 못한 재미 동포들은 감동했을지도 모른다. 그러나 나는 그의 뻔뻔스러운 거짓 신앙 간증을 듣고 웃었다. …… 나는 종교가 없는 사람이며, 그날 그 LA의 한인 교회에 간 것은 리성숙이 무슨 소리를 할까 그것이 궁금해서 갔을 뿐이다."
–이병왕 기자, "'북한 교회는 가짜'라는 증거 동영상 공개돼", 〈데일리굿뉴스〉, 2010. 8. 19.

4장 의심하는 순간 진실이 보인다

1 물론 이런 활동도 대단한 것이다.

2 코로나19로 폐쇄되었다.

3 코로나19 사태로 중국과 동남아 국가들의 국경이 봉쇄되자 그는 탈북인들을 받을 수 없게 되었고, 후원금 모금도 할 수 없게 되었다. 현재 그는 선교관을 폐쇄한 상태다. 들리는 소문에 의하면 그는 모든 재산을 정리하고 한국으로 돌아올 예정이라고 한다.

4 2000년 5월 23일에 발송되었다.

5 진기홍 목사와 부인 정모씨는 1995년 8월부터 중국 옌지시에서 북한 선교 활동을 거짓으로 시작하면서 후원금을 모금했다. 검찰은 2002년 3월 16일부터 2006년 11월 6일까지의 자료만을 토대로 진기홍 목사와 부인 정모씨를 구속 기소했는데, 공소장에 따르면 예랑선교회는 이 기간 동안 총 1만 3천 259회에 걸쳐 총 20억 5천 100만 원을 후원금 명목으로 받아서 편취했다.

6 2019년 12월 31일 기준이다.

7 목사, 전도사, 선교사 등으로 구성되었다.

8 2016년

9 한국어판 제목 《거리 소년의 신발》

10 2005년

11 〈조선일보〉, 최보식이 만난 사람, 탈북자 3500명 구출한 '수퍼맨', "北대표단의 미소와 평화 선전만 보고… 그 뒤에 감춰진 本質을 못 봐"(2018. 02. 26.)와 The Times, Sung Lee with Susan McClelland, "North Korea's Schindler"(2018. 02. 25.) 를 참고하라. 최보식 기자가 취재한 2018년에는 약 3,500여 명이었다. 이후 500여 명 넘는 탈북인을 더 구출했다.

12 탈북인들의 한국 정착 지원을 목적으로 하는 통일부 소속 정부기관

5장 자유를 향한 행진

1 tvN 다큐멘터리 〈리틀빅히어로〉에서 방영되었다.

2 수퍼맨은 태국 골든트라이앵글에서 체포되어 치앙라이 법원에서 재판을 받았고, 치앙마이 교도소에서 징역을 살았다.

3 우리 대대는 혹한기 훈련 때 24인용 텐트 또는 24인용 텐트 두 개를 이어붙인 대형 텐트에서 생활했다.

4 "많은 사람을 옳은 데로 돌아오게 한 자는 별과 같이 영원토록 비취리라."
–다니엘서 12장 3절

5 "이렇게 금식한 후에 규례를 어기고 왕에게 나아가리니 죽으면 죽으리이다."
–에스더 4장 16절

6 약 4천만 원

7 이 방식을 프라이카우프[Freikauf]라 한다. 〈한국일보〉 이영성 논설위원은 "김정일이 베를린서 죽었다면"(2011년 12월 20일)에서 통독 당시 환율 기준으로 약 1조 8천 400억 원이고, 2011년 시세로 따지면 약 4조 원이라고 밝히고 있다.

8 2022년 5월 환율 기준

9 이산가족 · 납북자도 마찬가지다.

10 2022년 1월 기준

11 이때 나는 경제적으로 지극히 위험한 상태였지만, 작가답게(?) 해외여행만큼은 열심히 하고 있었다. 사실 직업적인 이유도 있었다. 이때 나는 자기계발, 인문학 책들이 연속적으로 실패해서 당시에 성업盛業 중이던 여행 작가로 변신하는 것을 심각하게 고민하고 있었다.

6장 "꿈은 꿈대로 남겨두는 것이 아니다"

1 이 프로젝트는 내가 경제적으로 어려워지면서 2018년에 종료됐다.

2 2022년

3 2018년 5월

4 박근혜 대통령은 '북한 지도부 제거를 통한 북한 주민 해방'을 목적으로 하는 '김정은 참수 작전'을 추진했다. 이는 2017년 10월 10일에 당시 국회 국방위원회 소속이었던 더불어민주당 이철희 의원이 공개적으로 밝힌 바 있다. 그리고 "박근혜 대통령이 추진한 '김정은 참수 작전'과 '북한 급변사태'(박희석 기자, 《월간조선》, 2019년 12월호)" 등 여러 언론에 의해 보도된 바 있다. 박근혜 대통령이 탄핵당하고 대통령 권한대행을 맡게 된 국무총리 황교안은 박근혜 대통령의 의지를 충실히 이어받아 2017년 1월 '김정은 참수 특수 부대' 창설을 추진했다. 이 부대는 2017년 12월에 실제로 창설됐다. 여기에 대해 북한 정권은 2022년 9월, '김정은 참수 작전' 실행 시 핵무기로 선제 공격한다는 내용이 담긴 '핵 무력 정책 법령'을 채택하는 것으로 응답했다.

5 윤경환 기자, "'文, 北인권법 참여하라' …… 국제 인권 단체 47곳, 靑에 우려 서한." 〈서울경제〉, 2020. 12. 16.
양연희 기자, "국제 인권 단체, '북한인권' 내던진 문재인 공개적으로 경멸," 〈펜앤드마이크〉, 2022. 4. 6.

6 〈조선일보〉 주형식 기자가 2021년 2월 4일에 단독 보도한 기사 "유엔, 文정부 들어 한국 인권 18차례 비판……北보다 4배 많아"에 따르면 유엔인권최고대표사무소는 2017년부터 2020년까지 인권 문제와 관련해서 문재인 정부를 비판하면서 무려 18차례나 의견 개진을 요구했다. 유엔인권최고대표사무소가 요구한 의견 개진은 '동해상에서 나포한 북한 선원 강제 북송 사건(2020년 1월 8일)', '북한 인권 단체 25곳 핍박 사건(2020년 9월 3일)', '북한군 서해 공무원 피격 사건(2020년 11월 17일)' 등이 대표적이다.

7 2018년 4월 30일에 발표된 MBC 여론조사 "김정은 신뢰도 77.5퍼센트" 등이 대표적이다.

8 이재명은 경기도지사 시절 '한국 순교자의 소리VOM' 대표 에릭 폴리 목사가 풍선을 이용해서 북한에 성경을 보낸 것을 두고 페이스북에서 이렇게 말했다(2020년 7월 4일).
"외국인 선교사가 남의 나라에 들어와 법과 질서를 존중하기는커녕 범법을 자행하고 범죄반복을 암시하며 대한민국과 국민을 조롱하고 있다. ……외국인이 대한민국의 안보를 해치고 국민의 생명과 안전에 위해를 가하는 것은 간첩행위나 마찬가지다. ……국가안보와 국민안전을 위협하는 범죄를 우발적 일회적이 아닌 상습적 반복적으로 자행하는 것에 대해서는 엄정한 처벌과 추방조치가 있어야 마땅하다. ……경기도에서는 경찰과 함께 경기도 특별 사법 경찰단 3개 팀이 접경지역에 비상대기 중이다. 발각 즉시 현행범으로 체포하여 엄중처벌하고, 의도적 상습적 위반행위자는 구속영장을 신청하도록 지시했다. 외국인은 형사처벌 후 강제추방 하도록 법무부에 요청할 것이다."
그런데 비영리법인인 '한국 순교자의 소리' 설립 허가증에는 이렇게 기재되어 있다.
"기독교 금지국 혹은 기독교인들이 정부의 통제를 받거나 이웃들에게 멸시를 당하는 지역에 있는 기독교인들에게 성경, 방송 및 전자 매체 자료를 제공하고 의료를 지원하며 제자된 삶과 역사 속 기독교 순교에 관해 훈련하고 재정을 보조한다."
그러니까 '한국 순교자의 소리'는 합법적인 활동을 했을 뿐인데, 이재명은 경기도지사라는 지위를 이용해서 간첩죄로 처벌하려고 했던 것이다.

9 유시민은 2018년 7월 19일, 이렇게 발언했다.

10 모두 대중을 상대로 하는 지식 예능 프로그램이었다. 다들 내 정치 성향(?)을 이유로 출연 취소를 통보했다.

11 약 1년 3개월 뒤인 2019년 말에 《에이트》가 종합 베스트셀러 1위에 오르고, 이후 유튜브도 잘되면서 나는 경제적으로 재기했다.

12 그때 그게 피였는지 아니었는지는 지금도 잘 모르겠다

13 어쩌다 2020년 3월 주가 대폭락까지 예측했다.

14 실제로 수퍼맨을 이런 식으로 착취한 사람들과 단체들이 있었다.

15 2022년 4월

16 NL National Liberation

17 H.R. 3446, the Peace on the Korean Peninsula Act

18 매년 폐기되고 있다. 2020년엔 52명이나 서명했다.

19 2022년

20 2021년

21 중국 국무원 신문판공실은 2021년에 발간한 《중국의 민주주의》라는 백서에서 "민주주의는 전 인류의 공통된 가치로 중국 공산당과 중국 인민이 시종일관 견지하는 중요한 이념 …… 지난 100년 동안 중국 공산당은 인민 민주주의의 기치를 높이 들고 인민을 인솔하여 수천 년의 봉건사회 역사가 있고 근대에 반[反]식민지 · 반봉건 사회가 된 나라에서 인민이 주인이 되도록 했고 중국 인민은 국가와 사회, 자기 운명의 진정한 주인이 되었다."라고 밝혔다. (신화망 한국어판, 朱雪松 편집, 2021년 12월 5일)

7장 어떤 영적 광채

1 1994년

2 1995년

3 1999~2006년

4 수퍼맨의 아내는 2015년에 한국으로 홀로 돌아왔다.

5 2006.12.~2008.12.

6 2009년

7 2008~2013년

8 "중국이 한국 정부의 요구를 받아들여 탈북자의 북한 강제 송환을 중단했다고 〈요미우리 신문〉이 오늘 보도했습니다. 이 신문은 복수의 중국 소식통을 인용해 중국이 언제부터인지 시기는 명확지 않지만 탈북자의 송환을 중단했다고 전했습니다. 신문은 랴오닝성 당국자의 말을 인용해 지난해 12월 김정일 국방위원장의 사망 이후 중국은 거의 매일 많게는 30명까지 탈북자를 북한으로 강제 송환했으나 이를 중단했다고 보도했습니다."
– KBS 김개형 기자, "중북, 탈북자 강제 북송 중단", 2012.04.18.

9 여기에 들어가는 자금은 북한 인권단체들과 교회들이 댔다.

10 나는 목사도 신학자도 아니다. 때문에 내 성경 강의는 전문적이지 않다.

11 고광종 목사의 설교는 유튜브 '인천성산교회: 인천이단상담소'에서 접할 수 있다.

12 전체 이름을 공개하고 싶었으나 여러 현실적인 이유, 대표적으로 북한에 남은 유가족 등에게 미칠 영향들을 고려해서 중간 글자를 'ㅇ'으로 처리하고 공개한다.

13 2021년

8장 미리 온 인류 평화

1 1998. 2. 25.~2003. 2. 24.

2 2022년

3 당시에 상원의원이었던 오바마도 참여했으나, 후일 대선 후보가 되면서 입장을 바꿨다. 이로 인해 오바마는 많은 비판을 받았다.

4 북한은 1987년 대한항공 858기 폭파 사건으로 1988년에 테러지원국으로 지정되었다. 이후 2008년에 영변 핵 시설 냉각탑을 폭파하고 핵 검증에 합의하면서 테러지원국 명단에서 해제되었다. 하지만 2017년에 도널드 트럼프 정부에 의해 테러지원국으로 재지정되었다.

5 얼마 뒤인 1999년 10월에 김동식 목사는 몽골 루트를 통해 13명의 탈북인을 대한민국으로 보내게 되고, 이로 인해 1999년 12월에 북한 정권의 제거 리스트에 오르게 된다. 그리고 2000년 1월에 중국 옌지의 한 식당에서 북한 보위부에 의해 납치된다.

6 보석금은 1천 700만 원이었다. 이 돈은 당시 수퍼맨과 함께 체포되어 감옥에 갔던 조선족 통역가 아내가 대신 내주었는데, 후일 프랑스 국경없는의사회와 가토 히로시 등이 돈을 마련해서 조선족 통역가 아내에게 갚아주었다.

7 내가 '답'을 얻은 때는 2020년, 북한이 '핵 무력 정책 법령'을 채택한 때는 2022년이다. 독자들의 북한에 대한 이해를 돕기 위해 2022년에 있었던 사건을 삽입, 2020년 시점으로 기술했음을 밝힌다.

9장 미래를 향한 도전, 다시 시작이다

1 피검사를 비롯 여러 검사를 했다.

2 이 공사는 코로나 이전부터 시작했다. 하지만 코로나가 터지면서 적극적으로 진행되었다.

3 북한체제 유지에 절대적으로 필요한 사람들이 거주하는 평양 지역에서는 폐쇄하지 않았다. 단 북한 정권이 관리하는 장마당에 한해서 말이다.

4 물론 장벽과 더불어 고압선이 국경지대 전체에 설치될 수는 있다. 하지만 전체 고압선에 전기 공급은 불가능하다는 의미다.

5 중국 공산당이 탈북인에게 붙인 공식 명칭은 '불법월경자不法越境者', 즉 불법적으로 중국 국경을 넘은 자다.

6 "사람이 만일 온 천하를 얻고도 제 목숨을 잃으면 무엇이 유익하리오. 사람이 무엇을 주고 제 목숨과 바꾸겠느냐." – 마태복음 16장 26절

7 이 가족은 한국행 대신 미국 또는 영국행을 택한 것으로 파악되고 있다.

8 북한에 지하 성도는 있으나 지하 교회는 없다. 이는 최근 들어서 국제 사회에서 여러 증거들을 통해 100퍼센트 증명되었다. 참고로 이 증거들은 모두 수퍼맨이 제공했다.

9 수퍼맨은 불가능에 가까운 이 구출 작업을 상당히 잘 해냈다. 덕분에 많은 탈북인들이 중국 감옥에서 해방되었다. 그런데 안타깝게도 100퍼센트는 아니었다. 만일 그들이 사고가 나자마자 수퍼맨을 찾아왔거나 조금 늦게 찾아오더라도 수퍼맨에게 탈북인들의 실명을 비롯한 기본적인 신상 정보를 제공했다면 어땠을까? 아마도 수퍼맨은 100퍼센트에 근접한 결과를 만들어냈을 것이다.

10 정식 명칭은 '개천 제14호 관리소'다. 평안남도 개천시에 있는 정치범 수용소다. 한 번 들어가면 절대 나올 수 없는 것으로 악명이 높다.

11 단순한(?) 북한 인권 운동가나 북한 선교사의 삶도 사실 어마어마한 것이다.

12 '자유청년동지회'는 이 내용을 동영상으로 촬영해서 수퍼맨에게 보냈고, 수퍼맨은 이를 '피랍탈북인권연대' 도희윤 대표에게 보냈다. 도희윤 대표는 이를 데일리NK에 보냈고, 데일리NK가 동영상을 공개하면서 세상에 널리 알려지게 되었다. ('자유청년동지회' 성명 전문은 인터넷에서 '2005년 1월 17일 자유청년동지회 성명'을 검색하면 볼 수 있다.)

13 김일성 동상 폭파는 다이너마이트로, 김정일 암살은 김정일이 탄 열차에 폭탄을 투척하는 것으로 모의했다.

14 수퍼맨이 영상을 공개하기 전까지 북한 정치범 수용소 이야기는 그저 소문으로만 떠돌았다. 하지만 이 영상이 공개됨으로써 북한에 정치범 수용소가 실제로 존재한다는 사실이 증명되었다.

15 2021년

16 〈조선일보〉 김명성 기자가 "中서 탈북민 돕다 옥살이한 사업가……정부는 '국위 손상' 여권 무효화"라는 제목으로 보도했다(2022년 2월 1일).

17 2022년 5월~

18 〈에베소서〉 2장 2절

19 이는 전적으로 기독교인의 시각에서 이야기하는 것임을 밝힌다.

20 윤석열 대통령은 2022년 10월 19일에 '국민의힘' 원외 당협위원장들과 오찬 간담회를 하면서 이렇게 발언했다.
"자유민주주의에 공감하면 진보든 좌파든 협치하고 타협할 수 있지만, 북한을 따르는 주사파(주체사상파)는 진보도 좌파도 아니다. 적대적 반국가 세력과는 협치가 불가능하다."
2023년 1월 11일에는 외교부·국방부 새해 업무보고를 받으면서 이렇게 발언했다.
"종북 주사파(북한을 추종하는 주체사상파 세력)는 북한 인권 얘기만 나오면 손사래를 치며 반대한다."
"북한 인권 문제는 단순한 인권의 문제가 아니라 국가 안보의 문제다."
"북한이 자유와 인권이 없는 야만 국가라는 점이 드러나면 국제 사회가 남북 중에 어디를 지지하겠느냐."
"북한 인권 실태를 전 세계에 알리는 건 국가 안보에 굉장히 중요한 문제다."
"종북 주사파들이 북한 인권 얘기가 나오면 철저하게 막는 것도 북한 인권이 곧 국가 안보의 문제이기 때문이다."
"북한 인권 문제는 단순히 인권 수호의 차원이 아니라 북한 도발을 억제하는 강력한 심리적 요인이다."

21 나는 SNS와 유튜브에 다음 일곱 가지를 올렸다. 하지만 YTN 이준엽 기자와 '더탐사'는 물론이고 나를 마녀사냥했던 그 어떤 기자도 사과하거나 정정 보도를 하지 않았다.
1. 강남구청의 공사허가서.
2. 강남구청의 사용승인서.
3. 내가 아파트 동대표를 협박, 공갈, 강요, 허위 사실 적시 명예훼손 등의 혐의로 강남경찰서에 고소하여 수사가 진행 중임을 밝힌 내용. (일부 언론이 아주 작게 보도하긴 했다.)

4. 아파트 동대표가 일부 입주민을 선동해서 나를 상대로 민사소송을 제기했지만 오히려 패소하고 대신 내가 100퍼센트 승소한 사실.
5. 내가 아파트 동대표를 상대로 10억 민사소송을 제기한 사실.
6. 내가 동대표 아파트에 10억 가압류를 신청하고, 법원이 이를 허락한 사실.
7. 내가 '더탐사'와 아파트 동대표를 공동 피고로 10억 민사소송과 형사소송을 제기한 사실. (2023년 1월에 법무법인 현 박지훈 변호사의 보도자료를 기반으로 〈세계일보〉 김동환 기자가 보도했다.)
8. 아파트 동대표가 일부 입주민을 선동해서 나를 강남경찰서에 공동으로 형사 고소하였으나, 강남경찰서가 2023년 2월 9일 '혐의 없음'으로 불송치 결정을 내린 사실.
9. 아파트 동대표가 역시 일부 입주민을 선동해서 공사업체가 불법공사를 했다며 공사업체 대표를 '건축물관리법 위반'으로 강남경찰서에 공동으로 형사고소하였으나, 강남경찰서가 2023년 2월 20일 '혐의 없음'으로 불송치 결정을 내린 사실.

에필로그

1 자매 한 명은 2023년 2월 하순에, 자매 두 명은 2023년 3월 중순에, 자매 세 명은 2023년 3월 하순에, 자매 두 명은 2023년 4월 초순에 구출했다. 수퍼맨이, 4월 초에 구출한 자매 두 명도 넣었으면 좋겠다는 의견을 제시해서 이를 존중, 이 책의 교정지를 퇴고 중이던 2023년 4월 6일에 전체 구출 숫자에 합산해서 기재했음을 밝힌다.

2 The Harvard Crimson 150th Anniversary Celebration

너희도 함께 갇힌 것같이 갇힌 자를 생각하고
너희도 몸을 가졌은즉 학대받는 자를 생각하라.

- 히브리서 13장 3절

그들은 왜 목숨을 건 여정을 떠나는가?

이지성의
1만 킬로미터

초판 1쇄 발행 2023년 4월 20일
초판 23쇄 발행 2024년 1월 5일

지은이 | 이지성

발행인 | 박재호
주간 | 김선경
편집팀 | 강혜진, 이복규, 허지희
마케팅팀 | 김용범
총무팀 | 김명숙

디자인 | 김태수
교정교열 | 윤정숙
종이 | 세종페이퍼
인쇄·제본 | 한영문화사

발행처 | 차이정원
출판신고 | 제25100-2016-000043호
주소 | 서울시 마포구 양화로 156(동교동) LG팰리스 814호
전화 | 02-334-7932 **팩스** | 02-334-7933
전자우편 | 3347932@gmail.com

ISBN 979-11-91360-72-1 (03810)